HEIKE WOLPERT

Taubertaltod

TÖDLICHES JA-WORT Ausgerechnet bei der Trauung ihres Ex-Mannes im Schloss von Bad Mergentheim muss die Standesbeamtin Anke Wardlinger für einen überraschend erkrankten Kollegen einspringen. Doch damit nicht genug: Kurz nach dem Ja-Wort bricht der Bräutigam tot zusammen. Da ihre Scheidung seinerzeit nicht besonders harmonisch verlief, fällt der Verdacht zunächst auf Anke, die sich daraufhin im Umfeld ihres Ex-Mannes umhört. Dabei erfährt sie vom Plan einer großen Marketingaktion des Toten. Er hat aus der Fremde ein Rezept für eine kalorienarme Fitnesstorte mitgebracht, die er zum Markenzeichen der Kurstadt Bad Mergentheim machen wollte, und die er bereits in verschiedenen Locations des lieblichen Taubertals anbot. Auch privat wirbeln ihre Ermittlungen einiges durcheinander. Schon bald steht Anke zwischen zwei Männern. Die Kriminalpolizei ermittelt auf Hochtouren und Anke wird langsam nervös. Spielt einer ihrer beiden Verehrer ein falsches Spiel? Trifft sie sich gar mit einem Mörder? Dann gibt es eine weitere Tote …

Heike Wolpert wurde 1966 in Bad Mergentheim geboren. Inzwischen lebt und arbeitet sie in Hannover. Abwechslung von ihrem Alltag als Businessanalystin bei einer großen Landesbank findet sie im Schreiben von Krimis und Kurzgeschichten. An ihrer Reihe rund um den tierischen Schnüffler Kater Socke, erfreuen sich Katzen- und Krimifreunde gleichermaßen. 2019 wirkte sie außerdem an dem kriminellen Freizeitführer »Mörderisches aus Hannover« mit. In »Taubertaltod« widmet sich die Autorin ihrer Heimatstadt Bad Mergentheim, in der sie bis zu ihrem 19. Lebensjahr lebte und in die sie nach wie vor gern zurückkehrt.

HEIKE WOLPERT

Taubertaltod

KRIMINALROMAN

GMEINER

Personen und Handlung sind frei erfunden.
Ähnlichkeiten mit lebenden oder toten Personen
sind rein zufällig und nicht beabsichtigt.

Bei Fragen zur Produktsicherheit gemäß der Verordnung über die allgemeine Produktsicherheit (GPSR) wenden Sie sich bitte an den Verlag.

Im Ehnried 5, 88605 Meßkirch
Telefon 07575/2095-0
info@gmeiner-verlag.de

3. Auflage 2025

Lektorat: Claudia Senghaas, Kirchardt
Herstellung: Mirjam Hecht
Umschlaggestaltung: U.O.R.G. Lutz Eberle, Stuttgart
unter Verwendung eines Fotos von: © zauberblicke / stock.adobe.com
Druck: Druck: Custom Printing Warschau
Printed in Poland
ISBN 978-3-8392-2760-2

Für Anke!

Schön, wenn man Menschen findet, deren Kopf den gleichen Innenarchitekten hatte.

PROLOG

Endstation

Hamburg. Einen grausigen Fund machte ein Zugbegleiter des ICE 272 zu nächtlicher Stunde kurz vor Einfahrt des Zuges in den Hamburger Hauptbahnhof. Eine Tote lag in einem Abteil der ersten Klasse. Die Untersuchung von Notarzt und Kripo ergab, dass die 41-jährige Geschäftsfrau vermutlich keines natürlichen Todes gestorben war. Ob Suizid, Unfall oder Mord ist, ebenso wie die genaue Todesursache, zur Stunde noch unklar. Die Ermittlungen wurden aufgenommen.

*

Liebliches Taubertal. Prangte der Schriftzug auf dem Hochglanzprospekt vor ihr, darunter die beeindruckende Fassade eines historischen Gebäudes.

»Das ist das Deutschordenschloss in Bad Mergentheim«, erklärte er ihr stolz. »Meine Geburtsstadt. Hier«, er zeigte auf ein kleineres Foto, »durch diesen Torturm kommst du in den Innenhof, »alles ist restauriert und saniert. Das kann sich sehen lassen, oder?«

Sie nickte, es war tatsächlich wunderschön.

»Im Hof gibt es unter anderem das Deutschordenmuseum, und dahinter gelangst du in den Schlosspark, wirklich sehr idyllisch.« Er deutete mit dem Finger auf die Bildunterschrift: historisch geprägte Romantik und Gesundheitsstadt.

»Ja, Bad Mergentheim ist eine Kurstadt. Es gibt viele Kurgäste, aber auch Touristen, immerhin liegt es inmitten des lieblichen Taubertals.«

Lächelnd sah sie ihn von der Seite an. Es war geradezu rührend, wie er ihr seine Heimatstadt ans Herz legte. Seine Augen glänzten, als er nun mit Begeisterung vom umliegenden Taubertal berichtete. »Wäre das nicht der ideale Standort für ein kleines Cateringunternehmen?«, rückte er mit der Sprache raus. »Wir könnten uns auf gesunde Kost spezialisieren. Das passt zur Kurstadt und zum aktuellen Trend. Was meinst du? Hier in Hannover ist die Konkurrenz viel größer. Mit dem Fitnesstrend hätten wir ein Alleinstellungsmerkmal.«

›Wir‹, hatte er gesagt, das war ihr nicht entgangen. Er schien sich also eine Zukunft mit ihr vorstellen zu können. Dabei kannten sie sich gerade mal zwei Monate. Bei der Hannover Messe hatten sie sich kennengelernt. Er hatte irgendeinen wichtigen Job, bei einem der großen Aussteller, sie hatte zu diesem Zeitpunkt bei einer Cateringfirma ausgeholfen. Sie waren ins Gespräch gekommen, hatten sich für den Abend verabredet, der in einem zerwühlten Hotelbett geendet hatte. Ein One-Night-Stand war ihr erster Gedanke gewesen, als sie sich am nächsten Morgen verabschiedet hatten. Es war der letzte Messetag gewesen, und sie hatte sein Bahnticket für denselben Nachmittag zurück nach Bad Mergentheim gesehen.

Doch bereits am Abend klingelte ihr Telefon: Er bedankte sich für die wundervolle Nacht und wollte sie wiedersehen. Am kommenden Wochenende schon besuchte er sie erneut und hängte gleich ein paar Tage Aufenthalt dran. Offenbar konnte er es beruflich einrichten, standortunabhängig zu arbeiten. Sie hatte ihn nie gefragt, was er ganz genau machte, aber es verschaffte ihm nicht nur diese Freiheit, sondern auch einen komfortablen Lebensstil. Sie vertraute ihm ihren Wunsch an, sich mit einem Cateringunternehmen selbstständig zu machen, und er war begeistert von der Idee. Sollte sie es wagen?

»Ich habe gute Kontakte«, erklärte er weiter, als er ihr Zögern bemerkte, »und deine Torte, die wird unser Aushängeschild, wir entwickeln eine kalorienarme Variante. Du wirst sehen, das wird der Renner! Ich stelle dir in den nächsten Tagen meinen Freund vor, der kann uns behilflich sein.«

Sie schwieg, blätterte weiter den bunten Werbeprospekt durch.

»Hier siehst du noch mal den Innenhof des Schlosses«, pries er weiter seine Geburtsstadt an, »schau da ist das Gericht und ein kleines Polizeirevier. Und Räume für Veranstaltungen sind ebenfalls vorhanden, unter anderem kann man dort auch heiraten …«

KAPITEL 1 – SAMSTAG

Unauffällig sah Anke Wardlinger auf ihre Armbanduhr. Noch sieben Minuten bis zum Unterrichtsende. Ihr Herz klopfte, sie fuhr sich nervös durch ihre dunkelblonden Haare, die sie gestern auf Papilloten gedreht hatte, damit sie ihr heute in weichen Wellen über die Schultern fielen.

»Wie ein Rauschgoldengel«, hatte er ihr ins Ohr geflüstert, als sie sich am Morgen »zufällig« vor der Schule getroffen hatten. Anke hatte sich eine ganze Weile bei den Fahrradständern herumgedrückt, bis er endlich mit seinem schicken neuen Moped angebraust kam. Die erste Stunde hatte bereits begonnen, und sie hatte einen Eintrag ins Klassenbuch wegen Zu-Spät-Kommens kassiert. Aber das war es ihr wert gewesen. Sie hatte ein Date mit Ralph Perlmann aus der zwölften Klasse. Dem coolsten Jungen des ganzen Jahrgangs.

Sie und Ralph kannten sich aus dem Sandkasten, stammten sie doch beide aus Neunkirchen, dem 800-Seelen-Dörfchen nahe Bad Mergentheim. Mit dem Wechsel in die weiterführende Schule, in ihrer beider Fälle das Deutschorden-Gymnasium, kurz DOG genannt, hatten sie sich ein wenig aus den Augen verloren. Zu diesem Zeitpunkt war Ankes Interesse am anderen Geschlecht gering gewesen, und als sich das langsam änderte, musste sie feststellen, dass ihr Kindergartenfreund zum Mädchenschwarm mutiert war. Eine ganze Weile himmelte sie ihn aus der Ferne an. Dann traf sie ihn zufällig am Samstagmorgen beim Brötchenholen in der Bäckerei seiner Eltern. Man war ins Gespräch gekommen, und heute Vormittag war es ihr endlich gelungen, ihm erneut, sozusagen auf neutralem Boden, über den Weg zu laufen. Jetzt hatte sie eine Verabredung mit ihm: nach der Schule im Cortina, der Eisdiele in der Härterichstraße in der Innenstadt.

Fünf Minuten bis zum Schulgong. Ihre Hände waren vor Aufregung schweißnass. Der Sekundenzeiger ihrer Uhr bewegte sich im Schneckentempo vorwärts.

Vier Minuten. Sie packte ihre Stifte schon mal in das selbst gehäkelte Mäppchen.

»Anke Wardlinger! Dürfen wir deine geschätzte Meinung zu dem Thema hören oder hast du Besseres zu tun?«, der Tonfall des Mathelehrers klang spöttisch in ihren Ohren. Natürlich hatte sie keine Ahnung, zu welchem Thema er ihre Meinung einholen wollte.

»Äh!«, wand sie sich.

RRRRRRRRING! RRRRRRRRING!

Endlich der erlösende Schulgong.

RRRRRRRRING! Wobei, das war doch nicht der melodiöse Dreiklang, der üblicherweise das Unterrichtsende signalisierte. RRRRRRRRING! RRRRRRRRING! Und das Klingeln hörte auch gar nicht mehr auf.

War das etwa ein Feueralarm?

Oder? Schlaftrunken tastete Anke Wardlinger, 33 Jahre und schon lange keine Schülerin des DOG mehr, nach dem Telefon auf ihrem Nachttischchen. Ein Blick auf den Wecker zeigte eine Sieben links auf dessen Display.

»Ja?«, meldete sie sich unwirsch. Um diese Zeit konnte es eigentlich nur ihre Mutter sein oder …

»Grundsätzlich ist das schon mal die richtige Antwort«, schallte es ihr aus dem Telefonhörer entgegen. Ihr Kollege Moritz Mertens, wie sie im Bad Mergentheimer Standesamt beschäftigt, war am anderen Ende der Leitung. Moritz hatte heute Dienst. Zumindest laut Plan. Geheiratet wurde schließlich immer und vorzugsweise am Wochenende.

»Komm mir bloß nicht so. Die Antwort lautet: Nein!«

»Schätzchen, ich würde dich nicht bitten, wenn es eine andere Möglichkeit gäbe.« Moritz' Stimme klang jetzt weinerlich.

»Wer's glaubt!«

»Ich bin krank. Magen-Darm, ich kann nichts bei mir behalten, ehrlich.«

Anke verdrehte die Augen. Moritz war ein Hypochonder, wie er im Buche steht. Jede Krankheit, egal welche, Moritz hatte sie oder kannte sie zumindest. Neulich hatte er sogar über Regelschmerzen geklagt. Und seit sein 40. Geburtstag immer näher rückte, war es noch schlimmer geworden.

»Du musst heute übernehmen!«, flehte er. Würgegeräusche drangen aus dem Telefonhörer, den Anke nun auf Armeslänge von sich hielt. Das konnte er ihr nicht antun! Sie hatte frei und mit ihren Schulfreundinnen Katja, Silke und Bettina einen Ausflug nach Weikersheim geplant.

Die vier Frauen trafen sich einmal im Jahr in ihrem Geburtsort Bad Mergentheim, schwelgten in Erinnerungen und wandelten auf den Pfaden ihrer Jugend. Nachdem sie gestern Abend im Cortina ihr Mädelswochenende feuchtfröhlich eingeläutet hatten, vielleicht hatte sie deshalb ja von ihrem bevorstehenden ersten Date in ebendiesem Eiscafé geträumt, stand heute ein Besuch des Weikersheimer Schlosses auf dem Programm. Obwohl Anke die wunderschöne ehemalige Wasserburg natürlich kannte, freute sie sich bereits auf eine Führung und einen Besuch des Schlossparks. Früher war sie mit Gästen ihrer Eltern gern dorthin gefahren und hatte sich immer wie eine Prinzessin gefühlt. Und so ein bisschen Prinzessinnenfeeling konnte sie heute gut gebrauchen, immerhin war dies der Hochzeitstag ihres Exmanns. Soweit sie es mitbekommen hatte, war die Trauung für den späten Vormittag angesetzt. Das herannahende Ereignis war gestern Abend natürlich Gesprächsthema gewesen, und ihre Freundinnen hatten es als ihre besondere Aufgabe gesehen, sie heute davon abzulenken und demselben weiträumig aus dem Weg zu gehen. Der Ausflug nach Weikersheim war Katjas Idee gewesen, die Ankes Neigung zum höfischen Leben gut kannte. »Genau das Richtige für unsere verhinderte Prinzessin«, hatte sie schmunzelnd erklärt, und die anderen waren begeistert darauf eingegangen. Und nun das!

»Süße? Bist du noch dran?«, ertönte Moritz' Stimme dumpf aus dem Lautsprecher. »Boah! Ist mir schlecht!«

»Moritz, du Memme! Tu mir das nicht an. Du trinkst jetzt einen Tee und dann …«

»Ich würde dich wirklich nicht bitten, wenn es eine andere Möglichkeit gäbe«, unterbrach er sie jammernd. »Du ahnst ja nicht, *wie* dreckig es mir geht.« Erneute Würgegeräusche.

»Und was ist mit mir?« Anke mochte gar nicht darüber nachdenken.

»Ich mache es wieder gut, ehrlich! Ich übernehme ein Jahr alle Wochenenddienste und spendiere dir außerdem eine Schokosahnetorte im Schlosscafé.«

Anke schluckte. Sie war eine Naschkatze und die Schokosahnetorte in dem kleinen Café nahe des Bad Mergentheimer Schlossgartens sensationell und jede Sünde wert.

»Ich bin auf Diät«, hielt sie halbherzig dagegen, was nur zum Teil stimmte. Vor zwei Wochen hatte sie tatsächlich den Kilos den Kampf angesagt, als sie festgestellt hatte, dass der Rock ihres hellgrauen Leinenkostüms, das sie im Sommer immer zu den Trauungen trug, offenbar nicht beim Waschen eingegangen war. Allerdings hatte sie ihre Schlankheitskur zur Erreichung der Bikinifigur für die Dauer ihres Mädelswochenendes unterbrochen.

»Ein Essen im Bundschu«, setzte ihr Kollege noch eins drauf.

Das Restaurant in der Milchlingstraße war bekannt für seine hervorragende regionale Küche und köstlichen Weine, und Anke liebte beides, zum Leidwesen ihrer Waage. »Also gut«, gab sie sich geschlagen. »Um wie viel Uhr soll das große Ereignis stattfinden?«

*

Arsen. Eine akute Arsenvergiftung führt zu Übelkeit, Erbrechen, Krämpfen, inneren Blutungen, Durchfall und Koliken. Betroffene können in ein Koma fallen, ihre Haut fühlt sich kalt und feucht an. Oral aufgenommene Arsenverbindungen werden im Magen-Darm-Trakt schnell und effektiv resorbiert. Der Tod tritt durch Kreislauf- und Nierenversagen, meist innerhalb mehrerer Stunden oder weniger Tage ein.

*

»Mit wem telefonierst du denn um diese Zeit?« Diesmal war es wirklich ihre Mutter. Sie rief fast täglich und dann meist morgens zwischen sieben und halb acht an. Eine äußerst ungünstige Zeit für Anke als Berufstätige: an Arbeitstagen war sie entweder gerade im Bad, bei einem hektischen Frühstück oder schon auf dem Sprung zur Arbeit und am Wochenende oder Urlaubstagen hätte sie gerne länger ausgeschlafen. Doch das wusste Rosemarie Wardlinger zu verhindern. Die 63-Jährige betrieb einen Kiosk direkt bei der Kirche in Neunkirchen, dem kleinen Ort nahe Bad Mergentheim, in dem Anke aufgewachsen war. Und da ihr kleiner Betrieb täglich um acht Uhr öffnete, musste sie sich halt vorher bei ihrer Tochter vergewissern, ob alles in Ordnung sei, und im Gegenzug Anke über den neuesten Dorfklatsch informieren.

Nicht, dass Anke nicht regelmäßig persönlich zu Hause aufgetaucht wäre, aber wenn es etwas zu bereden gab, duldete es bei ihrer Mutter keinen Aufschub.

Heute war die bevorstehende Hochzeit von Ankes Ex natürlich das Hauptthema. »Sie haben die Kirche wundervoll geschmückt«, schwärmte Rosemarie Wardlinger. »Das musst du dir ansehen, kommst du?«

»Ganz bestimmt nicht«, murmelte Anke.

Ihre Mutter hatte sie offenbar gar nicht gehört. »Wirklich prachtvoll«, redete sie weiter, »der Pfarrer platzt vor Stolz. Endlich mal wieder eine Hochzeit in seiner Kirche und dann auch noch so ein prominenter Bräutigam ...«

Pfarrer Blau – seit ihrer Scheidung und den Umständen, die dazu geführt hatten, war das Verhältnis zwischen ihm und Anke nachhaltig gestört. Der Kirchenmann hatte sie getauft und konfirmiert. Da sie direkt neben dem Pfarrhaus wohnten, war sie als Kind quasi bei ihm ein und aus gegangen. Selbstverständlich hatte er sie auch getraut, als sie den Sohn der örtlichen Bäckerei geheiratet hatte. Es war eine prächtige Feier gewesen. Einer Prinzessin würdig. Ankes Hang zu den Königshäusern dieser Welt war schon damals ausgeprägt gewesen. Wahrscheinlich lag es an den vielen einschlägigen Zeitschriften, die sie am Kiosk ihrer Mutter ausgeliehen und mit Hingabe gelesen hatte. So weit, so gut, alles war wunderbar und sie lebten glücklich bis ... leider nicht bis ans Ende ihrer Tage, sondern exakt bis kurz vor ihrem ersten Hochzeitstag. Bis ein Jahr nach der Heirat Simone, die früher Ankes Parallelklasse besucht hatte, dem Sohn des reichen, Neunkirchner Ackerbauern, Kurt Kunze, das Ja-Wort gab. Die Antwort Kurts auf die Frage des Pfarrers war nämlich ein spontanes »Nein« gewesen. Und daran war Anke leider nicht ganz unschuldig. Nachdem sie am Tag vor der kirchlichen Heirat das, zu diesem Zeitpunkt noch glückliche Paar standesamtlich getraut hatte, überraschte sie die Braut einen Tag später, kurz vor der kirchlichen Zeremonie im nahegelegenen Gasthof, mit ihrem eigenen Ehemann in einer eindeutigen Situation. Direkt neben der Hochzeitstorte, die der Bäckerssohn gerade ausgeliefert hatte. Anke fackelte nicht lange und warf dem Ehebrecher die oberste Schicht der Pistazienbuttercremetorte ins Gesicht. Leider wurde ein zufällig anwesender Gast auf das Handgemenge aufmerksam und schoss ein paar ganz außergewöhnliche Hochzeitsbilder.

Die Braut hatte die Unverfrorenheit, trotzdem zur kurz darauf stattfindenden Trauung zu erscheinen, aber der Vorfall hatte sich bis zu ihrem Zukünftigen herumgesprochen, der direkt vor dem Traualtar das Schlimmste verhinderte. Sehr zum Entsetzen des Pfarrers, der seither Anke die Schuld an dem Geschehenen gab, das es tags darauf als »Tortenschlacht« auf die Titelseite der Tauberzeitung und der Fränkischen Nachrichten geschafft hatte.

Anke seufzte, der »Tortenschlacht« war ihr Scheidungskrieg gefolgt, und mit dem Pfarrer stand sie nach wie vor auf Kriegsfuß.

Ihre Mutter war zwar auf der Seite ihrer Tochter gewesen und zeigte eine gewisse Empörung über die Neugier der Öffentlichkeit, aber sie genoss es dennoch insgeheim, in einem Drama, wie es sich sonst nur unter den Reichen und Schönen in ihren Zeitschriften abspielte, einmal eine gewisse Rolle gespielt zu haben.

»Und du bist sicher, dass du dir das nicht ansehen möchtest?«, beendete sie gerade die minutiöse Beschreibung der festlich geschmückten Kirche.

»Ganz sicher. Und jetzt muss ich leider aufhören, ich habe noch etwas vor.« Bevor ihre Mutter nachfragen konnte, was, legte Anke auf. Sie würde früh genug erfahren, welche Rolle ihre Tochter bei der standesamtlichen Trauung ihres Exmannes spielen sollte. Wobei keiner von ihnen ahnte, wie dramatisch diese Rolle aussehen würde.

*

Normalerweise werden in Bad Mergentheim Ehen im Standesamt am Bahnhofsplatz geschlossen, doch für Paare, die etwas Besonderes wünschen, gibt es weitere Optionen. Und, wie hätte es anders sein können: Janette Kubelka und Ralph Perlmann wünschten das Besondere. Die Trauung fand also im Deutschordenschloss statt.

Als Anke durch den Hauptportalbau in den Innenhof trat, sah sie schon ein paar bekannte Gesichter, die in einem kleinen Grüppchen vor dem Eingang des Veranstaltungsbereichs warteten. Unter anderem stand da ihre ehemalige Schwiegermutter, Erika, mit der sie sich zu Zeiten ihrer Ehe eigentlich ganz gut verstanden, nach der Scheidung jedoch kein Wort mehr gewechselt hatte. Daneben erkannte Anke Ralphs ältere Schwester Elke mit Ehepartner und ihnen gegenüber, Anke den Rücken zudrehend, ein schlanker Mann in dunklem Anzug und mit schütteren, blonden Haaren. Etwas abseits stand ihr Exschwiegervater und rauchte. Erika gestikulierte wild, und ihre hohe, heute leicht schrille Stimme schallte durch den Schlosshof. Als sie Anke sah, verstummte sie allerdings und starrte sie mit offenem Mund an. Der Rest der Familie folgte daraufhin ihrem Blick. Der Anzugträger wandte sich langsam um.

»Sven!«, entfuhr es der Standesbeamtin. Sie hatte Ralphs Freund aus Jugendtagen schon ewig nicht mehr gesehen. Sven war seinerzeit einer von Ralphs Anhängern gewesen. Da er besonders klug war, hatte Sven bei Ralph eine bevorzugte Stellung eingenommen. Er half ihm bei den Hausaufgaben und wenn möglich bei den Klassenarbeiten, dafür gehörte der eher unscheinbare Sven dem engeren Kreis seines Idols an und bekam so einen Teil des Ruhmes seines beliebten Freundes ab. Später wurde er außerdem noch zu seinem Fahrer, wenn sie nach Würzburg in die Disco fuhren. Ralph konnte nach Herzenslust dem Alkohol zusprechen und auf der Heimfahrt mit seiner aktuellen Freundin auf dem Rücksitz knutschen, während Sven sie nach Hause brachte. Anke war auch ein paar Mal in den Genuss gekommen, bevor sie und Ralph sich während des Studiums erneut aus den Augen verloren hatten.

Als sie sich später, abermals beim Brötchenholen in der Bäckerei von Ralphs Eltern, wiedertrafen, erfuhr sie, dass die beiden Männer während des Studiums zusammen in einer Wohngemeinschaft gewohnt hatten. Letztendlich hatte Ralph seinen Abschluss in Wirtschaftswissenschaften dem treuen Sven zu verdanken, wie er Anke einmal erzählt hatte. Besonders dankbar hatte sich Ralph allerdings nicht gezeigt. Anke hatte Sven zum letzten Mal auf ihrer Hochzeit gesehen, danach hatte ihr Frischangetrauter die Dienste des klugen Freundes offenbar nicht mehr benötigt, und jeder war seiner Wege gegangen.

Aber scheinbar hatten die beiden nach der Scheidung ihre Freundschaft wiederbelebt, wenn Sven sogar bei der Trauung eingeladen war. Anke hatte in den Unterlagen gelesen, dass die Zeremonie im engsten Familienkreis stattfinden sollte. Insgesamt waren zwölf Personen angemeldet. Dafür wurden zur späteren Feier angeblich beinahe 100 Gäste erwartet.

»Hallo, Anke, lange nicht gesehen«, begrüßte Sven sie freundlich und schenkte ihr ein schüchternes Lächeln. Hatte er schon immer diese netten Grübchen auf der Wange gehabt?

»Was machst du denn hier?«, zischte ihre Exschwiegermutter und schob den Kumpel ihres Sohns mit dem Ellbogen zur Seite. Ihr Gesicht glich einer reifen Tomate und bildete einen interessanten Kontrast zu dem cremefarbenen Sommerhut. Offensichtlich machte sie einen auf Königinmutter, ging es Anke durch den Sinn. Ihre Tochter, Ralphs ältere Schwester Elke, legte ihr die Hand auf den Arm und funkelte die Standesbeamtin wütend an. Sie und Anke hatten sich noch nie leiden können. Als Ältere war sie stets eifersüchtig auf Ralph gewesen, den Liebling ihrer Eltern, der sich alles erlauben konnte, während von ihr Besonnenheit und Vernunft erwartet wurden. Ihre Missgunst hatte sich auch auf dessen Freundin und späterer Ehefrau erstreckt.

»Arbeiten«, antwortete Anke knapp und versuchte sich an der kleinen Gruppe vorbeizudrängeln.

»Das war so nicht abgemacht!«, keifte die Königinmutter.

»Mein Kollege ist krank«, presste Anke hervor und zupfte nervös an ihrem engen Rockbund. Der schien noch knapper zu sitzen als beim letzten Mal. Ihre Laune sank auf den Gefrierpunkt. »Glaub mir, ich habe mich nicht um diesen Job gerissen«, fauchte sie und setzte nach: »Bringen wir es hinter uns.« Dann steuerte sie auf den Eingang zu den Veranstaltungsräumen zu.

»Bringen wir es hinter uns?«, japste Erika. »Wie redest du von der Trauung meines einzigen Sohnes?« Bei dem Attribut »einzigen« gefror der Gesichtsausdruck ihrer Tochter. Die Männer blickten alle unbeteiligt auf ihre Schuhspitzen. Im Augenwinkel sah Anke, wie die Chefin des neuen Cateringunternehmens mit einer großen Kühlbox den Schlosshof betrat. Ihr folgte eine Angestellte in Spitzenschürze, die einen Korb trug. Dem leisen Klirren nach zu urteilen, befanden sich darin die Sektgläser für den anschließenden Umtrunk.

Der stets hilfsbereite Sven hatte die beiden Frauen ebenfalls bemerkt und eilte hinzu, um ihnen die Tür zu den Veranstaltungsräumen aufzuhalten. Kurz war die Bräutigammutter dadurch abgelenkt und ermöglichte es Anke, den dreien zu folgen.

»Eine Dreistigkeit sondergleichen«, hörte sie ihre ehemalige Schwägerin schimpfen und schnappte das Wort »Beschwerde« auf, bevor sich die Tür wieder hinter ihr schloss.

Sven grinste sie schief an. »Na, das kann ja heiter werden.«

Anke zuckte die Schultern. Sie hätte sich gerne ausführlicher mit dem ehemaligen Schulkameraden unterhalten, aber das war weder der richtige Ort noch der passende Zeitpunkt dafür. Sie begann, sich an dem antiken Schreibtisch einzurichten, um alles für die Trauungszeremonie in Reichweite zu haben. Den Notizen ihres Kollegen hatte sie entnommen, dass das Paar die »lange« Version der standesbeamtlichen Rede wünsche. In den vorbereitenden Gesprächen wurden die Heiratswilligen immer gefragt, ob es eine knappe oder eher die blumigere Ansprache sein solle. Anke hatte, genau wie ihre Kollegen, für beide Varianten einen Text, der jeweils individuell ergänzt wurde. Theoretisch wäre sie also in der Lage, einen hübschen Vortrag zu improvisieren, entschied sich jedoch dagegen. Je schneller der Spuk vorbei war, desto besser, das zukünftige Ehepaar stimmte dieser Programmänderung im vorliegenden Fall sicher zu.

Sie sah auf und begegnete Svens Blick. Sie lächelten sich kurz an, dann straffte Sven die Schultern und wandte sich zum Gehen. »Ich glaube, ich warne Ralph vor.«

»Besser ist das.«

*

Tollkirsche. Die Tollkirsche ist eine in Europa heimische, giftige Pflanzenart mit meist schwarzen, kirschfruchtähnlichen Beerenfrüchten aus der Familie der Nachtschattengewächse. Beim Verzehr bewirkt sie tollwutähnliche Symptome wie allgemeine Erregung, die sich zu starker Euphorie mit Halluzinationen, aber auch Weinkrämpfen steigert. Es herrscht starker Bewegungsdrang bis hin zu Anfällen von Tobsucht. Die Pupillen erweitern sich deutlich. Schließlich tritt der Tod durch Atemlähmung ein.

*

Wenn Blicke töten könnten, dann hätte mein letztes Stündlein geschlagen und die Polizei könnte mindestens zehn Verdächtige festnehmen, ging es Anke durch den Sinn, als Sven in seiner Funktion als Trauzeuge die letzte Unterschrift auf das entsprechende Formular setzte. Die Standesbeamtin musste zugeben, dass das, was sie gerade abgeliefert hatte, keine Glanzleistung gewesen war. Selbst bei ihrer kurzen Ansprache hatte sie sich zweimal verhaspelt und sogar einmal ganz den Faden verloren. Die Tränen in den Augen der Braut waren wohl eher Tränen der Wut statt der Rührung.

Alle Gäste, die sie kannten, ausgenommen Sven, bedachten sie mit giftigen Blicken. Die, die sie nicht kannten, ein jüngeres Paar, wie es aussah Kollegen der Braut, und zwei ältere Herren, entfernte Verwandte oder vielleicht Geschäftsfreunde, mit missbilligenden ob dieser unprofessionellen Darbietung. Nur Oliver Kubelka, der zweite Trauzeuge und Bruder der Braut, wie sie den Unterlagen entnommen hatte, schien sich zu amüsieren. Ohne das Verhältnis zwischen ihr und seinem angehenden Schwager zu kennen, zumindest nahm sie an, dass er es nicht kannte, blickte er neugierig zwischen ihr und ihrem Ex hin und her und zwinkerte ihr verschwörerisch zu, als sie sich zum zweiten Mal versprach, was ihm einen strafenden Blick seiner Schwester einbrachte, die sich genau in diesem Moment zu ihm umgewandt hatte.

Der Einzige, der vergleichsweise emotionslos reagierte, war der Bräutigam selbst. Offenbar hatten die Warnung seines Trauzeugen und, wie der leicht schwankende Gang beim Eintreten zeigte, der mutmaßliche Alkoholkonsum im Vorwege sein Übriges getan. Beim Ja-Wort meinte Anke ein leichtes Lallen auszumachen und jetzt, beim Anstecken des Eherings an den Finger seiner frisch Angetrauten, benötigte er zwei Anläufe. Oliver hielt diesen Moment fotografisch fest.

Endlich war es geschafft, und jeder umarmte jeden, während die Chefin des Cateringunternehmens, Friederike Wittig-Anders, und ihre Mitarbeiterin eintraten, um Sekt und Fingerfood anzubieten.

Oliver zückte erneut seinen Fotoapparat.

»Winzersekt vom Weingut Schlör aus dem lieblichen Taubertal«, bot die nette Servicekraft den Gästen an, während Frau Wittig-Anders erklärte, woraus die köstlichen Häppchen bestanden, die auf ihrem Tablett angerichtet waren: »Das da sind Mini-Grünkernküchle nach einem traditionellen Rezept. Oder wie wäre es mit geräucherter Tauberforelle?«

»Hier.« Sven gesellte sich zu ihr und reichte Anke ein Glas Winzersekt. »Den hast du dir verdient. Auf das junge Glück.«

Anke nahm einen Schluck und folgte seinem Blick. Ihr Ex schien schon ordentlich vorgeglüht zu haben, denn nachdem er sein Getränk hastig hinuntergekippt hatte, lief ihm ein Teil davon übers Kinn. Offenbar klappte es nicht mehr so recht mit dem Schlucken. Das Glas fiel ihm klirrend aus der Hand. Sein Mund öffnete sich mehrmals, und ein weiterer Schwall Flüssigkeit ergoss sich auf sein weißes Hemd. Es sah so aus, als wolle er etwas sagen, doch außer einem Grunzen kam nichts über seine Lippen.

Seiner frischgebackenen Ehefrau war dieser Auftritt scheinbar peinlich. »Reiß dich zusammen«, zischte sie ihm zu.

Die Blicke von Ralphs Mutter schossen derweil wütend zwischen ihm und Anke hin und her, als sei die für den Zustand ihres Sohnes verantwortlich. Seine Schwester und ihr Mann tauschten einen vielsagenden Blick.

Der Bruder der Braut, der die Szene durch die Linse seines Fotoapparats betrachtete, machte den Anschein, als käme ihm das Verhalten seines neuen Schwagers langsam beunruhigend vor. Er legte die Kamera ab und fasste den japsend nach Luft ringenden Ralph am Arm, bevor dessen Beine ihren Dienst versagten und er ihm wie ein nasser Sack im Arm hing.

Sven sprang hinzu, um zu helfen. Anke konnte das Gesicht ihres Exmannes in diesem Moment nicht sehen, aber sein Röcheln klang beängstigend.

»Wir brauchen einen Arzt! Schnell!«, rief einer der beiden Männer, die den inzwischen leblos in ihren Armen hängenden Mann vorsichtig auf den Boden legten.

Der Vater des Bräutigams sprach bereits hektisch in sein Handy. Seine Frau kreischte hysterisch, die Braut schluchzte laut auf. Anke fiel ein, dass sie Ärztin war – ihre Freundin Katja, die im Labor des Caritas-Krankenhauses arbeitete, hatte etwas in der Art erwähnt –, doch davon war in diesem Augenblick nichts zu merken.

Sven begann mit einer Herzmassage, Ralphs Schwager versuchte sich an Mund-zu-Mund-Beatmung. Die Augen des Frischvermählten waren weit aufgerissen aus ihren Höhlen getreten, und er atmete ganz offensichtlich nicht mehr selbstständig.

»Er stirbt!«, heulte die junge Serviererin fassungslos.

Erschöpft ließen die beiden Männer nach ein paar Minuten von dem leblosen Körper ab. »Er ist tot«, murmelte sein Schwager und schloss ihm die Augen.

Die Braut fiel in Ohnmacht.

*

Die beiden Sanitäter und der Notarzt hatten alle Hände voll zu tun. Zwar war für den Bräutigam jede Hilfe zu spät gekommen, aber neben der Braut galt es die Mutter des Toten und die Chefin des Cateringunternehmens medizinisch zu versorgen. Letztere hatte mit einem Heulkrampf auf den Exitus ihres Kunden reagiert und wimmerte nun leise vor sich hin, während der Arzt ihr gerade eine Beruhigungsspritze gab.

Die beiden herbeigerufenen Polizeibeamten hatten Verstärkung aus Heilbronn angefordert und bemühten sich, die Festgesellschaft vom mutmaßlichen Tatort weg und ins nebenan befindliche Polizeirevier zu bugsieren. »Bitte nichts mehr berühren«, ordnete der jüngere der zwei Uniformierten an.

»Sie hat meinen Sohn auf dem Gewissen!«, kreischte Erika Perlmann und versuchte sich dem Sanitäter zu entwinden, der ihr gerade fürsorglich eine Decke um die Schultern legen wollte. »Ich habe es gleich gewusst, als ich sie vorher kommen sah: Das nimmt kein gutes Ende! Sie hat ihn umgebracht!«

Der Pfleger hatte Mühe, sie davon abzuhalten, sich auf Anke zu stürzen. »Beruhigen Sie sich doch.«

»Bitte folgen Sie uns aufs Revier«, forderte einer der beiden Polizisten zum wiederholten Mal und trieb sie aus dem Raum.

Im Hinausgehen schnappte sich Oliver eine halb volle Sektflasche von einem der Stehtische im Vorraum und warf der Standesbeamtin einen vielsagenden Blick zu. »Hier nehmen Sie einen Schluck«, bot er ihr an, »Sie sehen aus, als könnten Sie es gebrauchen.«

»Kein Alkohol ist auch keine Lösung.« Sven schloss zu ihnen auf und schwenkte seinerseits eine Flasche Schaumwein. »Prost!« Damit nahm er einen tiefen Schluck Pinot Rosé Brut. »Wäre doch schade um den guten Tropfen, und einen Alkoholtest werden sie schon nicht von uns verlangen«, meinte er.

Jeder verarbeitete den Schock halt auf seine Weise.

*

Anke trank den Espresso aus und sah ihre Freundinnen aus trüben Augen an. »Zum Glück ist morgen Sonntag.«

Silke warf den blonden Pferdeschwanz zurück. »Trinkst du immer so viel bei deinen Trauungen?«, stichelte sie.

»Nur wenn dabei jemand umgebracht wird«, konterte Anke. »Olli hat die Bestände aus dem Lieferwagen des Party-Services geplündert.«

»Olli?« Silke zog fragend die Augenbrauen hoch.

»Der Bruder der Braut«, kam es zurück, »Gläser hat er auch organisiert, wir mussten ja so lange warten.«

»Besonders traurig scheint dieser Olli ja nicht über den Tod seines Schwagers gewesen zu sein«, wunderte sich ihre Freundin.

Die Standesbeamtin zuckte die Schultern. »Jeder verarbeitet das halt auf seine Weise. Und Sven hat auch ganz gut mitgehalten.«

»Sven? Sven Gabriel aus der Oberstufe?«, wurde Bettina nun hellhörig, »den habe ich ja ewig nicht gesehen.«

»Seit Ankes Hochzeit«, wusste Silke.

Anke nickte heftig und fasste sich gleich darauf stöhnend an den Kopf.

»Mädels, wir sollten was zu essen bestellen«, schlug die praktisch veranlagte Katja vor. Schon in ihrer Jugendzeit war sie die Besonnene gewesen, die den anderen dreien durch ihre Umsicht so manches Mal den Hintern gerettet hatte. Katja hatte immer die Hausaufgaben parat, auch wenn keiner wusste, wann sie die erledigt hatte, denn sie fehlte bei keiner Unternehmung. Jetzt schob sie den Freundinnen die Speisekarte hin.

Bettina winkte dem Kellner und deutete auf die leere Tasse vor Anke. »Noch einen.«

Nachdem sich Anke erst am späten Nachmittag und reichlich angeschlagen bei ihren Schulfreundinnen gemeldet hatte, war die für den Abend geplante Reservierung in der Weinstube Schurk in Markelsheim ob Ankes desolaten Zustands auf den kommenden Abend verschoben worden, und die vier waren wieder im Cortina gelandet. Sehr zur Freude von Francesco, dem italienischen Kellner, der am Vorabend wohl ein Auge auf Bettina geworfen hatte. Die schlanke Frau mit den dunkelbraunen Augen und der modischen Kurzhaarfrisur hatte schon immer eine außergewöhnliche Wirkung aufs andere Geschlecht gehabt. Mit einem strahlenden Lächeln stellte Francesco die georderte Kaffeespezialität vor seiner Angebeteten ab. »Prego.«

Anke zog die Tasse zu sich heran. »Ich nehm die Pizza Caprese«, teilte sie ihm mit.

»Für mich Calzone«, schloss sich Silke an.

»Spaghetti mit Tomatensoße«, bestellte Katja.

Der Kellner nickte und ließ Bettina nicht aus den Augen.

»Arrabiata«, hauchte die, und der junge Mann bekam rote Ohren.

Katja räusperte sich. Anke kicherte. Endlich besann Francesco sich auf seine Aufgabe und eilte mit einem weiteren »Prego!« davon.

»Ist er wirklich umgebracht worden?«, wollte Bettina von Anke wissen.

»Immerhin ist die Mordkommission aus Heilbronn angerückt. Und so, wie der aussah … Ein natürlicher Tod war das nicht.«

Francesco trat an ihren Tisch. »Calzone war doch richtig?«, wandte er sich an die blonde Silke, die daraufhin nickte. »Und?« Ein fragender Blick in Ankes Richtung.

»Pizza Caprese.«

»Wie im Tatort«, schwankte Katja zwischen Faszination und Bestürzung. »Ich denke auch, man kann einen natürlichen Tod ausklammern. Bei seinem letzten Check-up war alles in Ordnung, kein Hinweis auf eine Stoffwechselerkrankung, und so schnell bildet sich eine Allergie oder Ähnliches nicht aus.« Als Medizinisch-technische Assistentin im örtlichen Caritas-Krankenhaus kannte Katja die Laborwerte eines Großteils der Bad Mergentheimer Bürger.

»Äh, was für eine Soße sollte das zu den Nudeln sein?«, vergewisserte sich Francesco bei ihr.

»Tomatensoße«, kam es dreistimmig zurück.

»Vielleicht hat er ja irgendwelche Pillen eingeworfen? Früher war er für so was auch immer zu haben«, brachte Silke eine weitere Möglichkeit ins Spiel.

Anke musste ihr recht geben, allerdings waren das Jugendsünden gewesen, während ihrer Ehe hatte er sich diesbezüglich nichts mehr zuschulden kommen lassen. Wobei sie ja gerade mal ein Jahr verheiratet gewesen waren, und seit der Scheidung hatte sie Ralph nicht mehr gesehen.

»Vielleicht hat er auch Viagra genommen«, kicherte Bettina, »immerhin war es sein Hochzeitstag.«

»Kannst du noch mal beschreiben, was passiert ist und wie er aussah? Was hast du gesehen oder gerochen?«, wollte Katja es genau wissen.

*

Zyankali. Schon zwei Milligramm Zyankali pro Kilogramm Körpergewicht wirken tödlich. Die Aufnahme kann oral, aber auch über die Haut oder durch Einat-

men erfolgen. Der Sauerstoff kann dann von den Zellen nicht mehr verwertet werden, die Zellatmung kommt zum Erliegen. Atemnot und eine typische rosige Hautfarbe sind die Folge. Weitere Symptome sind Schwindel, Erbrechen, Krämpfe und der charakteristische Bittermandelgeruch der Ausatemluft.

*

Kerstin Franke, Hauptkommissarin der Mordkommission aus Heilbronn sah aus dem Fenster ihrer vorübergehenden Unterkunft. Das Hotel Central-Vital am Hans-Heinrich-Ehrler-Platz, in dem sie und ihr Kollege untergebracht waren, machte seinem Namen alle Ehre, denn es lag zentral, inmitten Bad Mergentheims, fußläufig erreichbar vom Schloss, wo sich nicht nur das örtliche Polizeirevier, sondern auch der mutmaßliche Tatort befanden.

Wäre der Grund ihres Hierseins nicht dienstlicher Natur gewesen, sie hätte den Aufenthalt in der Kurstadt sehr genossen. Schon der Weg durch die Burgstraße über den schönen und belebten Marktplatz mit dem historischen Milchlingsbrunnen, den sie zusammen mit einem der ortsansässigen Beamten zu Fuß genommen hatte, glich einem gemütlichen Stadtbummel, führte er doch durch die Fußgängerzone der Kleinstadt an der Tauber. Die Kollegen, die das Gepäck mit dem Dienstwagen ins Hotel transportiert hatten, hatten für die kurze Strecke länger gebraucht als sie und der Polizeibeamte.

Schnell und unkompliziert hatten sie einchecken und ihre Zimmer in Beschlag nehmen können. Nun hatten sie beide Gelegenheit, sich frisch zu machen und, falls gewünscht, zu Hause bei ihrer Familie anzurufen. Später war im hoteleigenen Restaurant ein Tisch reserviert. Dann würden sie bei einem Abendessen das weitere Vorgehen besprechen.

Kerstin Franke streckte sich. Ihre Reisetasche hatte sie schnell ausgepackt, sie fühlte sich einigermaßen frisch, und jemanden, der auf ihren Anruf wartete, gab es zurzeit nicht. Aber das war eine andere Geschichte, an die sie im Moment nicht denken wollte.

Wie auf Kommando klingelte ihr Handy. Die Nummer kannte sie leider besser, als ihr lieb war: Vinzenz Fürst, der Staatsanwalt. Jetzt gab es mal ein Tötungsdelikt außerhalb der Stadtgrenzen Heilbronns und dann war der eigentlich zuständige Staatsanwalt in Urlaub. Und wer hatte stattdessen Bereitschaft? Der Oberstaatsanwalt höchstselbst. Vinzenz Fürst, oder »der Fürst«, wie er auch genannt wurde, war ein eingebildeter Besserwisser, der sich nur selten dazu herabließ, persönlich am Tatort zu erscheinen. Letzteres war auch das einzig Gute an der Zusammenarbeit mit ihm. Dafür terrorisierte er die Ermittler mit seinen Anrufen. Er wollte alles ganz genau wissen und mischte sich überall ein, Kerstin war schon des Öfteren mit ihm zusammengeraten. Wahrscheinlich, so überlegte sie, lag es an der Tatsache, dass sie eine Frau war und er ein Macho. Fürst war Junggeselle und hatte den Ruf, ein Frauenheld zu sein. Sie selbst kannte ihn nur von kurzen unerfreulichen Begegnungen und von Fotos aus der Regenbogenpresse, wo der unverheiratete Fürst regelmäßig in wechselnder Damenbegleitung auftauchte.

»Ja?«, meldete sie sich knapp und unwirsch.

Als sie am Tatort die Rufbereitschaftsnummer der Staatsanwaltschaft gewählt und ihn am Apparat gehabt hatte, hatte sie ihn ganz offensichtlich gestört. Vielleicht bei einem Schäferstündchen, dachte sie gehässig. Nun rief er zurück und verlangte eine umfassende schriftliche Darstellung. Mit einem »Bitte« hielt er sich bei dieser Forderung nicht auf.

Kerstin warf ihren Laptop an und suchte die auszufüllenden Formulare. Dann starrte sie eine Weile auf den blinkenden Punkt oben links auf der leeren Eingabemaske. Doch statt zu schreiben, ließ sie den Nachmittag zunächst in ihren Gedanken Revue passieren: Gegen 16.30 Uhr waren sie und ihr Kollege, Polizeioberkommissar Torsten Ebert, von Heilbronn im Bad Mergentheimer Polizeirevier angekommen. Es war zwar nicht ihr erster Besuch in der Kurstadt, doch trotzdem war sie ein weiteres Mal fasziniert von der beeindruckenden Kulisse des Deutschordenschlosses. Der mutmaßliche Tatort befand sich in unmittelbarer Nachbarschaft der Wache und ebenfalls in Räumlichkeiten des historischen Gemäuers. Unter weniger mörderischen Umständen hätte sie großes Vergnügen daran gefunden, den Schlosshof und die umliegenden Gebäude zu erkunden. Auf der, dem Tatort gegenüberliegenden Seite befand sich das Deutschordenmuseum und in der Mitte des Hofs ein idyllisches Café. Alles ganz wundervoll, wäre da nicht die Leiche gewesen. Ein Arzt hatte den Toten bereits untersucht und eine Überführung in die Rechtsmedizin angeordnet, sobald das Team der KTU, das dabei war, Spuren zu sichern und Beweismittel zu sammeln, dafür seine Zustimmung gäbe. Einen natürlichen Tod hatte der Mediziner ausgeschlossen.

In und zum Teil vor der Tür des Polizeireviers hatten die Zeugen gestanden, allesamt Gäste der Trauung, die ausgerechnet für den Bräutigam tödlich geendet hatte. Die Kollegen vor Ort hatten nichts falsch machen wollen und deshalb die ganze Gesellschaft dabehalten. Leider war an eine ordentliche Vernehmung dieser Beobachter trotzdem nicht zu denken. Einige der Gäste waren von den herbeigerufenen Sanitätern ruhiggestellt worden, andere hatten sich selbst offenbar mit Alkohol betäubt. Sie hatte daher mit jedem Einzelnen einen Termin für den morgigen Sonntag vereinbart, was ob des angeschlagenen Zustands eines Großteils der Anwesenden schon lange genug gedauert hatte. Sie seufzte, das ging also gut los …

*

Ein Stockwerk über ihr stand Oliver Kubelka ebenfalls am Fenster. Den Tag hatte sich der 31-Jährige natürlich anders vorgestellt.

Er war gestern anlässlich der Hochzeit seiner Schwester angereist und hatte sich zentral eingemietet. Bei Janette und ihrem zukünftigen, inzwischen frisch angetrauten und nun verstorbenen Gatten hatte er nicht wohnen wollen, denn das Verhältnis zu Ralph Perlmann war, vorsichtig ausgedrückt, angespannt. Wäre er nicht der einzige lebende Verwandte der Braut gewesen – ihre Eltern waren vor fünf Jahren bei einem Autounfall ums Leben gekommen –, hätte er dieses Event abgesagt, doch das hatte er seiner Schwester nicht antun wollen. Er hatte es ihr dann auch nicht abschlagen können, ihr Trauzeuge zu sein.

Er würde das Beste aus seinem Besuch der baden-württembergischen Kleinstadt machen, das hatte er sich vorgenommen. Und der erste Eindruck hatte ihn tatsächlich versöhnt. Als er ankam, schien die Sonne, und er erfuhr von der netten Dame an der Hotelrezeption, dass das Taubertal für sein schönes Wetter bekannt sei. »Bei uns ist es immer ein bisschen wärmer als im durchschnittlichen Deutschland«, behauptete die junge Frau, »und es regnet auch weniger als in anderen Gebieten. Sehr zum Leidwesen mancher Landwirte oder der Weinbauern«, ergänzte sie, »aber die Touristen freuen sich.«

Und für eine Hochzeit ist es ideal, hatte er gedacht und doch tatsächlich so etwas wie Vorfreude auf den heutigen Tag verspürt. Mit seinem Schwager hatte er nur das Nötigste gesprochen und sich sogar überreden lassen, vor der Trauung ein paar Fotos von dem glücklichen Paar im Schlosspark zu machen. Den Chip mit den Fotos hatte nun die Polizei. Janette lag hinter ihm auf dem Bett seines Hotelzimmers, war vollgepumpt mit Beruhigungsmitteln und starrte blicklos vor sich hin. In diesem Zustand hatte er sie nicht nach Hause schicken wollen. »Wir müssen seine Eltern informieren«, murmelte sie gerade tonlos.

Oliver wandte sich um und atmete tief durch. »Schätzchen, die waren dabei. Sie wissen Bescheid.«

Sie richtete sich halb auf. »Oh mein Gott! Wie haben sie reagiert?«

Seine Mutter hat einen Tobsuchtsanfall bekommen und Ralphs Ex beschuldigt, ihn umgebracht zu haben. Wir konnten gerade noch verhindern, dass sie auf sie losgegangen ist. Der Vater hatte dagegen beinahe teilnahmslos gewirkt und schien nichts Wichtigeres zu tun zu haben, als wegen des Auftrags für eine Torte zu telefonieren, dachte Oliver. Gut, vielleicht war das seine Art, mit dem Schock fertig zu werden. Er machte einen Schritt auf Janette zu und legte ihr eine Hand auf die Schulter. »Gefasst«, äußerte er dann laut. »Sie haben gefasst reagiert.«

Janette sackte unter seiner Berührung zusammen. »Was wird jetzt aus mir?«, flüsterte sie.

»Ruh dich erst mal aus«, antwortete er unbeholfen. »Morgen sehen wir weiter.« Er streichelte ihr über den Rücken. Was sollte er anderes sagen. Janette war eine gestandene Frau. Sie arbeitete seit Kurzem im örtlichen Krankenhaus als Assistenzärztin. Zwar bestand ihr Bekanntenkreis vermutlich nur aus den Freunden Ralphs, doch das würde schon werden. Und wenn nicht, konnte sie vielleicht sogar zurück nach Hannover gehen. Er nahm an, dass sie sich noch in der Probezeit befand. Glücklicherweise entspannte sich Janette unter seiner Berührung und sank zurück in die Kissen. Einen Moment betrachtete er ihr blasses Gesicht, das trotz der Make-up-Schlieren hübsch aussah. Er strich ihr eine Strähne ihres dunkelblonden Haares aus der Stirn. »Das wird schon«, murmelte er.

Sein Magen knurrte. Ob er sie einen Moment alleine lassen konnte, um irgendwo etwas zu essen? Immerhin hatte er seit dem Frühstück nichts mehr zwischen die Zähne bekommen, wenn man mal von den Häppchen auf der Trauung absah, aber da hatte er nur eines gehabt. Nach Ralphs Ableben war ihnen allen der Appetit vergangen. Man wusste schließlich nicht, was dessen Zustand ausgelöst hatte. Wobei, dem Sekt hatten er, Anke, die nette Standesbeamtin und Sven, der linkische Kumpel von Ralph, ohne Bedenken zugesprochen. Er und Sven hatten Anke ganz schön abgefüllt. Aber zum einen schmeckte der Sekt sehr lecker und zum anderen hatten sie das einfach gebraucht.

Und jetzt brauchte er dringend etwas zu essen.

*

Morphin. Morphin ist das Hauptalkaloid von Opium und gleichzeitig die Stammsubstanz von Heroin. Heroin wird aus der Mohnpflanze gewonnen. Die Hauptgefahr bei Überdosierung ist die Dämpfung des Atemzentrums, die zu Bewusstlosigkeit und schließlich zum Atemstillstand führen kann. Die Vergabe kann oral oder intravenös erfolgen. Der Stoff wird bei Aufnahme über den Mund allerdings nicht vollständig ins Blut aufgenommen.

KAPITEL 2 – SONNTAG

»Wer stört?«, knurrte Anke in den Hörer.

»Dass du auch mal zu erreichen bist! Du wolltest dich doch noch melden, gestern Abend. Ich habe mir schon solche Sorgen gemacht«, beschwerte sich ihre Mutter.

Stimmt, Anke erinnerte sich vage daran, irgendwann während des Nachmittags ihre Mutter am Handy gehabt zu haben. Selbstverständlich hatte es sich da längst bis nach Neunkirchen herumgesprochen, warum das Brautpaar nicht zur Trauung in der Kirche erschienen war.

»Als du angerufen hast, waren schon sämtliche, möglicherweise vergifteten Lebensmittel sichergestellt«, konterte Anke, »kein Grund also, sich Sorgen zu machen.«

»Ich hatte keine Angst, dass du vergiftet wurdest, sondern dass man dich verhaftet hat.«

»Stimmt, das Gerede der Klatschweiber wäre viel schlimmer«, fauchte Anke wütend.

»Du weißt doch, wie die sind.«

»Oh ja, und zwar aus erster Quelle.«

»Was soll das denn wieder heißen?«, Frau Wardlinger schwankte ganz offensichtlich zwischen Beleidigt-Sein und Neugier. »Kommst du heute noch zu uns?«, entschied sie sich für eine dritte, neutrale Variante.

»Du weißt doch, Betti und Silke sind in Mergentheim. Da habe ich keine Zeit.«

»Immer habt ihr etwas *Besseres* vor«, beschwerte sich ihre Mutter, nun doch eingeschnappt. »Deine Schwester hat auch keine Zeit, ihre alten Eltern zu besuchen. Ich habe mein Enkelkind schon ewig nicht mehr gesehen. Ihr wisst genau, dass ich wegen des Kiosks nicht so ohne Weiteres wegkann. Aber für euch ist ja immer etwas anderes wichtiger …«

Anke ließ sie reden und suchte derweil nach ihren hellgrauen Pumps, sie hatte sie gestern auf dem Weg vom Flur in die Küche abgestreift.

»Karlo hat heute wieder so einen Angelkurs«, redete ihre Mutter weiter. »Was bringt der den Leuten denn den ganzen Tag bei? So schwer kann es doch nicht sein zu …«

Anke angelte ihrerseits einen ihrer Schuhe aus dem Papierkorb neben der Garderobe und ließ sie reden. Ihr Schwager Karlo betrieb einen Laden für Angelzubehör in Tauberbischofsheim und gab am Wochenende regelmäßig Seminare für Neueinsteiger dieses Hobbys. Ankes Schwester Heike wiederum begleitete ihn mit Söhnchen Thilo meistens zu den idyllisch gelegenen Angelplätzen an der Tauber, anstatt ihre Eltern in Neunkirchen zu besuchen. Nicht nur diese Tatsache war den alten Herrschaften ein Dorn im Auge. Sie hatten es ihrer jüngeren Tochter noch immer nicht ganz verziehen, dass die ausgerechnet einen Mann aus dem ungeliebten Tauberbischofsheim geheiratet hatte, das *ihrem* Bad Mergentheim anno 1972 den Sitz der Kreisverwaltung »gestohlen« hatte, wie sie es nannten. Vor allem ihr Vater haderte nach diesem Ereignis mit dem »TBB« auf dem Nummernschild seines Wagens, nur einer der Auswirkungen der damaligen Kreisreform, aber eben einer weithin sichtbaren. So war er dann auch einer der Ersten gewesen, der die Möglichkeit genutzt hatte, das alte Kennzeichen »MGH« zu beantragen, als dies 2014 angeboten wurde.

Anke verdrehte die Augen und merkte, dass es dahinter gehörig pochte. Sie sah auf die Uhr. 7.12 Uhr, auf ihre Mutter war Verlass. Ihr bliebe also noch reichlich Zeit bis zu ihrem Termin mit der Kommissarin. »Tut mir leid, ich habe gleich eine Vorladung bei der Polizei«, log sie. »Ich melde mich«, beendete sie das Gespräch.

Natürlich klingelte das Telefon sofort wieder, bis sich schließlich der Anrufbeantworter einschaltete. »Du benimmst dich absolut kindisch, Anke!«, hörte sie ihre Mutter lamentieren. »Ich wollte dich ja nur warnen. Frau Perlmann hat gestern überall herumerzählt, du hättest ihren Sohn auf dem Gewissen. Sie wollte in die Kirche, und als sie mich auf dem Weg dorthin gesehen hat, ist sie auf mich losgegangen. Der Pfarrer hat sie nur mit Mühe beruhigen können.« Das allerdings konnte Anke sich gut vorstellen, immerhin war der Kirchenmann selbst immer zerstreut und nervös. »Er hat sie dann nach Hause gebracht, und sie hat ihm erzählt, dass sie gesehen hätte, wie du ihrem Sohn etwas in sein Glas geschüttet hast.«

*

Sven Gabriel betrachtete die Tablette, die sich gerade sprudelnd auflöste. Er hatte Kopfschmerzen. Und das lag nicht an seinem übermäßigen Alkoholkonsum von gestern. Nein, die Anspannung raubte ihm seit Tagen den Schlaf, weshalb die tägliche Dosis Schmerzmittel inzwischen zu seinem Morgenritual gehörte. Er konnte sich fast nicht mehr erinnern, wann er damit angefangen hatte. Erst war da der Stress mit Ralph gewesen, der ihm zu schaffen gemacht hatte. Dann kam plötzlich dessen Nachricht von der geplanten Heirat und die Bitte an ihn, sein Trauzeuge zu sein. Das hatte ihn gewundert, nach allem, was vorgefallen war, und nicht für Entspannung gesorgt.

Er hatte das Gespräch gesucht, und sie hatten sich ausgesprochen. Sven hatte daraufhin zugesagt. Kaum jedoch hatte er seine Zustimmung gegeben, verursachten ihm die Hochzeitsvorbereitungen Kopfzerbrechen. Sven hatte noch nie gerne etwas dem Zufall überlassen, und so plante er auch dieses Event minutiös. Wie es aussah, war er der einzige Freund, den Ralph in Bad Mergentheim noch hatte, sodass er den Junggesellenabschied praktisch allein organisieren musste.

Es war dann auch nur eine Handvoll Leute dabei, denn sein ehemaliger Schulkamerad hatte es sich nicht erst in der letzten Zeit mit den meisten Freunden verdorben. Sven konnte schließlich selbst ein Lied davon singen. Ralph Perlmann war eingebildet und egozentrisch, aber er verfügte auch über Charisma.

Sein neuestes Projekt, diese sogenannte Fitnesstorte, die er in der neu von ihm eröffneten Bäckereifiliale in Tauberbischofsheim anbot, zeigte das eindrucksvoll. Ralph hatte aufwendig gestaltete Flyer drucken lassen, in denen er die gesunde Schlemmerei anpries. Überall außerhalb Bad Mergentheims warb er damit und hatte die Torte bereits in so manche Cafés und Gastronomiebetriebe gebracht. Sven erinnerte sich noch daran, dass Ralph ein gesundes Tortenrezept angestrebt hatte. Wie das seinem Freund letztendlich gelungen war, blieb ihm ein Rätsel. Aber vermutlich hatte er sich bei der Kreation das Wissen weiterer Experten zunutze gemacht, um sie dann wieder abzuservieren, nachdem er gehabt hatte, was er von ihnen brauchte.

Sven trank die noch immer sprudelnde Flüssigkeit in einem Zug aus und ging ins Badezimmer. Vielleicht würde eine warme Dusche ihr Übriges zu seiner Entspannung beitragen.

*

Kerstin Franke nahm einen Schluck ihres Cappuccinos. So ließ es sich leben. Sie hatte die Befragung der Standesbeamtin kurzerhand in den idyllischen Außenbereich des Cafés im Schlossgarten verlegt, nachdem sie diesen während der vorangegangenen Gespräche aus dem Fenster des Polizeireviers bereits sehnsüchtig beobachtet hatte.

Die temporäre Verlagerung ihres Arbeitsplatzes hatte einen weiteren Vorteil: Hier war sie vor den Anrufen des Staatsanwaltes vorerst sicher. Dieser hatte offenbar einiges an ihrem gestern abgelieferten Bericht auszusetzen und sie bereits mehrere Male deswegen telefonisch versucht zu erreichen. Nun lag ihr Handy stummgeschaltet auf ihrem Schreibtisch.

Anke Wardlinger nippte an ihrem Wasser, das es zum Espresso gab.

»Der Tote ist also Ihr Exmann?«, vergewisserte sich die Hauptkommissarin.

Ihr Gegenüber nickte und sah sich nervös um. Niemand schien sie zu beachten. Man hatte Kerstin Franke erlaubt, einen der Tische etwas abseits zu stellen, um keine Lauscher zu haben. »Und da führen ausgerechnet Sie die Trauung durch?«, wunderte sie sich.

»Mein Kollege war, äh ist krank. Er hat mich am Morgen angerufen. Glauben Sie mir, wenn es kein Notfall gewesen wäre, hätte ich das nicht getan. Ich hätte meinem Ex auch lieber den Hals umgedreht als ihn zu trauen«, stieß Anke Wardlinger heftig hervor.

»So wie Sie das sagen, glaube ich Ihnen gerne.«

Jetzt wurde die Standesbeamtin blass. »Ich meine …«, sie stockte, »ich wollte damit nur sagen, dass das nicht so geplant war. Ralph war nicht gerade begeistert, als er mich gesehen hat, und meine Exschwiegermutter hat …«, sie verstummte abrupt.

»Was hat Ihre ehemalige Schwiegermutter getan?«, fragte die Kommissarin leise.

»Äh, ach getan hat sie nichts. Oder, äh, also sie hat sich halt ein bisschen … also gewundert hat sie sich«, stammelte Anke.

»Frau Wardlinger, ich habe heute Morgen schon mit Frau Perlmann senior gesprochen. Sie sagt, sie habe gesehen, wie Sie etwas ins Glas ihres Sohnes geschüttet hätten.«

»Die spinnt doch!«, rief die Standesbeamtin so laut, dass nun doch ein paar Cafébesucher auf die Frauen aufmerksam wurden. Hastig dämpfte sie ihre Stimme: »Sie kann gar nichts gesehen haben, weil ich nichts getan habe«, flüsterte sie.

»Noch wissen wir nicht, wie genau Ralph Perlmann zu Tode kam«, gab Kerstin Franke zurück. »Nach erster Inaugenscheinnahme des Notarztes handelt es sich wohl um eine Vergiftung. Wie und wo man ihm das verabreicht hat, kann ich Ihnen nicht sagen. Aber sollte sich herausstellen, dass das Gift in seinem Sektglas war …«, sie ließ den Satz unbeendet.

»Ich bin nicht mal in die Nähe von Ralphs Glas gekommen«, verteidigte sich Anke, ihre Augen folgten einem Mann, der sich dem Café näherte.

»Wie gesagt, unsere diesbezüglichen Untersuchungen sind nicht abgeschlossen. Immerhin haben wir die Aussage von Erika Perlmann.«

»Grüß dich, Anke, das ist ja eine Überraschung. Wie geht es dir denn heute?« Der Mann trat an ihren Tisch. »Oh, Frau Kommissarin.« Er sah die beiden Frauen erwartungsvoll und, wie es schien, ein bisschen misstrauisch an.

»Hallo, Sven«, grüßte Anke.

Jetzt erkannte Kerstin Franke den Neuankömmling ebenfalls: »Guten Tag, Herr Gabriel.«

*

VX. VX ist ein chemischer Kampfstoff und zählt innerhalb der Nervengifte zur V-Reihe. Er dringt über die Haut, die Augen und die Atemwege in den Körper ein und verursacht zunächst Husten und Übelkeit. Dann lähmt er die Atemmuskulatur und führt innerhalb weniger Minuten unter starken Schmerzen und Krämpfen zum Tod. Die Kontamination kann nur durch einen adäquaten Schutz verhindert werden.

*

»Und dann hat sie mich gebeten, erst einmal keine Reise ins Ausland zu unternehmen.« Anke beschleunigte ihren Schritt und ließ sich auf dem Rand des Herkulesbrunnens inmitten des Weikersheimer Schlossparks nieder.

»Ich dachte, so etwas sagen die nur in Fernsehkrimis.« Katja setzte sich neben sie. Bettina tat es ihr gleich, fuhr mit der Hand durch das Wasser und spritzte Silke ein paar Tropfen entgegen.

»Vielleicht solltest du dir einen Anwalt nehmen?«, überlegte die laut. »Wenn die Kommissarin sich auf dich eingeschossen hat.«

Die vier Freundinnen hatten ihren Ausflug nach Weikersheim heute nachgeholt. Allerdings hatten sie sich gegen die ursprünglich geplante Schlossführung entschieden, immerhin wussten sie ja, was sie da erwartete, obwohl es jedes Mal schön war. Besonders reizvoll waren die Themenführungen. Von »höfischer Gartenlust« bis hin zu »tierisch viel los« wurde da für jeden Geschmack etwas geboten. Am heutigen Sonntag stand dagegen lediglich eine klassische Führung auf dem Programm, die die vier Frauen schon kannten, und so hatten sie darauf verzichtet. Aber einen Spaziergang im Barockgarten hatten sie sich gegönnt. Dabei konnte man nicht nur die einzigartige Atmosphäre der ehemals gräflichen Residenz genießen, sondern vor allem nach Herzenslust miteinander schwatzen. Das war schließlich einer der Gründe ihrer regelmäßigen Treffen – und zu erzählen gab es reichlich.

Gerade hatte Anke ausführlich von ihrem morgendlichen Gespräch mit der Hauptkommissarin berichtet, dem Verhör, wie sie es nannte, obwohl Katja an dieser Bezeichnung ihre Zweifel zum Ausdruck brachte und auch an dem Verbot, die Stadt zu verlassen. Anke neigte gelegentlich zu Übertreibungen. »Wenn schon keine Prinzessin, dann wenigstens eine Drama-Queen«, neckten ihre Freundinnen sie dann liebevoll.

»Auf jeden Fall bin ich verdächtig«, brachte die Drama-Queen es auf den Punkt. »Meine Exschwiegermutter hat mich angeschwärzt.«

»Sie hat tatsächlich behauptet, du hättest Ralph was ins Glas gekippt?«, wollte Silke es genau wissen.

»Ja.«

Katja runzelte die Stirn. »So etwas sagt man doch nicht so einfach. Vielleicht hat sie jemand anderen beobachtet …«

»Ach was, ich war nicht zu übersehen in meinem Arbeitskostüm. Ich hab wahrscheinlich ausgesehen wie eine Presswurst«, jammerte Anke.

Bettina musterte sie von der Seite. »Ein paar Kilos weniger würden dir nicht schaden«, urteilte sie dann gnadenlos.

»Ich mach ja schon Diät. Also normal«, verteidigte sich die Freundin. »Ich habe sie nur für euren Besuch unterbrochen.«

Katja legte ihr den Arm um die Schultern. »So schlimm ist es auch nicht. Ich hatte das Gefühl, dem Typen gestern Abend im Cortina hast du ganz gut gefallen, genau so, wie du bist.«

»Was war das überhaupt für einer? Sah ganz schnuckelig aus«, wollte Bettina wissen.

Silke ging in die Hocke und kramte in ihrer geräumigen Handtasche. Durch ihre Arbeit als Leiterin eines Frauenhauses, hatte sie nicht nur immer einen guten Rat, sondern allerlei nützliche Utensilien zur Hand.

»Das war der Trauzeuge am Samstag. Olli.«

»Ich dachte, Sven war Trauzeuge?«, ließ Silke sich vernehmen.

»Der auch. Und halt dieser Olli. Er ist, glaube ich, der Bruder der Braut.«

»Und was wollte der gestern im Cortina?«, fragte Silke und wühlte weiter in ihrer Tasche.

Bettina schnaubte. »'ne Pizza. Hast du doch gesehen.«

»Ja, aber …«

»Er hatte Hunger, wollte aber seine Schwester nicht so lange alleine lassen, deswegen hat er angerufen und sich was zu essen bestellt und schnell abgeholt«, erklärte Anke.

»Habt ihr euch verabredet?«, interessierte Bettina.

Anke bekam einen verträumten Gesichtsausdruck. »Wir wollten telefonieren. Und dann mal sehen. Er hat auf jeden Fall vor, so lange zu bleiben, bis es seiner Schwester einigermaßen gut geht.«

»Na, dann hoffen wir aber, dass du nicht verhaftet wirst«, meinte Katja trocken. »Hast du überlegt, wen deine Exschwiegermutter gesehen haben könnte, der oder die Ralph etwas ins Glas gekippt hat?«

»Die hat sich das bestimmt bloß ausgedacht, um mir eins auszuwischen.«

Katja war nicht überzeugt. »Hm, immerhin geht die Polizei von einem Giftmord aus und ich auch, nach allem was du über seine Symptome berichtet hast.«

»Ah, endlich!«, rief Silke aus, fischte einen Prospekt aus ihrer Handtasche und streckte ihn Anke entgegen.

»Naschen ohne Reue«, stand da fett gedruckt über dem Bild einer prachtvollen Torte. Daneben waren das Logo eines Restaurants am Weikersheimer Marktplatz und das der Perlmann-Bäckerei abgebildet.

»Ich meine, weil du gerade vom Abnehmen gesprochen hast«, verteidigte sich die Freundin, als sie Ankes argwöhnischen Blick sah. »Und ein Stück Kuchen könnte ich jetzt vertragen.«

»Du hast recht«, lenkte Anke ein, »was kann die arme Torte dafür, dass sie in der Bäckerei meines Exmannes entstanden ist.«

»Deines verstorbenen Ex«, betonte Silke, »lassen wir die Toten fürs Erste ruhen und gönnen uns eine Kaffeepause, was meint ihr?« Sie stand auf und streckte Anke die Hand entgegen.

»Du hast recht.« Bettina erhob sich vom Brunnenrand. »Außerdem bin ich neugierig, ob die wirklich so unwiderstehlich ist, wie es hier steht.« Sie deutete auf den bunten Prospekt. »Den Flyer hat bestimmt Ralph entworfen. Er neigte schon immer zu Übertreibungen.«

*

Janette Perlmann, geborene Kubelka kam sich vor wie in einem Traum. Einem Albtraum! Sie saß im Wohnzimmer der Familie Perlmann, während ihre Schwiegermutter mit tränenerstickter Stimme von Ralphs Konfirmation berichtete. Auf dem Tisch lagen mehrere Fotoalben. Erika Perlmann blätterte im zweiten. »Da«, sie deutete auf eines der Fotos, »er war der größte Junge in seinem Konfirmandenjahrgang.«

»Der einzige«, murmelte der Pfarrer und tätschelte ihre Hand, dabei schielte er nach der Eierlikörflasche auf dem Beistelltischchen. »Es waren sieben Mädchen, aber nur ein Junge«, erklärte er an Janette gewandt. Als ob sie das interessiert hätte.

»Alle haben ihn geliebt«, schluchzte die Mutter. »Er war so ein schönes Kind!«

Das stimmte. Ralph war schon mit 14 Jahren ein hübscher Junge gewesen und ein Mädchenschwarm, so wie es auf dem Bild aussah. Die weiblichen Konfirmandinnen schienen ihn allesamt anzuhimmeln. Na ja, in dem Fall war die Auswahl männlicher Mitkonfirmanden nicht groß gewesen, doch Janette hatte ähnliche Erfahrungen in anderem Umfeld gemacht. Ralph hatte das gewisse Etwas gehabt, das bei der Damenwelt ankam – und das hatte er gewusst. Dabei war er eher der »bad guy« gewesen, aber genau das gefiel den meisten Frauen. Einen netten Kumpel wie beispielsweise ihren Bruder Oliver, der mit verschränkten Armen am Türrahmen lehnte, fanden die meisten als Partner langweilig. Sie schluchzte auf. Was war sie stolz gewesen, als ihr der »böse Bube« einen Heiratsantrag gemacht hatte. Sie verbarg ihr Gesicht in den Händen.

»Nun, nun.« Der Pfarrer streichelte ihr unbeholfen über den Unterarm und schaute traurig in das leere Glas vor sich auf dem Tisch.

Olli löste sich von der Tür und trat neben sie. »Möchtest du einen Spaziergang machen?«

»Ja«, stimmte der Kirchenmann freudig zu. »Ein wenig frische Luft tut Ihnen sicher gut. Vielleicht sehen Sie sich unsere wunderschöne Kirche an und unseren prachtvoll angelegten Friedhof ...« Er verstummte.

Erika Perlmann sog scharf die Luft ein.

»Tja, also. Ich meine, es ist so schönes Wetter, hier drinnen geht man ja ein«, er räusperte sich und starrte wieder in sein leeres Glas.

»Soll ich Ihnen noch etwas einschenken?«, bot Olli an.

Erika Perlmanns Kopf zuckte ruckartig herum ob dieser Anmaßung.

»Gerne!«, beeilte sich der Pfarrer zu antworten, bevor die Dame des Hauses etwas erwidern konnte.

»Es ist einfach pietätlos, wie Sie zur Tagesordnung übergehen. Mein Sohn ist gestorben.«

»Und der Mann meiner Schwester«, ergänzte Oliver mit schneidender Stimme, während er dem Pfarrer nachschenkte. Danach betrachtete er kurz das Etikett, als hätte er am liebsten einen tiefen Schluck direkt aus der Flasche genommen, bevor er sie verschloss und zurückstellte.

Janettes Schwiegermutter funkelte ihn wütend an. Vielleicht, weil sie sich plötzlich erinnerte, wie dieser Mann gestern mit Ralphs Exfrau Sekt getrunken hatte, während sie um ihren Sohn trauerte. Sie hatte das vorher dem Pfarrer erzählt, bevor die beiden eingetroffen waren. Womöglich steckten dieser Oliver und die unsägliche Anke ja unter einer Decke? Sie musste das unbedingt dieser Hauptkommissarin erzählen.

*

Kerstin Franke hatte ihren Arbeitsplatz ins Hotel verlegt, nachdem fürs Erste sämtliche Zeugen befragt worden waren. Unwillig hatte sie dem Staatsanwalt telefonisch Rede und Antwort gestanden und dem Kollegen für den Rest des Tages frei gegeben, immerhin war Sonntag. Torsten, ihr Assistent, hatte sich gleich zurück auf den Weg nach Heilbronn gemacht, wo er morgen Vormittag der Obduktion von Ralph Perlmann beiwohnen würde. Sie selbst hatte sich dafür entschieden hierzubleiben. Ihr Beziehungsstatus war kompliziert, etwas Abstand tat also gut. So schlug sie zwei Fliegen mit einer Klappe, denn eine Leichenöffnung gehörte nicht zu den angenehmsten Seiten ihres Berufs, darin waren sich sie und ihr Kollege Torsten einig. Normalerweise zogen sie Streichhölzer, und sie verlor leider überproportional oft. Klar, sie hätte ihren Status als Vorgesetzte nutzen können, doch da war sie nicht der Typ dafür.

Sie hatte also Glück, dass Torsten als junger Familienvater diesmal die Kröte schluckte, um damit einen Sonntagnachmittag und -abend mit seiner Familie zu gewinnen. Es war eben alles zu etwas gut, dachte sie positiv. Sie versuchte, ihr eigenes Privatleben zu verdrängen und sich einen Überblick über die Geschehnisse des gestrigen Tages zu verschaffen.

Die Zeugen waren alle stark emotional beteiligt, sogar die Standesbeamtin und die Inhaberin des Cateringunternehmens schienen mehr als eine Geschäftsbeziehung mit dem Opfer gehabt zu haben. Anke Wardlinger war mal mit ihm verheiratet gewesen, bei Friederike Wittig-Anders, der Cateringchefin, tippte sie auf eine Affäre. Ihre Erklärung, sie sei um den Ruf ihrer jungen Firma besorgt, nahm sie ihr nicht ganz ab, da musste mehr gewesen sein.

So oder so war die Anwesenheit der beiden Frauen bei der Trauung, ob gewollt oder zufällig, ein Affront gegen die Zukünftige. Und alle drei Frauen kamen ihrer Ansicht nach als Täterinnen in Frage. Dass Gift die Todesursache darstellte, war nahezu sicher und Gift wiederum die klassische Mordwaffe einer Frau. Das besagte zumindest die Statistik, und Kerstin Franke war geneigt, ihr in diesem Fall recht zu geben. Eine der drei Frauen war die Mörderin. Ihre aktuelle Favoritin hieß Anke Wardlinger.

*

»Anke, du hier und nicht in einer Gefängniszelle?«

Unwillig blickte die so Angesprochene von ihrem Teller mit den Grünkernküchle auf. »Charlie! Du hier und nicht in der Redaktion?«, begrüßte sie den ehemaligen Schulkameraden, der bei der Tauberzeitung in Bad Mergentheim arbeitete.

»Ich schreibe einen Bericht über die besten Restaurants im Taubertal, und da darf die Weinstube Schurk in Markelsheim natürlich nicht fehlen. Darf ich?« Damit setzte sich der schlaksige Mittdreißiger an den Tisch der vier Freundinnen. »Aber wo ich gerade mal die Zeugin und Hauptverdächtige im ›Schlosshofmord‹ vor mein Mikrofon bekomme. Hast du ein Statement?« Er hielt seiner ehemaligen Klassenkameradin ein Diktiergerät vor die Nase.

»Schleich dich«, zischte Bettina.

»Wie kommst du dazu, Anke als Verdächtige zu bezeichnen?«, mischte Katja sich ein.

»Hauptverdächtige«, präzisierte Silke und verschränkte die Arme vor der Brust.

»Na, dass die beiden nicht im Guten auseinandergegangen sind, ist schließlich kein Geheimnis«, gab Charlie zur Antwort und winkte der Bedienung.

Anke blitzte ihn wütend an. »Wenn ich jeden, den ich nicht leiden kann, gleich umbringen würde, dann wären wir beim nächsten Klassentreffen nur noch zu dritt«, übertrieb sie.

Der Reporter grinste und bestellte einen Tauberschwarz trocken von der hiesigen Winzergenossenschaft bei der jungen Restaurantmitarbeiterin, die soeben an ihren Tisch getreten war.

»Den trinkst du aber woanders«, bestimmte Bettina.

»Weißt du mehr über den Ermittlungsstand als wir? Du glaubst doch wohl nicht im Ernst, dass Anke Ralph umgebracht hat?«, kam es von Katja.

»Die Antworten lauten: erstens ›weiß nicht‹ und zweitens ›weiß nicht‹.«

»Spinnst du!«, entrüstete sich Bettina und drohte ihm mit ihrem Steakmesser.

»Und was *weißt* du?«, beharrte Katja.

Charlie machte sein Diktiergerät aus und steckte es in die Innentasche seines ausgeleierten Jacketts. »Anke hat sich quasi selbst zur Trauung eingeladen …«

Die unterbrach ihn: »Blödsinn!«

»… und deine Exschwiegermutter erzählt überall rum, du hättest Ralph was ins Glas geschüttet.«

Anke schnappte nach Luft. »Die werde ich verklagen. Das ist Rufmord!«

Die Bedienung stellte den Rotwein vor dem Reporter ab. »Ich hätte gerne das Menü à la Chef«, bestellte er, bevor er an die Freundinnen gewandt fortfuhr: »Immerhin scheint die Polizei ihr zu glauben. Diese Hauptkommissarin hat meinem Kollegen gegenüber eine konkrete Spur erwähnt.«

»Haben sie gesagt, mit was für einem Gift er umgebracht wurde?«, fragte Katja dazwischen.

Die Servicekraft sah sie mit großen Augen an. »Medium oder durch?«, murmelte sie verstört.

Charlie schüttelte den Kopf. »Morgen ist die Obduktion, dann wissen wir vielleicht mehr.« Anschließend wandte er sich an die blass gewordene Bedienung und beschied grinsend: »Blutig! Am liebsten blutig.«

*

Pindon. Pindon ist eine chemische Verbindung, die zur Bekämpfung von Ratten und Nagetieren eingesetzt wird. Es wirkt als Gerinnungshemmer und verursacht innere Blutungen. Große orale Dosen können auch beim Menschen tödliche Folgen haben. Typische Vergiftungssymptome sind starke Bauchschmerzen, Kopfschmerzen und blutiger Durchfall.

*

Friederike Wittig-Anders sank erschöpft auf den kleinen Hocker neben der Spülmaschine in ihrer Cateringküche. Was für ein Tag!

Frühmorgens der Termin mit der Hauptkommissarin. War das ein Verhör gewesen? Sie selbst fühlte sich jedenfalls gehörig gestresst, was die Polizeibeamtin bemerkt hatte, auch wenn Friederike sich mit Worten bisher nicht verraten hatte.

Nach dem Termin mit der Kommissarin hatte sie sich beeilen müssen, um alles für das Catering in Igersheim fertigzustellen, wo sie ein Sommerfest kulinarisch abrunden durfte. Natürlich hatte ihr Auftraggeber von dem Mord gestern gehört und auch, dass ihr Partyservice eine Rolle dabei gespielt hatte. In einer Kleinstadt wie Bad Mergentheim sprach sich so etwas schnell herum. Und dann war zu allem Übel die Presse anwesend gewesen. Der Reporter der Fränkischen Nachrichten hatte sich ebenfalls für die Vorfälle am Vortag interessiert.

Trotzdem war das Sommerfest ein großer Erfolg geworden. Ihre Leckereien aus dem Taubertal waren sehr gut angekommen. Ein Vertreter des Weinguts Schlör in Reicholzheim, dessen Weine sie anbot, war gekommen und hatte sie bei der Präsentation seiner Erzeugnisse fachmännisch unterstützt. Das hatte den Gästen gefallen, und man plante eine weitere Zusammenarbeit. Ja, und nicht zuletzt hatte das Wetter mitgespielt.

Nur ein kleiner Wermutstropfen war die Frage eines Gastes nach der »köstlichen und dabei so gesunden und leichten Torte« gewesen. Der Mann betrieb ein Fitnessstudio in Rothenburg o. d. Tauber, wo er in einem Café auf die kalorienarme Köstlichkeit aufmerksam geworden war. Er plante ein weiteres Studio in Bad Mergentheim zu eröffnen. »Ich habe gehört, Sie bieten ein sogenanntes ›Fit-Catering‹ an? Das wäre etwas zur Eröffnung, und diese Torte könnte man vielleicht ganz ins angegliederte Gastronomieprogramm übernehmen. Sie haben doch etwas Vergleichbares im Angebot oder bin ich da falsch informiert?«

Sie stand auf, nahm sich ein Glas aus dem Schrank und füllte es mit Leitungswasser.

Es war klar, dass der Fitnessstudio-Betreiber auf die Torte der Bäckerei Perlmann angespielt hatte, die offenbar außerhalb Bad Mergentheims buchstäblich bereits in aller Munde war. Wenn sie nicht alles täuschte, stammte deren ursprüngliches Rezept von ihr selbst, auch wenn Ralph das ihr gegenüber abgestritten hatte. Irgendwann, in einem anderen Leben, war es ihr gemeinsamer Plan gewesen, nicht nur ein Cateringunternehmen auf ihren Namen zu eröffnen, sondern eben auch eine sogenannte Fitnesstorte anzubieten. Irgendwann, bevor Ralph es sich anders überlegt hatte, sie wegen dieser Janette hatte fallen lassen und den gemeinsamen Plan alleine umgesetzt hatte, indem er eine riesige Bäckereifiliale der Perlmann-Familie in Tauberbischofsheim eröffnet hatte. Sie hatte daraufhin ihr eigenes Unternehmen gegründet und, so gut es ging, das geplante Konzept weiter verfolgt.

So gut es halt ging. Ihr nämlich war es nicht gelungen, was Ralph ohne sie scheinbar geschafft hatte. Nämlich den Kaloriengehalt der Torte zu senken, ohne Einbußen beim Geschmack verzeichnen zu müssen. Sie konnte es zwar nicht glauben, aber nach dem Loblied, das alle auf die Torte sangen, musste der Geschmack sensationell sein.

Sie trank einen Schluck Wasser und betrachtete nachdenklich das blinkende Display der Spülmaschine. Leider waren bisher alle Bemühungen, hinter das Geheimnis der leichten Torte zu kommen, fehlgeschlagen.

Aber vielleicht konnte sie sich nun mit Ralphs Erben einigen und seine Torte in ihr Repertoire aufnehmen, wenn sie ihnen nicht sogar ihr Geheimnis entlocken konnte.

*

»Und du bist sicher, dass du hierbleiben willst?« Oliver Kubelka sah seine Schwester zweifelnd an, als sie am Türschloss des schmucken Einfamilienhauses herumhantierte.

»Ja, es ist mein Zuhause«, war die trotzige Antwort. Endlich gelang es ihr, die Tür zu öffnen, und die zwei Geschwister traten in den geräumigen Flur. Janette Perlmann, geborene Kubelka tastete nach dem Lichtschalter. »Ralph wollte einen Bewegungsmelder einbauen«, erklärte sie, »aber ich war dagegen, man weiß ja nie.«

»Schwesterchen, das hast du mir vorgestern schon alles erzählt.« Oliver machte die Haustür zu und Janette sich eilig am Schloss zu schaffen, um die Tür von innen zu verriegeln.

»Möchtest du noch etwas trinken?«, fragte sie dann und lief ihm voraus in die Küche, wo sie den Kühlschrank öffnete. »Wir haben Wasser, Cola, Orangensaft …«, zählte sie mit dem Rücken zu ihm auf.

Ihr Bruder folgte ihr in den geräumigen Ess- und Kochbereich, den Traum eines jeden Gourmets.

»Oder Champagner?«, beendete Janette ihre Aufzählung und drehte sich zu ihm um. »Immerhin wäre gestern unsere Hochzeitsnacht gewesen.« In ihren Augen standen Tränen.

»Danke, nein.« Unauffällig ließ Oliver seinen Blick durch den Raum schweifen. Hatten die Frauen und Männer von der KTU etwas mitgenommen, als sie Samstagnacht hier gewesen waren? Wenn, dann konnte er das zumindest nicht erkennen.

Janette schien seine Gedanken zu lesen. »Sie haben seinen PC abgeholt«, erklärte sie und schluchzte auf, als sie neben dem Mülleimer auf dem Boden eine zusammengefallene Girlande entdeckte. »Just Married!«, bedeuteten wohl die Buchstaben, wenn man sie in die richtige Reihenfolge setzte.

Zum Glück hatte jemand die Umsicht besessen, die Dekoration wieder abzunehmen, dachte Oliver. Wahrscheinlich Sven, der zweite Trauzeuge und einer der ganz wenigen Freunde des Verstorbenen. Er war es auch gewesen, der die Beamten Samstagabend ins Haus gelassen hatte, da sonst keiner der Familie zu diesem Zeitpunkt dazu in der Lage gewesen war.

»Komm, wir gehen ins Wohnzimmer.« Er zog seine Schwester hoch, die vor dem glitzernden Häufchen in die Knie gegangen war und versuchte es zu entwirren. »Lass es liegen.« Warum hatte der blöde Sven das Zeug nicht gleich mitgenommen? Vielleicht hatte er es sich ob des Polizeiaufgebots nicht getraut? Endlich gelang es Oliver, Janette in den angrenzenden Raum zu komplimentieren und auf das schicke schwarze Ledersofa zu setzen. Das Beruhigungsmittel, das sie von ihrem Kollegen für den Notfall erhalten und von dem sie vorhin noch etwas geschluckt hatte, tat dabei langsam seine Wirkung. Er zog ihr die Pumps von den Füßen und legte diese auf einen Sessel. Dann schnappte er sich die cremefarbene Wolldecke und breitete sie über ihren Beinen aus, denn trotz der sommerlichen Temperaturen draußen war es drinnen kühl.

Janette versuchte sich zu erheben. »Ich habe meine Handtasche in der Küche vergessen.«

Er drückte sie zurück aufs Polster. »Ich hol sie dir.«

»Und bring mir ein Glas Wasser.«

Der Notarzt, der ihr gestern die Pillen gegeben hatte, wäre sicher nicht so großzügig damit umgegangen, hätte es sich bei ihr nicht um eine Kollegin gehandelt. »Du weißt ja Bescheid mit dem Zeug«, hatte er angemerkt, als er ihr die kleine Pappschachtel überlassen hatte.

»Meinst du nicht, du hast genug Beruhigungsmittel intus?«, versuchte Oliver sie zur Vernunft zu bringen.

»Ich weiß, was ich tue, ich bin schließlich Ärztin.«

»Schon gut. Ich bringe dir deine Tasche.« Er machte den Fernseher an und schaltete schnell um, als er einen bekannten Tatortkommissar über die Mattscheibe flimmern sah. Schließlich fand er eine Dokumentation über Fledermäuse und überließ seine Schwester einen Moment den fliegenden Säugetieren.

Die Handtasche lag neben der Girlande auf dem Boden. Er schnappte sie sich und hastete ins Badezimmer. Dort drückte er ohne nachzudenken sämtliche Beruhigungstabletten, die er darin fand, aus dem Blister und spülte sie in der Toilette hinunter. Erst dann kam ihm der Gedanke, dass es auffallen würde, wenn gar keine Pille mehr übrig war. Außerdem hatte Janette möglicherweise weitere Mittel im Haus. Er öffnete die Schränke. Kosmetikutensilien. Handtücher. Gab es in einem Arzthaushalt kein Medizinschränkchen? Vielleicht im Schlafzimmer?

»Olli! Wo bleibst du?«, hörte er Janette aus dem Wohnzimmer rufen.

»Gleich.« Er ging ins Schlafzimmer.

»Was machst du denn?«, wollte seine Schwester wissen.

»Ich kann deine Tasche nicht finden.«

»Bist du im Schlafzimmer? Da kann sie nicht sein, da waren wir doch gar nicht drin.«

Er warf die Tasche aufs Bett und raste ins Wohnzimmer zurück. Janette wollte sich soeben schwerfällig erheben.

»Bleib sitzen.« Er schob sie zurück auf die Couch. »Nur noch einen Moment. Such uns doch inzwischen schon mal einen anderen Sender.« Damit drückte er ihr die Fernbedienung in die Hand und hastete zurück.

In der obersten Nachttischschublade, offenbar auf ihrer Seite, fand er endlich ein Päckchen Aspirin. Er ließ zwei Tabletten übrig, die restlichen entfernte er. Den fast leeren Blister steckte er in die Schachtel des Beruhigungsmittels. Die leere Aspirinpackung warf er zurück in die Schublade. Ein Datenstick rutschte dabei in sein Blickfeld. Einem Impuls folgend, stopfte er sich diesen zusammen mit den Kopfschmerztabletten in die Hosentasche.

Als er zurück ins Wohnzimmer kam, hatte seine Schwester umgeschaltet. Auf dem Fernsehbildschirm war soeben eine blutüberströmte Leiche zu sehen. Janette lag unbeeindruckt davon auf dem Sofa und schnarchte leise.

KAPITEL 3 – MONTAG

Anke gähnte, sie war eindeutig keine Frühaufsteherin. Aber sie hatte um acht Uhr bereits den ersten Termin. Ein Gespräch mit einem jungen Paar, das seine Eheschließung anmelden wollte, wie man das offiziell nannte. Solche Gespräche fanden häufig am frühen Morgen oder späteren Nachmittag statt, vor oder nach dem Arbeitstag der jeweiligen Eheanwärter. Deshalb war die Standesbeamtin heute zeitig wach.

Außerdem – das Telefon klingelte.

»Guten Morgen, Mutter«, sprach sie ihren obligatorischen Morgengruß in den Hörer und schaute gewohnheitsmäßig auf die Uhr. »Du bist früh dran«, fügte sie an. Was sie an diesem Vormittag begrüßte. Einmal wegen ihres Termins und zum anderen, weil die montäglichen Telefonate mit ihrer Mutter immer besonders lang gerieten. Immerhin traf Rosemarie Wardlinger am Sonntag das halbe Dorf beim Kirchgang an, und die meisten hatten, im Gegensatz zu den Werktagen, Zeit für ein Schwätzchen. Und nach den Ereignissen vom Samstag waren die bestimmt noch ausführlicher geraten.

Nachdem ihre Mutter kurz auf den Ablauf des Gottesdiensts eingegangen war und die Tatsache, dass der Pfarrer für den Ermordeten und seine Angehörigen gebetet habe, kam sie erwartungsgemäß auf die tödliche Trauung zu sprechen. »Stimmt es, dass du der Braut eine Ohrfeige gegeben hast?«

»Ich hab sie nicht einmal angefasst.«

»Die Tante vom Schmiedinger Hansi sagt aber …«

»Die Tante hat sich getäuscht.« Wahrscheinlich hatte die alte Dame da irgendwas durcheinandergebracht, was ihr ihr Neffe, seines Zeichens Polizeiobermeister in Bad Mergentheim, berichtet hatte. Immerhin zählte die betagte Tante beinahe 90 Jahre und war eigentlich eine Großtante. »Der Notarzt hat ihr eine Ohrfeige gegeben, weil sie einen Schreikrampf hatte.«

Ihre Mutter schien ihr nicht so recht glauben zu wollen. »Aha! Und deine Exschwiegermutter hast du auch nicht als ›alte Hexe‹ beschimpft?«

Ups! Konnte da jemand Gedanken lesen? Oder war sie so betrunken gewesen, dass sie die ihren laut ausgesprochen hatte. »Ganz bestimmt nicht. Wie käme ich dazu!«

»Na ja, du bist schon manches Mal etwas aufbrausend.«

Anke straffte ihre Schultern. »Hör mal, Mami. Mein Exmann ist gestorben, wahrscheinlich ist er ermordet worden. Natürlich habe ich ihn nicht gerade geliebt, aber so was … Ich wollte nur diesen Tag unbeschadet überstehen, ohne mit jemandem aneinanderzugeraten.«

»Warum hast du ihm dann etwas ins Glas geschüttet?«

»Spinnst du? Ich habe ihn doch nicht vergiftet.«

»Das sage ich ja gar nicht«, verteidigte sich Rosemarie Wardlinger. »Was hast du ihm denn ins Glas getan? Abführmittel? Du warst ja als Kind schon für deine albernen Scherze bekannt.«

»Ich habe noch nie irgendjemandem irgendetwas ins Glas gegeben!«, wurde Anke laut.

»Und als dein Onkel sich beinahe übergeben musste, weil du …«

»Damals mit Onkel Walter, das war ein Versehen, und er hat selbst das Salz in seinen Tee gerührt.«

»Aber du hast ihm die *Zuckerdose* mit dem *Salz* gegeben.«

»Ich sag doch: Das war ein Versehen!« Das war wieder typisch ihre Mutter, kramte ihre Streiche aus Kindertagen hervor. Wahrscheinlich wusste inzwischen ganz Neunkirchen und halb Bad Mergentheim, dass sie in jungen Jahren ihren Patenonkel beinahe vergiftet hätte.

»Vielleicht war er allergisch gegen Abführmittel.« Ihrer Mutter gefiel ganz offenbar die Idee mit dem Abführmittel. Gut, vielleicht hatte sie damals kurz vor der Scheidung erwähnt, dass sie Ralph am liebsten welches in seinen morgendlichen Kaffee gekippt hätte. So etwas sagte man ja schon mal, wenn der eigene Ehemann es mit der ehemaligen Schulfreundin neben deren Hochzeitstorte trieb. Aber sie hätte so ein Mittel ja gar nicht zur Hand gehabt.

»Er war gegen gar nichts allergisch, das wüsste ich.«

»Du hast also tatsächlich …?«

»Nein! Nein! Und nochmals nein!«

»Jetzt reg dich doch nicht gleich so auf. Kein Wunder, dass dir alle einen Mord zutrauen. Du ahnst ja nicht, was ich mir gestern alles anhören durfte.«

Da täuschte sich ihre Mutter, Anke hatte eine ziemlich genaue Vorstellung davon, wie gestern der Dorftratsch in Neunkirchen gelautet hatte.

»Aber so im Vertrauen«, Frau Wardlinger senkte ihre Stimme, »es gibt einige, die Verständnis für dich hätten. Ralph war ein Ekel. Kein Wunder, dass die Verkäufer in der Bäckerei dauernd wechseln, seit er wieder da ist. Und angeblich hat er seine neue Frau auch schon betrogen.«

Anke nickte, das konnte sie sich lebhaft vorstellen. Schnell schüttelte sie den Kopf, um die Bilder ihres Exmannes und dessen nackten Hintern neben der dreistöckigen Buttercremetorte zu vertreiben.

»Angeblich hatte er was mit der Besitzerin von diesem neuen Partyservice. War die nicht auch bei der Trauung?«, fuhr ihre Mutter fort.

»Hm.« Nachdenklich trank Anke den letzten Schluck ihres Frühstückskaffees. Das erklärte deren heftige Reaktion auf Ralphs Ableben.

»Und die Auszubildende von den Perlmanns hat wegen ihm ihre Lehre abgebrochen.«

»Aha.« Mit dem Telefonhörer in der Hand stand Anke auf und stellte ihre Tasse in die Spüle.

»Aber mal was anderes«, wechselte Rosemarie Wardlinger das Thema. »Stimmt es, dass du ein Rendezvous mit dem Bruder der Witwe hast?«

»Wie kommst du denn da darauf?«

»Also, die Tante vom Hansi …«

»Mami, ich muss leider Schluss machen. Wir schwätzen später weiter.« Anke unterbrach eilig die Verbindung. Hans-Werner Schmiedinger war ein Klatschweib. Tatsächlich hatte Olli sie gestern Abend angerufen, und sie waren am Nachmittag verabredet. Woher der Polizeihauptmeister das allerdings schon wieder herhatte, wusste sie auch nicht.

*

Rizin. Bei Rizin handelt es sich um einen Inhaltsstoff der Samenschale der Rizinusstaude. Die Pflanze blüht im Sommer und hat durchaus eine pharmazeutische Wirkung. Ihr Samenöl ist eines der stärksten bekannten Abführmittel. Bei Vergiftung zeigen sich Symptome wie Übelkeit, Erbrechen, Durchfall, schneller Puls und Senkung des Blutdrucks. Intravenös verabreicht ist Rizin schon in geringen Mengen tödlich. Eine orale Einnahme ist hingegen sehr viel weniger toxisch. Der Tod tritt nach 36 bis 72 Stunden ein.

*

Die Medizinisch-technische Assistentin Sabine Büsing betrat das Labor im Caritas-Krankenhaus. »Guten Morgen.«

Katja Fuchs blickte vom Mikroskop auf. »Hallo, Bine. Na, wie war dein Wochenende?«

»Danke der Nachfrage, wir haben eine Radtour nach Lauda gemacht. Richtig schön an der Tauber entlang.«

Katja griff nach ihrem Kugelschreiber. »Da hättet ihr ja bei uns in Edelfingen vorbeischauen können.«

»Ich denke, du warst mit deinen Schulfreundinnen unterwegs?«, wandte Sabine ein.

»Stimmt auch wieder. Beim nächsten Mal.« Ihre Kollegin notierte einen Wert auf dem Formular neben sich und blickte auf. »Ihr macht ja öfter solche Touren.«

»Versprochen. Spätestens zur Königshöfer Messe radeln wir wieder bei euch vorbei«, versprach Sabine. »Sag mal, hast du das von dem Perlmann-Sohn gehört? Die Kubelka soll einen Nervenzusammenbruch gehabt haben«, wechselte sie das Thema. Die junge Ärztin und deren bevorstehende Eheschließung mit Ralph Perlmann war schon am vergangenen Freitag Gesprächsthema im Labor gewesen.

Katja legte den Kuli beiseite. »Klar. Was Klatsch und Tratsch angeht, ist Mergentheim ein Dorf. Außerdem war Anke bei der tödlichen Trauung mit dabei.«

Das wiederum wusste Sabine schon. »Es heißt, er wurde vergiftet.«

Katja hielt sich bedeckt. »Sieht so aus.« Gleich als sie am Morgen ins Labor gekommen war, hatte sie die Daten von Ralphs letztem Check-up überprüft. Keine Allergie oder Unverträglichkeit, kein Hinweis auf eine Erkrankung der inneren Organe, sämtliche Werte waren in Ordnung. Trotz seines in früherer Zeit ausschweifenden Lebenswandels war Ralph Perlmann kerngesund gewesen. »Die Symptome, die mir Anke beschrieben hat, sprechen dafür.«

»Und das bei seiner Hochzeit. Kein Wunder, dass die Kubelka umgekippt ist.« Sabine verschwand in der angrenzenden Küche, kurz darauf hörte man das Mahlwerk des Kaffeevollautomaten dröhnen. »Meinst du Anke hat etwas damit zu tun?«, brüllte die Kollegin über das Geräusch hinweg Katja zu.

»Spinnst du?«, schrie die zurück. »Dann war es eher die Kubelka selbst. Vielleicht hat sie ja rausgekriegt, was für ein schlimmer Finger ihr Zukünftiger war.« Tatsächlich hatte Katja heute Morgen ein unverfängliches Schwätzchen mit dem jungen Anästhesisten gehalten, der Janette Kubelka für die Dauer ihrer Flitterwochen vertreten sollte. Der hatte ihr erzählt, die angehende Braut sei in den letzten Tagen ziemlich unkonzentriert und nervös gewesen. Er hatte sich das aber mit der Aufregung vor dem großen Ereignis erklärt, die die Hochzeit ja offenbar hatte werden sollen.

Sabine erschien in der Küchentür, einen dampfenden Becher in den Händen. »Hm, und sie säße hier an der Quelle, was das Gift angeht«, dachte sie laut nach. »Weiß man schon Näheres darüber?«

»So, wie Anke mir seinen Zustand beschrieben hat, kann man einige Substanzen ausschließen.« Katja zog ein DIN-A4-Blatt hervor, auf dem sie sich ein paar Notizen gemacht hatte.

»Und wenn Anke ihm das Zeug persönlich in den Sekt gekippt hat?«

»Dann muss es etwas gewesen sein, das sehr schnell wirkt, das schließt einige Substanzen aus«, ging Katja auf das Gedankenspiel der Kollegin ein. »Die Trauung hat maximal 15 Minuten gedauert. Arsen könnte es in dem Fall nicht gewesen sein.« Sie tippte mit dem Zeigefinger auf den Zettel, »aber wenn Anke die Wahrheit sagt, war Ralph schon vorher reichlich angeschossen.«

Sabine nickte und nahm einen Schluck Kaffee. »Du hast recht. Die meisten denken, so ein Giftmord geht ratzfatz, aber unter einer Viertelstunde fällt mir kein Mittel ein, mit dem man unliebsame Mitmenschen ins Jenseits befördern kann. Kommt natürlich drauf an, wie man das Mittel verabreicht.« Sie grinste und deutete auf eine Spritze, die zum Blut abnehmen bereitlag.

»Dafür«, ging Katja auf ihre Argumentation ein, »musst du allerdings an das Opfer rankommen. Er wird ja wohl kaum für eine Injektion stillgehalten haben.«

»Es sei denn«, ergänzte Sabine, »diejenige, die ihm die Spritze setzt, ist Ärztin und seine zukünftige Ehefrau.«

»Ja. Dann finden sie bei der Obduktion eine frische Einstichstelle. Aber so blöd wird sie nicht gewesen sein. Wer sich ein bisschen auskennt, weiß das. Und als Medizinerin müsste ihr das bekannt sein«, zweifelte Katja an Sabines Theorie. »Ich halte eine orale Aufnahme für wahrscheinlicher. Und wenn du mich fragst, hat er das Zeug vor der Zeremonie zu sich genommen.«

Sabine nickte. »Was Anke als Täterin ausschließt.«

»Und seine Frau auf Platz eins der Verdächtigen bringt«, stimmte Katja zufrieden zu.

*

Insulin. Insulin ist ein aus mehreren Aminosäuren bestehendes, von der Bauchspeicheldrüse selbst hergestelltes riesiges Eiweißmolekül. Die Symptome einer Insulinvergiftung sind Unruhe, Herzrasen, Schwitzen bei gleichzeitigem Kältegefühl sowie erweiterte Pupillen. Der Tod kann, abhängig von der Dosis, schon nach wenigen Minuten eintreten. Die Aufnahme erfolgt mittels Spritzen subkutan, das heißt durch eine Injektion unter die Haut.

*

Polizeihauptmeister Hans-Werner Schmiedinger und Hauptkommissarin Kerstin Franke befanden sich auf dem Weg zur Familie des Mordopfers.

»Kennen Sie den Ort genauer?«, begann die Leiterin der Ermittlungen unterwegs ein Gespräch.

»Besser, als mir lieb ist«, lachte der Hauptmeister fröhlich, »ich bin dort geboren und aufgewachsen.«

»Dann kannten Sie Ralph Perlmann bestimmt auch.«

Das war keine Frage, sondern eine Feststellung. Kerstin Franke war ebenfalls in einem kleinen Dorf groß geworden.

»Natürlich. Er war zwar einige Jahre jünger als ich, aber die Bäckerei Perlmann ist ein Familienbetrieb mit Tradition. Schon als kleiner Bub hab ich da am Samstagmorgen Brötchen geholt.«

»Und wie war er so?«

»Der hatte es schon immer faustdick hinter den Ohren«, wusste der Neunkirchener, »in seiner Jugendzeit hatte er öfter mit den Kollegen zu tun.«

»Aha!«, wurde Kerstin Franke hellhörig.

»Nichts wirklich Schlimmes. Eher so Dummejungenstreiche wie Fahren ohne Fahrerlaubnis oder Besitz kleinerer Menge von Rauschmitteln, so was halt. Seine Eltern hatten ihre liebe Not mit dem Guten.«

Sie hatten bereits das Ortsschild passiert. Schmiedinger deutete nach links. »Hier runter geht's zur Kirche und zum Dorfgemeinschaftshaus. Da vorne rechts ist die Bäckerei. Ich glaube es ja nicht, die haben heute tatsächlich geöffnet«, wunderte er sich. »Na, das wird den Dorftratsch ordentlich befeuern.«

»Wow«, staunte die Hauptkommissarin. »Ganz schön groß für eine Dorfbäckerei.«

»Ja, seit Ralph zurück war, haben sie expandiert, wie man so schön sagt.«

»Wo ist er denn gewesen, und seit wann ist er zurück?«, interessierte sich die Mittvierzigerin, während sie am Ladengeschäft vorbeifuhren. Auf dem Rückweg würde sie sich das genauer anschauen.

»In Hannover war er. Da hat er auch seine neue Frau kennengelernt. Er ist vor einem guten halben Jahr nach Hause gekommen. Seine Neue ist vor etwas mehr als zwei Monaten nachgezogen. Hatte eine Stelle im Caritas-Krankenhaus. Aber das wissen Sie ja.«

Kerstin Franke nickte. »Was hat er denn gemacht in Hannover?«, wollte sie dann wissen, doch so genau konnte ihr der Kollege das auch nicht sagen.

Sie hatten die Dorfmitte hinter sich gelassen und fuhren an vereinzelten Häusern vorbei, das Ortsendeschild kam bereits in Sicht, als Schmiedinger den Blinker setzte. »Wir sind gleich da.«

»Im Wolfental«, stand auf dem Straßenschild. Schmiedinger zeigte nach links. »Hier ist unser Sportplatz.« Dann bog er rechts in eine Einfahrt und hielt mitten auf der Zufahrt an. »Da wären wir.«

Im Garten des Nachbarhauses stand eine ältere Frau in bunter Kittelschürze mit einer Gießkanne und schaute neugierig zu den beiden herüber.

»Guten Morgen, Frau Ebermann«, grüßte der Polizeihauptmeister freundlich und steuerte auf die Haustür zu. »Das junge Paar hat übrigens am Ende der Straße gebaut«, informierte er seine Kollegin und klingelte.

Frau Ebermann beobachtete sie unverhohlen. »Sie ist Teil der Nachrichtenzentrale im Ort«, raunte Schmiedinger Kerstin Franke zu, »wenn wir mehr über das Liebesleben von Ralph Perlmann herausfinden wollen, sollten wir sie vielleicht befragen.«

Die Haustüre öffnete sich, und die Hauptkommissarin wurde einer Antwort enthoben.

Vor den Beamten stand die Schwester des Verstorbenen, ganz in Schwarz gekleidet und mit einem mürrischen Gesichtsausdruck. »Sie?«

»Guten Tag, Frau Perlmann-Runde. Wir hatten uns bei Ihrer Mutter angemeldet«, grüßte die Kommissarin.

»Hallo, Elke«, gab Schmiedinger sich salopp.

Ohne eine Erwiderung drehte die Bäckerstochter sich um und ging voran ins Wohnzimmer.

Erika Perlmann saß auf dem Sofa. Auch sie war ganz in Schwarz gekleidet und in dem leicht abgedunkelten Raum kaum auszumachen. In den Händen hielt sie ein Foto ihres Sohnes. »Was meinen Sie?« Sie zeigte den beiden Beamten das Bild. »Für die Beerdigung?«

Kerstin Franke wunderte sich, dass sie sich ausgerechnet darüber Gedanken machte, aber vielleicht war das ihre Art, mit dem Verlust fertigzuwerden.

»Schön. Er ist wirklich gut getroffen«, antwortete Schmiedinger unbeholfen.

Das Bild zeigte einen braun gebrannten Ralph Perlmann, der fröhlich in die Kamera lachte und dabei ein makelloses, strahlend weißes Gebiss offenbarte. Er hatte die Augen, wohl wegen der Sonne, etwas zusammengekniffen. Die kurzen, dunklen Haare waren zerzaust. Er sah tatsächlich gut aus. Ein Mann, der den Frauen gefiel und der sich dessen bewusst war.

Elke Perlmann-Runde schnaubte. »Mutter, die beiden haben noch Fragen zu Ralphs Tod. Dein Trauerfoto interessiert sie nicht.«

»Oh, wir wüssten schon gerne, was Ralph Perlmann für ein Mensch war«, gab die Hauptkommissarin zurück.

Die alte Dame seufzte und setzte an. »Er war ein wundervoller Mensch …«

Schmiedinger schaute sie erstaunt an.

»Ein Heiliger.« Die Ironie in der Stimme ihrer Tochter war nicht zu überhören.

Außer für ihre Mutter. »Ja«, hauchte die mit tränenerstickter Stimme.

»Mutter. Übertreibst du es nicht ein bisschen?«

»Du bist ja bloß eifersüchtig, das warst du schon immer. Schon als Kind. Ralph war der Liebling, alle mochten ihn, und du?«

»Wollen Sie einen Kaffee?«, erkundigte sich die Tochter des Hauses hastig.

»Gerne«, antwortete Kerstin Franke schnell, bevor ihr Kollege ablehnen konnte. Mit vielsagendem Blick sah sie zunächst ihn und dann die Schwester des Verstorbenen an.

Der Polizeihauptmeister verstand: »Ich helfe dir.« Gemeinsam verließen die beiden den Raum.

»Na, dann erzählen Sie mal von Ihrem Sohn«, forderte die Hauptkommissarin die trauernde Mutter auf.

*

»Was machst du denn hier?« Anke hatte gerade ein heiratswilliges Paar nach dessen Vorgespräch zur Trauung verabschiedet und befand sich auf dem Weg in die Teeküche.

»Hast du nicht gleich Mittagspause?«, fragte Katja und wedelte mit einem gefalteten Blatt vor Ankes Nase herum. »Ich habe mir mal ein paar Gedanken gemacht. Komm!«, sie zog ihre Freundin in den angrenzenden Pausenraum.

»Eigentlich wollte ich die ausfallen lassen und dafür früher gehen«, protestierte Anke, ließ sich aber an einen der Tische bugsieren. »Hallo!«, grüßte sie dabei in Richtung der drei anwesenden Herren vom Finanzamt.

»Mahlzeit!«, antworteten die, bevor sie sich wieder ihren mitgebrachten Broten widmeten.

»Hier.« Katja breitete ihre Notizen auf dem Tisch aus. »Ich habe eine Aufstellung aller in Frage kommenden Gifte gemacht. Kannst du mir noch mal genau die Symptome …«

»Pssst.« Anke winkte betont ungezwungen zu den Männern hinüber, die bei dem Wort »Gift« synchron aufgeschaut hatten. »Nicht so laut.«

»Schon gut.« Ungeduldig tippte ihre Freundin auf das Blatt. »Ich hab nicht ewig Zeit. Ich bin schnell hierhergeradelt. Schau mal, Zyankali würde ich ausschließen, oder hatte Ralph ein rosiges Gesicht?«

Anke schüttelte langsam den Kopf und betrachtete mit einer gewissen Faszination die Tabelle, die Katja angefertigt hatte: Symptome, Aufnahme, toxische Dosis und Beschaffungsmöglichkeit.

»War er hektisch oder hat rumgebrüllt?«, fragte Katja weiter, während sie ein Kreuz vor eine der Zeilen machte. »Nein!«, beantwortete sie sich die Frage selbst. »Tollkirsche können wir also auch ausschließen.« Sie malte ein Fragezeichen vor eine andere Eintragung, »was ist mit Bauchschmerzen oder Krämpfen?«

»Keine Ahnung«, antwortete Anke, »wohl eher nicht. Er hat jedenfalls nichts gesagt.«

»Stimmt. Ralph war ein Weichei, wenn ihm etwas wehgetan hätte, hätte er sicher gejammert. Es sei denn, er war nicht mehr in der Lage dazu.« Ein weiteres Kreuz wurde vor »Arsen« gesetzt.

»Wie gesagt, er wirkte so, als sei er betrunken und wollte das verbergen«, erinnerte sich die Standesbeamtin. »Ich dachte halt, er hat sich Mut angetrunken.«

»Und dabei war es schon das Gift …«

Die Tür öffnete sich, und Ankes Kollege Moritz Mertens betrat zusammen mit Marie Süssmeier, der Sekretärin des Bürgermeisters, den Raum. Als er Anke sah, hielt er inne und bekam einen schuldbewussten Gesichtsausdruck: »Anke!«, überspielte er seine Schuldgefühle mit übertriebener Freundlichkeit. »Wie schön, dich zu sehen. Ich hatte dich heute Morgen schon gesucht.« Er trat an den Tisch der beiden Frauen. Die Kollegin aus dem Büro des Bürgermeisters hielt sich mit einem schüchternen Nicken im Hintergrund.

»Ich bin aber auch *so* schwer zu finden«, zischte Anke und funkelte ihn wütend an. »Da hast du mir ja was Feines eingebrockt.«

»Ich konnte doch nicht ahnen, dass dein Ex sich gleich das Leben nimmt, wenn er nicht von mir getraut werden kann«, versuchte es Moritz mit einem Scherz.

»Ganz schlechter Witz!« Mit Ankes Stimme erhoben sich auch die Köpfe der drei Finanzbeamten.

Moritz verlegte sich aufs Jammern. »Mir ging es wirklich mies. Das kam wie angeflogen, ich habe das ganze Wochenende gekotzt.«

Die Finanzbeamten sahen nun unisono in ihre vor sich stehenden und inzwischen leeren Tupperdosen.

»Verschon mich mit ekelhaften Einzelheiten«, begann Anke, aber Katja fuhr ihr ins Wort: »Seit wann genau hattest du die Symptome?«, erkundigte sie sich bei dem Kollegen, den sie als alte Bad Mergentheimerin und Freundin von Anke natürlich ebenfalls gut kannte, und deutete auf den freien Stuhl neben sich.

Anke runzelte die Stirn. »Was?«

»Hast du am Freitagnachmittag etwas Ungewöhnliches gegessen?«, fragte Katja weiter.

Moritz, der Hypochonder, war in seinem Element. Er beschrieb bis ins kleinste Detail seine Beschwerden.

Am Tisch der drei Kollegen begann unruhiges Gemurmel.

Katja machte mit der Hand ein Zeichen in Richtung ihrer Freundin, Anke, sich still zu verhalten, und ließ unauffällig den Zettel unterm Tisch verschwinden. »Wann genau ging es los?«, bohrte sie weiter nach und wiederholte: »Was hast du am Freitag alles zu dir genommen? Hast du dir was vom Bäcker geholt?«, sie deutete auf die Papiertüte, die Moritz in Händen hielt.

»Mittags hatte ich eine Scheibe Vollkornbrot mit Frischkäse und Gemüsesticks. Die habe ich mir von zu Hause mitgebracht. Zum Nachtisch gab es einen Apfel. Ich versuche auf gesunde Ernährung zu achten. Immerhin ist man ja nicht mehr der Jüngste. In drei Monaten werde ich 40.«

Der älteste der Finanzbeamten nahm entschlossen seine leere Brotbox und erhob sich. Seine beiden Kollegen taten es ihm gleich.

»Und du hast nicht mal ein kleines bisschen gesündigt?«, wollte Katja wissen.

Moritz schüttelte den Kopf.

Die drei Männer gingen im Gänsemarsch an ihrem Tisch vorbei.

»Und ob du gesündigt hast!«, schaltete sich nun die Kollegin aus dem Bürgermeisterbüro ein, die näher getreten war. »Oder was ist mit den Pralinen, die dir deine heimliche Verehrerin geschenkt hat? Die hat er alle ganz alleine aufgefuttert«, wandte sie sich mit einem Grinsen an die beiden Freundinnen.

»So kennt man ihn«, kommentierte Anke trocken.

Von der Tür ertönte ein dreistimmiges, abschließendes »Mahlzeit!«.

Katja wurde plötzlich ganz aufgeregt. Sie vergewisserte sich, dass das Trio aus dem Finanzamt den Raum verlassen hatte, dann fragte sie: »Was für Pralinen? Von wem kamen die? Hast du die Packung noch?«

*

Tetrodoxin. Tetrodoxin ist ein marines Neurotoxin und bekannt als tödliches Gift aus dem Kugelfisch, der besonders in Japan als Delikatesse gilt. Bereits fünf bis 30 Minuten nach Aufnahme treten die ersten Symptome wie Taubheitsgefühl, Schwindel und Koordinationsschwierigkeiten auf. Aufgrund von Lähmungen kann das Opfer sich meist nicht mehr verständigen. Der Tod tritt bei vollem Bewusstsein durch Atemlähmung oder Kreislaufversagen ein.

*

»Du bist sicher, die ist kalorienreduziert?« Frank Zehnder, Koch und Konditormeister, runzelte zweifelnd die Stirn.

Friederike Wittig-Anders hatte ihrem Mitarbeiter die Fitnesstorte zum Probieren gegeben. Frank war einer der beiden festen Mitarbeiter ihres kleinen Unternehmens und von Anfang an dabei, seit sie ihren Traum verwirklicht und einen eigenen Partyservice eröffnet hatte. Nachdem Ralph sie damals hatte sitzen lassen, hatte sie Sven Gabriel um Hilfe gebeten. Sie hatte eigentlich mit einer Abfuhr gerechnet und die zunächst auch bekommen. Trotzdem hatte sie den Umzug nach Bad Mergentheim durchgezogen, zu viel hatte sie bereits aufgegeben, und das liebliche Taubertal war ihr inzwischen ans Herz gewachsen. Geeignete Räume für ihr Unternehmen hatte sie bereits gefunden. Der Standort mitten im Kurviertel war nicht schlecht und die Miete bezahlbar. Um an ein Darlehen zur Existenzgründung zu kommen, musste sie der Bank einen Businessplan vorlegen. Das hatte Sven ihr damals erklärt und den Plan zusammen mit ihr ausgearbeitet. Der nette Mitarbeiter der Volksbankfiliale am Bad Mergentheimer Marktplatz war ganz angetan, hatte jedoch ein paar Rückfragen, sodass sie sich ein weiteres Mal an Sven wandte. Diesmal war er zu einem Treffen bereit gewesen und hatte ihr nicht nur ihre Fragen beantwortet, sondern war auch bei der Auswahl und Implementierung der technischen Ausstattung ihres Unternehmens behilflich gewesen.

Es war beinahe wie früher gewesen, als sie zu dritt den Traum vom gemeinsamen Cateringservice geträumt hatten. Mit Verbitterung dachte sie daran, dass Ralph vermutlich nie vorgehabt hatte, diesen zu verwirklichen. Er hatte eigene Pläne verfolgt, in denen sie überhaupt nicht und Sven nur als Handlanger vorkam.

Nachdem er hatte, was er von ihr wollte, nämlich das Rezept ihrer Lieblingstorte, hatte er sie fallen lassen. Ihre gemeinsame Idee, eine kalorienarme Variante daraus zu entwickeln, hatte er alleine umgesetzt. Nie hätte sie erwartet, dass ihm das gelingen würde, was sie leider bis heute nicht geschafft hatte.

»Bist du sicher, dass das die fettarme Variante ist?«, zweifelte Frank.

»Zumindest hat man sie mir dafür verkauft.« Sie war extra nach Weikersheim gefahren und hatte im Restaurant Laurentius, wo die Torte derzeit in einem ›Locker-

und-leicht-Menü‹ probeweise zum Dessert angeboten wurde, ein paar Stücke zum Mitnehmen geordert. »Normalerweise haben wir keinen Außer-Haus-Verkauf«, hatte ihr der freundliche Restaurantleiter erklärt. »Und die Torte stammt eigentlich aus der Bäckerei Perlmann in Tauberbischofsheim. Wir können Ihnen gerne hauseigene Kreationen anbieten.« Sie hatte sich nicht beirren lassen, und selbstverständlich war im Laurentius der Kunde König, so war sie mit einem Viertel Fitnesstorte in ihre Cateringküche nach Bad Mergentheim zurückgekehrt.

Ihr Mitarbeiter zerlegte das halb aufgegessene Stück auf seinem Teller mit der Kuchengabel und beäugte es kritisch. »Kaum zu glauben …«

»Aber wahr«, vervollständigte Friederike ungeduldig seinen Satz. »Es gibt ein Gutachten eines renommierten Instituts, das hat mir Ralphs Freund, Sven Gabriel, erzählt. Dieses Stück Torte«, sie deutete auf seinen Teller, »hat angeblich keine 100 Kalorien und wirkt darüber hinaus cholesterinsenkend.«

Frank schüttelte ungläubig den Kopf. »Was ist denn da drin?«

»Das konnte er mir nicht verraten.« Sie wusste nur, dass Ralph angeblich ein Patent dafür beantragt hatte.

»Vielleicht sollten wir eine eigene Nährwertbestimmung anfertigen lassen?«, schlug Frank vor.

Daran hatte Friederike auch schon gedacht. Allerdings verlangten die Gutachter normalerweise eine Liste der verwendeten Zutaten und eine Beschreibung des Herstellungsverfahrens. Die konnte sie nicht vollumfänglich liefern und würde damit möglicherweise in den Verdacht geraten, einen Mitbewerber ausspionieren zu wollen. Kein seriöses Unternehmen würde so etwas unterstützen.

Ihr Kollege schien ihre Gedanken zu lesen: »Eine Bekannte von mir arbeitet als Laborantin im Institut für Lebensmittelchemie an der Uni in Würzburg«, begann er. »Vielleicht könnte sie ja mal ganz inoffiziell einige Analysen durchführen.«

»Das wäre fantastisch«, antwortete Friederike schnell. Sie dachte an ihr Telefonat mit Ralphs Vater, das sie am Morgen geführt und das wenig erquicklich geendet hatte. Perlmann senior hatte sie davon unterrichtet, dass er die Leitung seiner Tauberbischofsheimer Filiale inklusive den Vertrieb der Fitnesstorte an Sven Gabriel zu übertragen gedenke.

Sven wiederum hatte auf ihren Anruf mehr als reserviert reagiert. Sie wusste nicht, ob es ihr gelänge, mit ihm handelseinig zu werden. Franks Angebot kam ihr daher gerade recht.

»Ich frage sie.« Frank schnappte sich einen der Behälter, die sie zum Transport kleinerer Essensmengen verwendeten, füllte die Reste auf der Tortenplatte hinein und verstaute die Dose in seiner Tasche. »Das bringe ich gleich bei meiner Bekannten vorbei. Ich muss sowieso heute nach Würzburg.« Damit war für den Koch das Thema erledigt. »Können wir dann endlich über den Auftrag in Röttingen reden? Du sagst, die Veranstalter planen eine Führung durchs dortige Weinmuseum?«, ging er zur Tagesordnung über.

Friederike nickte. »Anschließend soll es eine Weinprobe von den ortsansässigen Winzern geben. Der Veranstalter hat gleich mehrere ins Boot geholt, die jeweils an Ständen im Vorraum des Museums eine kleine Auswahl ihrer Weine anbieten werden. Wenn das Wetter mitspielt, werden die Buden im Freien aufgebaut, und die Besucher können sich noch im Museumsweinberg umschauen. Und falls wir den Auftrag bekommen, sorgen wir fürs leibliche Wohl. Sie rechnen mit mindestens 250 Personen.«

Frank pfiff leise durch die Zähne. »Und das soll eines unserer Gesund-und-gut-Caterings sein?«, vergewisserte er sich.

Seine Chefin bejahte. »Der Weinbauverein hat sich mit dem Tourismusbüro zusammengetan, sie wollen die Zielgruppe der sogenannten Best Ager ansprechen. Senioren über 50, die bewusst leben und die bereit und in der Lage sind, für bewusste Ernährung etwas mehr Geld auszugeben. Kauffreudig, konsumfreudig und sowohl gesundheits- und qualitäts- als auch umweltbewusst. So heißt es im Jargon der Marketingexperten.«

»Also vegane Grünkernküchle, Tauberforelle für die Omega-3-Versorgung, magerer Schinken vom Taubertäler Landschwein«, zählte Frank auf.

»So in etwa. Dazu Bio-Wein und hinterher ein gesunder, fettarmer und trotzdem leckerer Nachtisch.« Friederike zeigte mit dem Kinn auf den Kuchenteller mit den Tortenresten. »Eine Abordnung der Veranstalter kommt übrigens übermorgen aus Röttingen hierher. Zum Probeessen. Also lass dir was einfallen. Ich will ja keinen Druck aufbauen, aber angeblich soll es noch einen Mitbewerber geben, der das gleiche Konzept günstiger anbietet.«

Und, so dachte sie, wenn wir diesen Auftrag nicht bekommen, wird es für uns langsam eng.

*

»Kannst du mir sagen, warum du mich hierherbestellt hast? Warum können wir uns nicht bei euch im Laden treffen?« Sven Gabriel sah sich in dem gemütlich eingerichteten Café in der Innenstadt von Tauberbischofsheim um, in das ihn Ralphs Vater gebeten hatte.

Günther Perlmann ließ ebenfalls seinen Blick durch den Raum schweifen, bevor er sich setzte.

»Habt ihr nicht vor Kurzem einen Riesenladen in der Innenstadt eröffnet?«, fragte Sven, der die Antwort auf diese Frage selbstverständlich kannte. Besagte Filiale der Bäckerei Perlmann befand sich in bester Lage, direkt am Marktplatz. Das hatte Ralph ihm berichtet und damit geprahlt, als er die Planung und Finanzierung bereits von Hannover aus gemanagt hatte. Damals hatten er und Friederike noch an die gemeinsame Cateringidee geglaubt. Letztendlich hatte sie sich die Finger an der Liebschaft mit Ralph verbrannt. Ihr Umzug nach Bad Mergentheim war beschlossene Sache gewesen, als der sie hatte fallen lassen. Und nicht nur das, er hatte seiner Exgeliebten Konkurrenz gemacht. Sven hatte sich das Geschäft in Tauberbischofsheim angesehen und war beeindruckt, es war mehrere Nummern größer als das Hauptgeschäft in Neunkirchen und nicht zu vergleichen mit dem kleinen Perlmann-Ableger in Lauda, den Ralphs Schwester vor ein paar Jahren aufgebaut hatte und wo sie Geschäftsführerin war. Ralph hatte schon immer nach der Devise gelebt: nicht kleckern, sondern klotzen, und mit seinem Fitnesskonzept hatte er die Banken überzeugen können. Sein Vater befand sich diesbezüglich im Zwiespalt, das konnte man deutlich erkennen. Auf der einen Seite war er stolz auf seinen Sohn und auf das, was der innerhalb kürzester Zeit aufgebaut hatte, nachdem er sein Herz für den elterlichen Betrieb entdeckt hatte. Andererseits war Perlmann senior dieser Dimension nicht gewachsen, war er doch eigentlich ein einfacher Bäckermeister, der es nicht so mit Zahlen hatte.

»Die Rolle als Chef liegt mir nicht«, erklärte er dann auch umgehend. »Ich …«, er wand sich geradezu, »ich fühle mich gar nicht wohl darin und muss gestehen, mir fehlt der Überblick. Um den Laden hat sich Ralph alleine gekümmert, die Leute kennen mich dort kaum«, gestand er. »Mir reicht schon das Hauptgeschäft in Neunkirchen.«

Sven sagte darauf nichts. Ein junger Mann trat an ihren Tisch und fragte sie nach ihren Wünschen. »Bei uns gibt es die sagenhafte Fitnesstorte von der Bäckerei Perlmann«, empfahl er den beiden Männern, die noch nicht bestellt hatten. »Sie hat kaum Kalorien und wirkt zudem cholesterinsenkend. Und sie schmeckt fantastisch!«

»Bekommen Sie Provision von den Perlmanns, oder warum preisen Sie dieses Zeug so an?«, wollte Sven unhöflich wissen, was ihm einen strafenden Blick von seinem Gegenüber einbrachte. Die Servicekraft errötete, schüttelte aber vehement den Kopf. »Das ist meine Überzeugung!«, beteuerte er.

»Bringen Sie mir einen Kaffee«, knurrte Sven.

»Für mich bitte auch einen. Und ein Stück von der Torte«, bestellte Perlmann senior.

»Was sollte denn das?«, fragte er kurz darauf Sven, als der Kellner außer Hörweite war.

»Man kann ja mal nachfragen.«

»Natürlich bekommen die Provision, wenn sie die Torte an den Gast bringen. Das weißt du wahrscheinlich besser als ich. Meines Wissens nach hat Ralph seine Pläne mit dir durchgesprochen.«

»Er hat mich um Rat gebeten«, blieb Sven vage. Tatsächlich hatte Ralph ihm eine Beteiligung in Aussicht gestellt, wenn er ihn mit seinem Wissen unterstützen würde. Sven hatte sich schließlich, wieder einmal, überreden lassen, ihm zu helfen. »Um der alten Freundschaft willen«, waren die Worte seines Schulfreunds gewesen. Aber dann hatte der ihn ein weiteres Mal hingehalten.

»Hör mal, Sven«, riss Günther Perlmann ihn aus seinen Gedanken. »Auch wenn es anders scheint. Ralphs Tod hat mich sehr erschüttert. Aber du weißt ja, der Laden muss weiterlaufen. Und ich dachte, du könntest uns dabei unterstützen. Es soll dein Schaden nicht sein. Dir hat er, vermutlich als einzigem Menschen, alles anvertraut. Du warst sein Freund.« Der Ältere blickte ihn flehend an. »Ich glaube, fast«, fügte er an, »sein einziger.«

Sven lehnte sich zurück, verschränkte die Arme vor der Brust und betrachtete ihn schweigend. Freundschaft?, dachte er, ich glaube nicht, dass Ralph wusste, was das ist.

*

Kerstin Franke saß an dem für sie frei geräumten Schreibtisch im Bad Mergentheimer Polizeirevier und tippte die Protokolle ihrer morgendlichen Vernehmungen. Nachdem er sie am Anfang regelrecht terrorisiert hatte, ließ sie der Oberstaatsanwalt nun in Ruhe, hatte scheinbar das Interesse an ihren Ermittlungen verloren. Vielleicht gab es einen wichtigeren Fall? Oder er hatte eine neue Freundin?

Ihr war es egal, Hauptsache sie konnte ungestört an ihren Aufzeichnungen arbeiten. Im Gegensatz zu den meisten ihrer Kollegen mochte sie diese Arbeit ganz gerne, denn sie half ihr, ihre Gedanken zu ordnen. Das Aufschreiben in Berichtsform verschaffte ihr eine gewisse Distanz, die bei den Gesprächen häufig verloren ging, immerhin waren bei einem Mordfall zumeist starke Emotionen im Spiel. Auch an diesem Morgen hatte sie wieder einige davon erlebt: Bei der Unterhaltung mit Mutter und Schwester des Mordopfers waren neben Trauer auch Neid und Missgunst herauszuhören gewesen. Sie sicherte das eben fertiggestellte Textdokument und notierte die Stimmungslage von Elke Perlmann-Runde auf einer Pappkarte, die sie anschließend an die Pinnwand hinter sich heftete. Die Mutter von Frau Perlmann-Runde wiederum hatte neben Trauer vornehmlich Argwohn gegen alles und jeden ausgestrahlt. Allen voran ihrer ehemaligen Schwiegertochter traute sie offenbar viel und nur Schlechtes zu. Inzwischen war sich Kerstin nicht mehr sicher, ob die Anschuldigungen der Bräutigammutter gegen die Standesbeamtin der Wahrheit entsprachen. Auch deren Name prangte bereits auf einer der Karten, die sie um die Bilder des Tatorts und des Mordopfers gepinnt hatte.

Bei der Ehefrau des Toten, der sie und Polizeihauptmeister Schmiedinger im Anschluss an das Gespräch im Elternhaus des Opfers einen Besuch abgestattet hatten, herrschte ebenfalls neben Trauer und Fassungslosigkeit ein gewisses Misstrauen vor. Die junge Witwe wirkte gehetzt, als fühle sie sich bedroht. Oder war das ein schlechtes Gewissen?

Kerstin sah noch einmal die Fotos durch, die der Bruder der Braut während der Trauung geschossen hatte. Im

Gegensatz zu den Bildern, die zuvor im Schlosspark entstanden waren, handelte es sich um zufällige Ablichtungen, die aber häufig die Stimmung besser transportierten als gestellte Aufnahmen. Ihr Blick fiel auf einen Schnappschuss beim Ringtausch. Dafür, dass dieses Bild am Ende der Zeremonie aufgenommen worden war, sah das junge Paar ziemlich angespannt aus. Sie suchte nach weiteren Fotos, die *danach* entstanden waren. Auf keinem davon war die Braut von vorne zu sehen, man konnte nichts über ihren Gemütszustand ableiten. Stattdessen hatte der Bruder der Braut die Standesbeamtin gleich ein paar Mal abgelichtet. Die machte einen erleichterten Eindruck, als sei sie froh, dass es vorbei war.

Sie wandte sich den Karteikarten zu und versah sie mit passenden Attributen.

Der Vater des Toten und sein Schwiegersohn, die sie am Morgen im Anschluss an die Gespräche mit Mutter, Tochter und Witwe in der örtlichen Bäckerei aufgesucht hatten, vermittelten alle zwei einen beinahe unbeteiligten und kalten Eindruck. Dazu trug auch die Tatsache bei, dass sie den Laden im Ortsinneren von Neunkirchen nicht geschlossen hatten. Beide waren kurz angebunden und antworteten einsilbig. Vielleicht lag das an Polizeihauptmeister Schmiedinger, der mit dem jüngeren, Karsten Runde, zusammen konfirmiert worden war. Sie würde morgen mit dem Kollegen Ebert, den sie jede Minute aus Heilbronn zurückerwartete, dort ein weiteres Mal vorbeifahren.

Im Gegensatz zu den Chefs waren die Mitarbeiter der Bäckerei durchaus mitteilungsbedürftig. Sie machten aus ihrer Abneigung gegen Ralph Perlmann kein Geheimnis. Schon bevor er Neunkirchen vor zwei Jahren verlassen hatte, war der Juniorchef bei den Angestellten der Bäckerei nicht sonderlich beliebt gewesen, und er hatte keine Zeit verschwendet, diesen Eindruck nach seiner Rückkehr aufzufrischen.

Angeblich hatte er sogar eine der Verkäuferinnen sexuell belästigt. Leider war die zurzeit in Urlaub, sodass sie hierfür keine Bestätigung bekommen hatten. Die Kollegin, die ihnen davon erzählt hatte, wusste darüber nur aus Andeutungen, machte aber keinen Hehl daraus, dass sie Perlmann junior so etwas zutraute. »Der hat sich für unwiderstehlich gehalten«, hatte sie Kerstin gegenüber geschimpft. »Und wie der immer mit den Kundinnen geflirtet hat, wenn er mal zufällig während der Öffnungszeiten im Laden war. Das war mehr als peinlich!«

»Er hat das halbe Dorf gegen sich aufgebracht. Vor allem die Männer«, hatte einer der Bäckermeister das negative Bild ergänzt. »Entweder hat er ihre Frauen angebaggert oder sich über sie lustig gemacht, weil sie in seinen Augen Loser waren. Er konnte sich wohl nicht vorstellen, dass man freiwillig hier lebt.«

Polizeihauptmeister Schmiedinger, selbst ein Neunkirchener Ureinwohner, hatte auf der Rückfahrt zugegeben, dass auch er Opfer von Ralph Perlmanns Lästereien gewesen war. »Weil ich nicht verheiratet bin und noch immer im Haus meiner verstorbenen Eltern bei meiner Großtante wohne. Aber es will halt nicht jeder in die Großstadt«, hatte er ihr gestanden. »Dort ist alles so anonym. Im Dorf, da kennt jeder jeden.«

Genau das wollte Kerstin Franke sich zunutze machen. Schmiedinger war bereits dabei, sämtliche Jugendsünden des Verstorbenen zusammenzutragen.

Von den Dorfbewohnern war zwar keiner bei der Trauung anwesend gewesen, doch da noch nicht genau feststand, wie und wann das Mordopfer das Gift zu sich genommen hatte, konnte es beinahe jeder gewesen sein.

Die Obduktion hatte unstrittig Gift als Todesursache festgestellt. Ein natürlicher Tod konnte ausgeschlossen werden, Ralph Perlmanns Körper war in erstaunlich guter gesundheitlicher Verfassung gewesen. Allerdings konnte zum jetzigen Zeitpunkt niemand sagen, wie oder wann er die tödliche Substanz zu sich genommen hatte. Keines der sichergestellten Lebensmittel enthielt Spuren von Gift. Der gereichte Winzersekt war genauso einwandfrei wie die angebotenen Häppchen gewesen. Auch waren keine Einstichstellen am Körper des Toten gefunden worden, und, so hatte Kollege Ebert in anklagendem Tonfall erklärt, sie hatten *wirklich* sehr gründlich gesucht. Beim Gedanken daran lief der Hauptkommissarin ein Schauer über den Rücken. Torsten hatte ihr klargemacht, dass bei der nächsten Obduktion sie »dran« wäre. Sie hoffte nur, dass es dann keine Wasserleiche sein würde. Schnell verdrängte sie den Gedanken daran und richtete ihre Aufmerksamkeit auf den vorliegenden Obduktionsbericht. Die Analysen des Mageninhalts liefen noch. Man rechnete frühestens morgen mit Ergebnissen. Allerdings hatte die KTU bereits einige in Frage kommende Substanzen in einer Tabelle zusammengestellt.

Sie war gerade dabei, die einzelnen Gifte gegeneinander abzuwägen, als draußen eine gewisse Unruhe entstand.

»Ich möchte umgehend den ermittelnden Kommissar sprechen!«, hörte sie eine männliche Stimme im Vorraum fordern.

»Kleinen Moment bitte, halt nein!«, versuchte Polizeimeister Bayer den Mann zurückzuhalten, der sich ganz offenbar auskannte und bereits die Tür zu ihrem provisorischen Büro öffnete.

»Leiten Sie die Mordermittlungen?«, hielt sich der etwa 40-Jährige nicht lange mit Vorreden auf und warf eine kleine, zerbeulte Pappschachtel auf ihren Schreibtisch.

»Moritz! Jetzt warte doch mal«, eine große, sportliche Frau versuchte ihn am Arm zurückzuziehen. Hinter ihr stand Polizeimeister Markus Bayer mit schuldbewusstem Gesichtsausdruck in der Tür und zuckte abbittend mit den Schultern.

»Entschuldigen Sie«, fuhr die Frau fort. »Mein Name ist Katja Fuchs, und das ist Herr Moritz Mertens, ein Kollege von Frau Wardlinger, der Standesbeamtin.«

»Ich möchte einen Mordversuch melden!«, fiel Moritz Mertens ihr ins Wort.

»Herrschaften, bitte«, mischte sich der Polizeimeister ein. »So geht das nicht. Sie können hier nicht unangemeldet reinplatzen.«

Katjas Blick erfasste bereits die Tafel in Kerstin Frankes Rücken. Sie nickte zufrieden, ohne sich abzuwenden.

Die Hauptkommissarin erhob sich, »Mein Kollege hat recht. Gehen wir nach draußen. Bitte!« Sie wies mit der Hand Richtung Tür. Widerwillig löste sich Katja von den Fotos des Tatorts.

»Der Mörder hat es in Wirklichkeit auf mich abgesehen«, kreischte Moritz.

»Das müssen Sie mir näher berichten.« Mit diesen Worten drängte Kerstin die Besucher aus dem Raum.

*

Knappe zwei Stunden später verließen die beiden Besucher das Polizeirevier. Katja Fuchs, eilig mit dem Fahrrad in Richtung Caritas-Krankenhaus, und Moritz Mertens, widerwillig und unter Protest.

Polizeimeister Bayer, der Protokoll geführt hatte, sah erschöpft von seiner Tastatur auf. »Meinen Sie, da ist etwas dran?«, fragte er die Hauptkommissarin.

»An der Verschwörungstheorie gegen Standesbeamte eher nicht«, schmunzelte die. »An den Schlussfolgerungen von Frau Fuchs sehr wohl. Durchaus möglich, dass jemand diesem Herrn Mertens präparierte Pralinen untergejubelt hat. Allerdings nicht, um ihn umzubringen, wie er selbst denkt, sondern um ihn aus dem Verkehr zu ziehen, wie das Frau Fuchs meinte. Und um damit zu erreichen, dass Frau Wardlinger als Exfrau des Mordopfers die Trauung durchführt und wir direkt eine Verdächtige haben.«

Der Polizeimeister betrachtete die leere Pappschachtel. »Schade, dass er alles aufgefuttert hat.«

Moritz Mertens hatte die Überzeugung geäußert, die Süßigkeiten hätten dieselbe Substanz enthalten, durch die auch Ralph Perlmann zu Tode gekommen war, nur dass dessen Ration, die er während der Trauung zu sich genommen haben musste, eigentlich für seine Kollegin bestimmt gewesen sei. Mertens war davon überzeugt, dass es jemand auf Standesbeamte abgesehen hatte. Warum er den heimtückischen Anschlag überlebt hatte, erklärte er sich und den Polizeibeamten mit seiner guten Konstitution. Immerhin lebe er gesund und ernähre sich bewusst. Die sportliche Katja Fuchs hatte das mit einem abschätzigen Schnauben kommentiert. Mertens hatte sich davon nicht beirren lassen und an der Theorie eines

Rachefeldzugs festgehalten. Seiner Vermutung nach gingen die Giftmorde, er verwendete tatsächlich den Plural, auf das Konto von jemandem, dessen Ehe nicht ganz so glücklich verlief. Eine Aufstellung aller innerhalb der letzten sechs Monate vollzogenen und demnächst geplanten Eheschließungen im Bad Mergentheimer Standesamt hatte er gleich mitgeliefert.

»Demnach käme jeder Dritte auf seiner Liste als Täter in Betracht«, grinste Markus Bayer. »Laut Statistik wird jede dritte Ehe geschieden«, fügte er erklärend hinzu, als er das fragende Gesicht seiner Kollegin sah.

»Er kann froh sein, dass wir ebenfalls Beamte sind.« Kerstin Franke nahm das Papier, legte es in die oberste Schublade ihres Schreibtischs und warf sie mit Schwung zu. »Von Datenschutz hat er offenbar noch nie etwas gehört.«

»Wenn Lebensgefahr droht«, imitierte Bayer den anklagenden Tonfall des Standesbeamten.

»Die These von Frau Fuchs sollten wir aber zumindest im Auge behalten. Demnach müsste der Täter allerdings Einblicke in den Betrieb des Standesamts haben. Er müsste wissen, wo Moritz Mertens sein Büro hat, und seine Vorliebe für Süßigkeiten kennen.«

»Ich fürchte, das schränkt die Zahl der Verdächtigen nicht sonderlich ein. Zum einen befinden wir uns in einer Kleinstadt, in der fast jeder jeden kennt. Zum anderen wissen alle, die von ihm getraut worden sind, Bescheid. Da müssen Sie nur mal in seinem Büro einen Blick in den Papierkorb werfen.« Bayer deutete auf die leere Pralinenschachtel und hob resigniert die Schultern.

*

»Einen Latte macchiato«, bestellte Anke und überlegte, ob sie sich ein kleines Stück Kuchen dazu gönnen sollte. Sie entschied sich dagegen und gab der netten jungen Bedienung ihren Bestellzettel. Sie hatte einen der letzten Plätze in Webers Paneria am Marktplatz ergattert. Seit die Betreiber auf ein integratives Konzept umgestellt hatten, bei dem zur Hälfte Menschen mit und zur anderen Menschen ohne Behinderung arbeiteten, erfreute sich das Café noch größerer Beliebtheit. Die Lage direkt am Bad Mergentheimer Marktplatz mitten in der Fußgängerzone tat natürlich ihr Übriges. Und dann war da noch die große Auswahl an leckeren Speisen und Getränken und vor allem der freundliche Service. Das Betriebsklima war offensichtlich hervorragend, die Mitarbeiter verrichteten ihre Arbeit mit großer Begeisterung, was die Gäste spürten.

Gerade, als sie ihren Latte macchiato serviert bekam, trat Oliver Kubelka ein und sah sich suchend um. Sie winkte ihm zu. »Hallo, heute keinen Sekt?«, fragte er im Näherkommen und deutete auf das Glas mit der Kaffeespezialität.

»Wir haben auch Sekt«, klärte ihn die Bedienung eifrig auf, dann legte sie den obligatorischen Bestellzettel mit Bleistift vor den letzten freien Platz am Tisch. Um Übermittlungsfehler zu vermeiden, kreuzten die Besucher des Cafés ihre Bestellwünsche auf diesen Vordrucken an.

»Hallo, Oliver«, grüßte Anke.

»Gestern waren wir schon bei Olli«, verbesserte der amüsiert. »Nehmen wir zwei Sekt?« »Später.« Anke rührte Zucker in ihr Heißgetränk.

»Haben Sie auch so eine Fitnesstorte?« Olli gab der jungen Frau mit Down-Syndrom, die abwartend stehen geblieben war, einen zerknitterten Prospekt, den er aus der Gesäßtasche seiner Jeans gezogen hatte.

»Naschen ohne Reue«, stand da. Anke erkannte den Slogan. Die Bedienung schüttelte bedauernd den Kopf. »Ich kann aber nachfragen«, bot sie verunsichert an.

»Nicht nötig, ich nehme einen Kaffee.« Die Café-Mitarbeiterin verschwand. »Wusstest du, dass Ralph mit dieser Wundertorte ganz groß einsteigen wollte? Janette hat mir das erzählt. Er hat sogar ein Patent angemeldet.«

»Die Torte kenne ich. Ich habe ein Stück gegessen. Sie schmeckt gigantisch. Kaum zu glauben, dass sie nur Null-Komma-irgendwas an Fett und kaum Kalorien enthält«, musste Anke zugeben und zog unwillkürlich den Bauch ein, »aber, dass Ralph die erfunden haben soll … Der konnte doch noch nicht einmal Kekse backen.« Ungläubig schüttelte sie den Kopf.

»Und das als Bäckersohn.« Olli griff nach einem Zuckertütchen und schüttete dessen Inhalt in die Tasse, die soeben vor ihm abgestellt worden war.

»Und in Chemie war er auch eine Niete«, erinnerte sich die Standesbeamtin. »Falls man für die Kreation so eines Wunderwerks Chemiekenntnisse braucht.«

Ihr Gegenüber zuckte mit den Schultern. »Vermutlich, Lebensmittelchemie. Darüber hat er mir gegenüber nicht gesprochen. Er hat nur davon geredet, wie er das Produkt vermarkten will.«

»Ein besonderer Gourmet war er ebenfalls nicht. Der dachte, Avocado ist das italienische Wort für Anwalt.« Anke runzelte die Stirn. Fürs Kochen hatte sich Ralph während ihrer kurzen Ehe ebenso wenig interessiert wie fürs Backen. Etwas, das ihm seine Familie immer wieder vorgeworfen hatte. Immerhin entstammte er einer

Dynastie von Bäcker- und Konditormeistern. Und ausgerechnet so ein Ignorant sollte ein Rezept für eine derart außergewöhnliche Torte entwickelt haben? »Ist deine Schwester eine passionierte Hobbyköchin?«, brachte sie einen Gedanken ins Spiel. Vielleicht hatte seine neue Freundin ja seine Liebe zu Mehl, Milch und Sahne geweckt?

»Sie schwingt schon ganz gerne mal den Kochlöffel«, wusste Olli. »Das ist für sie ein guter Ausgleich zu den Diensten im Krankenhaus.«

Stimmt, dachte sie, Janette war ja Ärztin. Das hatte Katja ihr erzählt. Womöglich hatte sie ihm sogar mit ihrem Fachwissen ausgeholfen, wer wusste schon, was für Substanzen die äußerst wohlschmeckende und geradezu euphorisierende Torte alles enthielt.

»Und sie weiß nichts über das Geheimrezept?«, bohrte Anke weiter.

Olli lehnte sich zurück und verschränkte die Arme vor der Brust. Nachdenklich betrachtete er die Standesbeamtin, ohne auf ihre Frage zu antworten.

Die wurde ob der eingehenden Musterung verlegen und trank hastig einen Schluck.

»Weißt du was? Jetzt bestelle ich uns doch einen Sekt«, wechselte Olli das Thema und unterbrach so das Schweigen. »Und dann würde ich gerne mehr über *dich* erfahren, vielleicht bei einem leckeren Abendessen? Ich lade dich ein. Du kannst doch bestimmt ein Restaurant in der Nähe empfehlen.« Er hielt sie mit seinem Blick gefangen.

Anke wurde warm. »Ja«, hauchte sie, »da wüsste ich mehrere.«

»Hallöchen, störe ich?«, sprach sie jemand von der Seite an.

»Ja«, entfuhr es Anke spontan, bevor sie sich umwandte. Charlie von der Tauberzeitung. Der Blick des Zeitungsreporters wanderte zwischen ihr und Olli hin und her.

»Kennen wir uns?«, wandte er sich an Olli.

»Nicht, dass ich wüsste.«

»Doch«, der Reporter kratzte sich am Kinn, »wir haben uns schon mal gesehen, ich komme bloß nicht drauf. Aber ich vergesse nie ein Gesicht.«

»Dafür deine Manieren«, fand Anke ihre Sprache wieder, »du störst!«

Charlie grinste und hob beschwichtigend die Hände. »Alles klar! Ich hab sowieso noch einen Termin.« Er zwinkerte Olli zu. »Viel Spaß!«, damit wandte er sich zum Gehen. Nach ein paar Schritten drehte er sich allerdings um und deutete mit dem Finger auf den jungen Mann: »Jetzt weiß ich es, du bist der Bruder der frischgebackenen Witwe. Ich …«

»Und einfach mal die Schnauze halten«, unterbrach Anke ihn mit einem Spruch aus Jugendtagen. »Sonst sind wir morgen in aller Munde«, erklärte sie dem konsterniert dreinblickenden Olli ihre rüde Art. »Wir sind in einer Kleinstadt. Wenn ich heute mit dir Kaffee trinke, habe ich morgen eine Familie mit dir gegründet.«

»Verlockende Vorstellung«, grinste ihr Gegenüber, während der Reporter tatsächlich endlich den Rückzug antrat.

Anke wurde rot. »Beim nächsten Mal fahren wir raus. Das liebliche Taubertal hat so viel Schönes zu bieten«, redete sie verlegen drauflos, »wir könnten zum Beispiel nach Wertheim fahren. Die Burg dort ist wirklich sehenswert und …«

»Äußerst verlockend!«, ergänzte Olli und zwinkerte ihr anzüglich zu.

*

»Was machst du denn noch hier? Ich dachte, du hast längst Feierabend«, begrüßte Marie Süssmeier den Kollegen Mertens.

Der so Angesprochene hielt sich am Türrahmen fest und atmete heftig, als habe er die Treppe zum Bürgermeisterbüro im ersten Stock im Laufschritt genommen.

»Ist was passiert?«, wollte die rundliche Blondine wissen. »Du bist ja ganz blass. Ist deine Darmgrippe zurückgekommen?«

»Du und ich, wir wissen, dass es keine Darmgrippe war.« Aufseufzend ließ sich der Standesbeamte auf einen der Besucherstühle fallen. »Es war ein heimtückischer Anschlag! Gift, Marie! Ich wurde vergiftet!«

Marie, die gerade in die Schale mit den Original Bad Mergentheimer Schäferschipple von der Konditorei Ehrler greifen wollte, zog ihre Hand hastig zurück.

»Dir droht keine Gefahr«, beruhigte sie der Kollege in gönnerhaftem Ton, »der Mörder hat es auf mich abgesehen.«

»Na, da bin ich aber beruhigt«, antwortete Marie trocken und nahm sich doch etwas von der süßen Knabberei.

»Außerdem war das Gift in Eierlikörtrüffeln, du weißt schon, die am Freitag auf meinem Schreibtisch lagen, als ich vom Mittagessen zurückgekommen bin.«

»Und von denen du mir keinen abgeben wolltest«, ergänzte Marie und bediente sich ein weiteres Mal am typischen Bad Mergentheimer Kleingebäck.

»Sei froh! Nicht auszudenken, was passiert wäre.«

»Was hat die Polizei gesagt?«, erkundigte sich die Bürgermeistersekretärin.

»Die haben den Ernst der Situation noch nicht ganz verstanden. Deswegen brauche ich *deine* Hilfe. Hast du am Freitag etwas Verdächtiges beobachtet?«

»Äh, verdächtig?«

Moritz sprang auf und stützte sich mit beiden Händen auf ihrem Schreibtisch ab, als er sich zu ihr vorbeugte. »Eine Person, die mein Zimmer betreten hat, während ich in der Mittagspause war? Als ich zurückkam, lagen die Pralinen auf meiner Tastatur.«

»Schätzchen, ich war mit dir zusammen essen. Wie soll ich da jemanden beobachtet haben, der dein Büro betreten hat?« Maries Nasenspitze berührte beinahe die ihres Kollegen.

»Stimmt.« Moritz richtete sich auf. »Wir müssen die anderen im Haus befragen.«

»Da wirst *du* kein Glück haben«, betonte die blonde Frau besonders das Anredepronomen. »Außer uns beiden und meinem Chef ist keiner mehr im Haus. Es ist Sommer, schönes Wetter, Ferienzeit und außerdem beinahe sechs Uhr.«

»Das hat der Mörder von langer Hand geplant!« Moritz warf sich wieder auf einen der Besucherstühle.

»Dass Sommer ist?«

»Irgendwie habe ich das Gefühl, du nimmst mich nicht ernst!«, rief der Standesbeamte aus. »Erst die Polizei und jetzt du. Dabei läuft ein Mörder frei herum. Ein hinterhältiger Mörder in unserem schönen, idyllischen Bad Mergentheim. Das wird deinen Chef nicht gerade freuen.«

Marie hob die rundlichen Schultern. »Das nicht, aber hast du nicht behauptet, mir drohe keine Gefahr?« Demonstrativ verspeiste sie ein weiteres Schäfferschipple.

»Nein, nur mir und … Anke!« Moritz sprang auf. »Ich muss sie warnen! Hat sie nicht heute Mittag gesagt, sie sei verabredet? Wo war das noch gleich? Ach ja, in der Paneria vom Weber am Marktplatz.« Er stürmte nach draußen.

»Moritz, ich weiß nicht, ob es so eine gute Idee ist, wenn …«, rief Marie ihm hinterher, doch er schien sie nicht mehr zu hören.

*

Janette Kubelka legte den Hörer auf. Hatte Sven ihr die Wahrheit gesagt? Er behauptete, die Polizei habe am Samstagabend lediglich Ralphs Laptop mitgenommen. »Die Empfangsbestätigung liegt in der Küche, auf der Ablage neben der Spüle«, hatte er ihr gerade am Telefon erklärt. »Hast du die nicht gefunden?«

Natürlich hatte sie das Dokument gefunden. Aber wo war dann der Stick? Sie war sich nicht mehr ganz sicher, aber sie meinte, ihn am Morgen vor der Trauung in ihre Nachttischschublade gelegt zu haben, als sie ihre Alltagshandtasche gegen die Clutch für die Trauung getauscht hatte. Da hatte sie den Stick rausgenommen und, weil ihr auf die Schnelle kein besserer Platz eingefallen war, eben in die Schublade geworfen. Doch da war er nicht mehr. Sie hatte sich nicht getraut, Sven zu fragen, ob er ihn habe. Wie auch? »Sven, hast du zufällig einen Datenstick mit belastendem Material gegen Ralph mitgehen lassen? Du bist doch ein Kumpel von ihm, also gib ihn mir bitte zurück. Es nutzt ja auch keinem, wenn das, was darauf ist, an die Öffentlichkeit gerät. Im Gegenteil …«

Hatte deshalb jemand gemordet? Ralph ermordet? Aber eigentlich war das Material auf dem Stick eher ein Grund für Ralph gewesen, jemanden zu töten und nicht umgekehrt. Was war also schiefgegangen?

Jetzt ärgerte es sie, dass sie sich bisher kaum für Ralphs Machenschaften interessiert und auch die Dokumente auf dem Datenträger nicht genauer angesehen hatte. Möglicherweise war sie ebenfalls in Gefahr? Fast wäre es ihr lieber gewesen, der Stick wäre in den Händen der Polizei.

Aber da das nicht der Fall war: Wer hatte ihn dann?

Sven? Oder jemand aus Ralphs Familie? Sie überlegte, wer von ihnen einen Schlüssel zu ihrem Haus hatte. Sie wusste es nicht. Vermutlich konnte sich jeder Zugang verschaffen, wenn er es darauf anlegte. Bei der Vorstellung bekam sie Herzklopfen. Sie musste sich unbedingt etwas zur Beruhigung besorgen. Die Packung, die ihr der Kollege von der Notfallambulanz überlassen hatte, war leer. Die war doch voll gewesen, hatte sie die alle geschluckt? Sie konnte es kaum glauben.

Im Nebel ihrer Erinnerung tauchten Fetzen an den gestrigen Abend auf. Sie hatte Olli geschickt, nach der Handtasche mit den Pillen zu suchen. Er hatte ziemlich lange gebraucht, zumindest war ihr das so vorgekommen.

Hatte er noch etwas anderes gesucht? War er es gewesen, der den Stick an sich genommen hatte?

*

Anke hob ihr Glas. »Auf das Leben!« Der Trinkspruch schien ihr den Umständen ihres Kennenlernens angebracht. Hatten sie doch gerade über ihren Ex und die Vergänglichkeit allen Seins philosophiert. Olli hatte voller Verständnis den weniger schönen Szenen ihrer kurzen Ehe gelauscht, während sie das erste Glas des guten Becksteiner Winzersekts getrunken hatten.

Das Publikum der Paneria hatte inzwischen gewechselt. Die nachmittäglichen Kaffegäste waren hauptsächlich jungen Leuten gewichen, die noch einen Feierabenddrink oder einen Aperitif vor dem Abendessen zu sich nahmen. So wie sie und Olli.

»Oh, wer weiß, was meiner lieben Schwester da erspart geblieben ist«, äußerte der gerade und legte seine Hand auf die ihre. »Versteh mich nicht falsch«, ergänzte er dann, »aber ich mochte Ralph nicht besonders. Meiner Meinung nach war er ein Opportunist. Aber Janette hat ihn geliebt, und gegen die Liebe ist man machtlos.« Bei diesen Worten blickte er Anke tief in die Augen.

Wie hatte sie nur denken können, grüne Augen seien langweilig? Anke seufzte. Die von Olli hatten außerdem goldene Punkte um die Pupille. Wie Sterne sahen die aus.

»Auf die Liebe.« Ohne sie aus den grüngoldenen Augen zu lassen, trank er einen tiefen Schluck.

Anke tat es ihm gleich. Dann musste sie plötzlich kichern. »Entschuldigung, der Alkohol.«

Ihr Gegenüber nahm daraufhin eine der Mini-Laugenknusperstangen, die zwischen ihnen auf einem Teller lagen, und führte sie zu ihrem Mund.

Ankes Herz klopfte, sie schloss die Augen.

»Nein! Nicht essen!«, kreischte jemand neben ihr, und als sie die Augen öffnete, sah sie gerade noch die Knusperstange in hohem Bogen davonfliegen.

»Sind Sie wahnsinnig? Was soll das?«, fuhr Oliver den Mann neben ihr an.

Ankes Blick war eher verdutzt. »Moritz? Was machst du denn hier?«

Der Kollege aus dem Amt hatte die Augen weit aufgerissen. Seine dunkelbraunen Haare standen ihm in allen Richtungen vom Schädel ab. »Ich wollte dich warnen. Du bist in Lebensgefahr!«

»Spinnst du?«

Moritz ließ sich auf den Platz neben Anke sinken. »Wer sind Sie überhaupt? Warum füttern Sie Anke?«, wandte er sich vorwurfsvoll an Olli.

»Das Gleiche frage ich Sie!«, antwortete der zornig und schüttelte sichtlich irritiert den Kopf, »also wer sind Sie?«

Die Bedienung trat an ihren Tisch, nachdem sie die Mini-Knusperstange aufgehoben hatte. »Ist etwas nicht in Ordnung?«, fragte sie verunsichert.

Anke und Olli verneinten.

Die junge Frau sah von einem zum anderen, dann blieb ihr Blick an Moritz hängen, »wollen Sie etwas bestellen?«

»Nein, danke. Oder doch, bringen Sie mir einen Kamillentee.«

Sie schob ihm einen Bestellzettel hin.

»Ach nein, ich nehme lieber einen Saft«, murmelte er, während er das Angebot überflog.

Anke klärte Olli in der Zwischenzeit flüsternd auf, um wen es sich bei dem derangiert aussehenden Enddreißiger handelte, der die romantische Stimmung soeben zerstört hatte.

Moritz fragte die Servicekraft nach der Darreichungsform des Tomatensafts aus. »Können Sie sicherstellen, dass ich ihn in einer verschlossenen Flasche erhalte, die erst am Tisch geöffnet wird?«

»Und wieso ist er so paranoid?«, wollte Olli leise von Anke wissen, nachdem er erfahren hatte, dass es sich bei dem Störenfried um einen Kollegen von ihr handelte.

»Ich bin nicht paranoid!«, kreischte Moritz auf.

Die Bedienung schlug sich erschrocken die Hand auf den Mund.

Moritz versuchte Olli am Arm zu packen, dabei stieß er dessen Glas um. Sekt ergoss sich über den Tisch. Anke sprang auf, bevor das prickelnde Nass ihr auf die Hose tropfen konnte.

Ein weiterer Angestellter kam der zur Salzsäule erstarrten Servicekraft zu Hilfe und versuchte die verschüttete Flüssigkeit mit ein paar eilig gegriffenen Papierservietten aufzunehmen.

Moritz hatte offenbar aufgrund der Unterstellung von Paranoia vollends die Contenance verloren und belegte Olli mit deftigen Schimpfworten, die der glücklicherweise nicht verstand, waren sie doch im breitesten Mergentheimer Dialekt: »Du Debb, schwätz mi ned von dr Said ou, du Blödl!«

Die übrigen Gäste lauschten gebannt.

Anke wäre am liebsten im Erdboden versunken. Vermutlich kannte ein Großteil der Anwesenden die beiden Standesbeamten. Jetzt entdeckte sie ein junges Paar, das vor ein paar Tagen zum Traugespräch bei ihr gewesen war. Die zwei schienen sich köstlich über Moritz' Auftritt zu amüsieren.

»Was ist denn hier los?« Plötzlich stand Sven Gabriel vor ihnen. Der hatte Anke gerade noch gefehlt. »Was regst du dich denn so auf?«, wandte sich Sven an den keifenden Moritz.

»Nenn mi ned paranoid! Debei hot doch noch der Simbel gor ke Ahnung!«

»Was ist denn los?«, wiederholte Sven und an Moritz gewandt: »Jetzt beruhig dich doch.«

»Ich bin ruhig! Ich war nie ruhiger!«, verfiel der wieder ins Hochdeutsche.

»Wollen Sie etwas bestellen?«, fragte der zweite Mitarbeiter, nachdem er den Sekt aufgewischt hatte.

»Ich nehme einen Milchkaffee«, orderte Sven und zog sich ohne zu fragen einen Stuhl heran.

Prima!, dachte Anke wütend, macht es euch alle bei uns gemütlich, ihr stört auch überhaupt nicht.

»Bringen Sie uns noch zwei Sekt«, schloss sich Olli an. »Oder besser gleich eine ganze Flasche. Und noch ein Glas für diesen«, er räusperte sich und deutete mit dem Kinn auf Moritz, »Simbel da.«

Der holte tief Luft und setzte zu einer Erwiderung an.

Anke schaltete auf Durchzug. Der Abend würde mit Sicherheit anders verlaufen als geplant.

KAPITEL 4 – DIENSTAG

Mord ohne Motiv?

Hamburg. Der Tod der 41-jährigen Magdalena K., die in der Nacht zum vergangenen Mittwoch im ICE 272 gefunden wurde, gibt den zuständigen Ermittlern weiter Rätsel auf. Es gebe nach wie vor keine Hinweise, warum die Geschäftsfrau habe sterben müssen. Sie erlag einem schnellwirkenden Gift, so die Aussage der Polizei, die einen Suizid inzwischen ausschließt, da sich keine Reste von kontaminierten Nahrungsmitteln oder Getränken bei ihr fanden. »Wir ermitteln weiter und lassen die Experten ihre Arbeit machen«, sagte Staatsanwalt Robert S.

*

»Du benimmst dich wie ein Teenager! Prügelt sich in der Öffentlichkeit!« An diesem Morgen hatte Rosemarie Wardlinger ihre Tochter mit ihrem obligatorischen Anruf aus dem Bett geworfen, so früh war sie dran.

Anke ärgerte sich, das Telefonat überhaupt angenommen zu haben. »Weißt du, wie spät es ist? Oder besser wie früh? Es ist ja nicht mal sieben. Ich habe noch geschlafen.«

Sie hätte sich denken können, dass solche Vorwürfe an ihrer Mutter abprallten. »Kannst du nicht wie jede normale junge Frau heiraten und Kinder kriegen, anstatt dich mit drei Männern zu betrinken und …«

»Niemand hat sich geprügelt!«, unterbrach Anke sie.

»Die Tochter von der Kulmbacher Ilse sagt aber …«

»Sie lügt!«, schnitt Anke ihr abermals das Wort ab. Ilse Kulmbacher wohnte drei Häuser von ihren Eltern entfernt und hatte genau wie die Wardlingers zwei Töchter im gleichen Alter wie Anke und ihre Schwester Heike. Zwischen ihr und Frau Wardlinger herrschte so etwas wie ein Wettstreit, wer die wohlgerateneren Sprösslinge habe. Frau Kulmbacher lag dabei zwei zu eins vorn. Ihre Mädchen waren beide »anständig« verheiratet und hatten ihrerseits wieder jeweils zwei Kinder in die Welt gesetzt. Rosemarie Wardlinger konnte mit nur einer verheirateten Tochter und einem Enkelkind nicht mithalten, von Ankes Scheidung und deren spektakulären Umständen ganz zu schweigen.

»Überhaupt«, ging Anke zum Gegenangriff über, »was macht die Andrea zur Feierabendzeit in der Stadt? Muss die nicht ihrem Mann das Abendessen kochen?«, spottete sie.

»Es war die Susanne, und die musste schnell zur Apotheke, ihr Kleiner hat eine Sonnenallergie. So ein süßer Kerl, der Raffael-Fynn.«

»Da hat die Susanne nicht richtig geschaut. Es ist keiner handgreiflich geworden«, verteidigte sich Anke nun doch.

»Aber rumgepöbelt habt ihr, dass man es bis auf die Straße hören konnte«, wusste ihre Mutter. »Und gesoffen hast du! Und dann gleich mit drei Männern! Ich dachte, du hast eine Verabredung mit *einem* netten jungen Mann gehabt.«

Anke machte sich nicht die Mühe, nachzufragen, woher ihre Mutter *das* wiederum wusste. Das Kommunikationsnetz in Bad Mergentheim war ausgezeichnet, da brauchte es keine neuartigen Technologien. Mancher Geheimdienstler wäre vor Neid erblasst, wie schnell sich hier Nachrichten verbreiteten. Ein zusätzlicher Grund für sie, ihr nächstes Date mit Olli außerhalb der Stadt zu planen, sollte es jemals eine erneute Verabredung mit dem sympathischen Hannoveraner geben. Gestern war der nämlich nach einem weiteren Glas Sekt von ihrem Kollegen Moritz mit Beschlag belegt worden, als jener herausgefunden hatte, dass sein Gesprächspartner in einem medizinischen Beruf tätig war. Moritz habe da ja schon lange so ein Ziehen in der Leistengegend, ob Olli sich einen Reim darauf machen könne? Nach der zweiten Flasche Sekt hatten sie das Lokal gewechselt und im Ratskeller eine Kleinigkeit gegessen und vor allem weitergetrunken. Anke hatte sich schließlich verabschiedet, und Sven war es gewesen, der sie nach Hause begleitet hatte.

Sie hatten nicht viel geredet auf dem Nachhauseweg, doch das Schweigen war kein Unangenehmes gewesen. Vielmehr hatte jeder seinen Gedanken nachgehangen und wahrscheinlich in Erinnerungen an die gemeinsame Schulzeit geschwelgt. »Hast du Lust, mich übermorgen Nachmittag nach Wertheim zu begleiten?«, hatte Sven sie zum Abschied gefragt. »Ich habe da einen Termin im Tourismusbüro. Es geht um die Planung eines kulinarischen Spaziergangs. Wir könnten anschließend die Burg besichtigen«, schlug er vor, »du hast doch eine Schwäche für Schlösser und Burgen.«

»Seit wann planst du kulinarische Spaziergänge?«, war Ankes verwunderte Gegenfrage gewesen.

»Das ist eine lange Geschichte, wenn du mitkommst, erzähle ich sie dir.«

»Ich muss arbeiten, aber vielleicht kann ich mir den Nachmittag freinehmen«, hatte Anke geantwortet und versprochen, ihm im Laufe des Vormittags Bescheid zu geben, ob es klappen würde. Ein Wunder, dass ihre Mutter *davon* noch nichts wusste.

»Stimmt es, dass du dich mit Sven Gabriel triffst?«, kam es prompt aus dem Hörer. Wie hatte sie nur denken können, dass sie irgendetwas vor ihrer Erzeugerin geheim halten könne.

»Wie kommst du denn darauf?« Das interessierte Anke tatsächlich brennend.

»Er hat dich doch nach Hause gebracht?«

»Wie lange ist die Susanne denn in der Stadt gewesen? Hatte die Apotheke das Medikament nicht vorrätig?«, konnte sich Anke eine Spitze nicht verkneifen.

»Die Labermanns waren beim Moritz und Lux zu einer Buchvorstellung«, rückte ihre Mutter schließlich mit einer Erklärung heraus, »und in der Pause haben die euch gesehen. Ich wäre ja auch mitgekommen, aber es war ausverkauft.«

Moritz und Lux war die Buchhandlung am Gänsmarkt, nicht weit von Ankes Wohnung, wo sie sich regelmäßig mit Lesestoff versorgte. Und die Labermanns waren die Nachbarn ihrer Eltern, ein älteres Ehepaar aus dem Ruhrpott, das sich das liebliche Taubertal als Altersruhesitz auserkoren hatte.

»Woher kennen die Labermanns denn Sven? Der hat sich doch schon ewig nicht mehr in Neunkirchen blicken lassen«, versuchte es Anke mit einem Ablenkungsmanöver.

»Es stimmt also? Na ja, er ist zwar ein Sonderling, aber er soll ja bei der Bembé ganz gut verdienen.«

Schnell beendete Anke das Gespräch mit dem Hinweis, zur Arbeit zu müssen.

*

Sven Gabriel betrachtete unschlüssig sein Handy. Sollte er Anke anrufen? Es war eine spontane Idee gewesen, sie zu fragen, ob sie mitkommen wolle. Er, der normalerweise nichts ohne reifliche Überlegung tat, hatte der Ex seines verstorbenen Freundes eine Verabredung vorgeschlagen. Schon immer hatte er die etwas chaotische Anke nett gefunden. Er hatte ehrlich gesagt nie ganz verstanden, was Ralph damals an der mittelgroßen und mittelmäßig schlanken Anke so besonders fand. Sie hatte zwar ein ganz nettes Gesicht, hohe Wangenknochen und dunkelbraune Augen, aber dass Ralph ausgerechnet sie zum Traualtar führen würde, hatte ihn seinerzeit gewundert. Vielleicht war da mehr zwischen ihnen gewesen, als sein Schulfreund ihm je erzählt hatte, immerhin hatten die beiden bereits im Sandkasten miteinander gespielt. Er dagegen, Sven, hätte perfekt zu der dunkelblonden Anke gepasst, wie er seinerzeit fand, und sich heimlich Hoffnungen gemacht, bevor sie mit Ralph zusammengekommen war.

Nun, das war lange her. Anke hatte nie etwas von seinen Gefühlen geahnt. Doch jetzt gab es vielleicht eine neue Chance für ihn? Er musste wider Willen lachen. Möglicherweise würde er Ralph nicht nur in beruflichen Belangen beerben?

Er nahm einen Bissen des Marmeladenbrots, das vor ihm auf dem kleinen Teller lag. Die Konfitüre hatte er gestern von Perlmann senior, sozusagen als Dreingabe zum Gespräch, bekommen. »Hausgemacht«, stand auf dem Etikett, und sie schmeckte tatsächlich nicht schlecht.

Sven war zufrieden, als er an sein gestriges Gespräch mit Günther Perlmann dachte. Nachdem sie sich handelseinig geworden waren, hatte ihn der Alte bekniet, den Termin mit dem Tourismusbüro in Wertheim für ihn wahrzunehmen, und Sven hatte sich schließlich dazu bereit erklärt. Das war typisch für Ralph gewesen, dachte Sven, dass er in seinen Flitterwochen Gespräche mit Kunden anberaumte. Aber dadurch hatte sein Vater schnell entscheiden müssen, wie er mit seiner Nachfolge umging, und so war Sven ins Spiel gekommen.

Er würde bei seinem jetzigen Arbeitgeber kündigen, doch das hatte Zeit. Im Moment hatte er sowieso Urlaub. Schon immer hatte er seinen gesamten Jahresurlaub an einem Stück im Sommer genommen. Dieses Jahr hatte das mit den Vorbereitungen zu Ralphs Hochzeit besonders gut gepasst.

Er zog die Mappe mit den Perlmannschen Geschäftsunterlagen zu sich heran, die ihm Ralphs Vater eilig zusammengestellt hatte. Ralph hatte keine Zeit verloren. Sven wunderte sich, wie viel Geld Ralph bereits in Werbung investiert hatte. Dass die Volksbank ihm den Kredit in der Höhe überhaupt gewährt hatte, erstaunte ihn im ersten Moment. Bis er die Kopie des Gutachtens fand. Ein namhaftes Institut in Barsinghausen bei Hannover, das sich auf Bestimmung von Nährwertangaben spezialisiert hatte. Mit dem Ergebnis der vorliegenden

Untersuchung hatte Ralph, wie es aussah, nicht nur die Bank überzeugt.

Sven massierte sich die Schläfen. Der Spannungskopfschmerz war nach wie vor nicht verschwunden. Er stand auf und machte ein paar halbherzige Lockerungsübungen. Dann füllte er sich ein Glas voll Leitungswasser und löste die unvermeidliche Schmerztablette darin auf.

*

»Soko Gottesanbeterin«, warf Torsten Ebert in den Raum. Der Kriminalkommissar war aus Heilbronn zurückgekehrt. Kerstin Franke hatte ihr Team vor Ort endlich zu einem sogenannten Kick-Off zusammengerufen.

»Wir brauchen einen Namen«, hatte der junge Familienvater gefordert und diesen Vorschlag gemacht.

Kerstin verdrehte die Augen. Torsten war ein guter Ermittler, aber manchmal ging es mit ihm durch. Wenn es nach ihr gegangen wäre, hätten sie keinen Namen für ihr Trüppchen gebraucht, doch sie wusste, dass es für einen funktionierenden Teamgeist wichtig war, alle Belange zu berücksichtigen. Sie wollte schließlich nicht autoritär rüberkommen. Deshalb hatte sie extra Butterbrezeln und Hefezopf von der Bäckerei Ehrmann besorgt und eigenhändig Kaffee gekocht, außerdem hatte sie gerade allen das Du angeboten. Ihrer Meinung nach war das genug, doch Torsten sah es anders.

»Gottesanbeterin?«, wollte Polizeimeister Markus Bayer wissen. »Sind das nicht diese Viecher, die ihr Männchen nach dem Liebesakt verspeisen?« Er betrachtete nachdenklich die angebissene Brezel, die vor ihm auf einer Serviette lag.

»Na ja, vermutlich war es eine von seinen Frauen. Entweder die Ex oder die aktuelle«, rechtfertigte Ebert seinen Tipp, fügte dann aber hinzu, »ist vielleicht nicht ganz das Passende.«

»Wie wäre es mit Soko Schlosshof?« Hans-Werner Schmiedinger machte eine Handbewegung in Richtung des geöffneten Fensters.

Torsten runzelte die Stirn.

»Soko Gift?« Polizeimeister Markus Bayer war kein Freund überflüssiger Worte.

Torsten war nicht zufrieden. »Das ist ein bisschen sehr allgemein. Vielleicht eher was, das zu dieser Gegend passt.«

Hans-Werner wandte sich dem Teller mit dem Hefezopf zu und grinste. »Soko Hefezopf.«

Torsten schnaubte genervt.

»Soko Standesamt?«

»Wer ist für Soko Standesamt?«, fragte Kerstin hastig in die Runde. Sie wollte nicht noch mehr Zeit mit solchen, ihrer Meinung nach überflüssigen Diskussionen vergeuden.

»Ich bin für Soko Todestrauung.« Torsten wollte es spektakulärer.

»Dann nennen wir uns Soko Todestrauung«, griff Kerstin auf, »jemand dagegen? Nein, dann wäre das beschlossen«, verfügte sie eilig und ging schnell zur Tagesordnung über, bevor Einwände kamen: »Dann wollen wir also die letzten 24 Stunden vor Ralph Perlmanns Tod rekapitulieren. Die Lebensmittel, die bei der Trauungszeremonie sichergestellt wurden, haben alle kein Gift enthalten.« Sie klopfte mit der Hand auf den Bericht der KTU vor ihr auf dem Tisch.

»Todestrauung? Das soll zu uns und der Gegend passen?«, murmelte Hauptmeister Schmiedinger.

Kerstin fuhr in ihrem Bericht fort: »Da wir nicht wissen, welche Substanz er zu sich genommen hat …«

»Die Ergebnisse liegen heute im Laufe des Tages vor«, konnte ihr Heilbronner Kollege sich nicht verkneifen, sie zu unterbrechen.

»Da wir *noch* nicht wissen, woran er gestorben ist«, ließ Kerstin sich durch seinen Einwand nicht beirren, »können wir nicht mit Bestimmtheit sagen, wann er das Gift zu sich genommen hat. Es kann Stunden, manchmal sogar Tage dauern, bis die Wirkung eintritt. Vielleicht hat er es also schon morgens in seinem Frühstückskaffee gehabt.«

Hans-Werner, der gerade einen Schluck Kaffee hatte trinken wollen, ließ die Tasse unangerührt zurücksinken.

»Es ist deshalb nicht zwingend erforderlich, dass der Mörder oder die Mörderin bei der Trauung dabei war. Was den Kreis der Verdächtigen erweitert.« Sie wandte sich der Tafel zu, auf der sie seit gestern sämtliche in Frage kommenden Personen notiert hatte.

»Die Menschen, die bei der Zeremonie anwesend waren, haben wir inzwischen alle mindestens einmal gesprochen. Ich habe auf den Karteikarten meine Eindrücke notiert. Das darf natürlich gerne ergänzt werden.«

Torsten griff nach einem Stift.

»Gleich«, hielt die Hauptkommissarin ihn zurück. »Hans-Werner, du bist gerade dabei, das Umfeld im Dorf nach möglichen Motiven zu untersuchen. Gibt es da etwas Neues?«

Der Polizeihauptmeister räusperte sich. »Man soll ja nicht schlecht über Tote sprechen«, er machte eine Pause.

Torsten fuchtelte ungeduldig mit dem Textmarker herum.

Kerstin nickte Hans-Werner aufmunternd zu.

»Also der Perlmann, Ralph war ein Arschloch«, entfuhr es dem schließlich. »Mich würde nicht wundern, wenn sich gleich mehrere zusammengetan hätten, um ihn um die Ecke zu bringen. So wie in diesem Agatha-Christie-Film, wo einer im Zug umgebracht wird.«

»Mord im Orient Express«, wusste Markus Bayer.

»Genau, also in Neunkirchen hat bestimmt jeder Zweite ein Motiv.«

»Wie viele Einwohner hat das Kaff äh Dorf?«, erkundigte sich Torsten.

»Knapp 800.«

»Wären also 400 Verdächtige, na herzlichen Glückwunsch!«

»Torsten, bitte!«, ermahnte Kerstin den Kollegen aus der Großstadt. »Versuche, sie in Gruppen einzuteilen. Und dann müssen wir rausfinden, wer die Gelegenheit zum Mord hatte. Also wer war im Urlaub oder anderweitig verhindert, zum Beispiel bettlägerig oder in Haft«, ergänzte sie, als der Polizeimeister sie fragend anblickte. »Da kannst du den Kollegen unterstützen, Markus, das ist eine ziemliche Sisyphusarbeit.«

»Eine …?«

»Eine Arbeit für einen, der Vater und Mutter erschlagen hat«, erklärte Torsten feixend.

»Und diese Verkäuferin aus der Bäckerei, die Perlmann angeblich sexuell belästigt haben soll?«, wollte die Hauptkommissarin weiter wissen.

»Carina Helmbold«, wusste Hans-Werner, ohne seine Notizen bemühen zu müssen. »Sie kommt aus Sommerhausen, das ist ein kleiner Weinort in der Nähe von Würzburg. Da gibt es richtig leckeren Wein. Allerdings Frankenwein. Denn das ist ja dann Bayern, aber …«

»Ich kenn mich aus«, fiel Kerstin ihm ins Wort, »Heilbronn liegt nicht hinterm Mond, Hans-Werner.« Und außerdem war ihr Exfreund ein Kollege aus Würzburg, doch das ließ sie lieber unerwähnt. Tatsächlich hatte sie besonders schöne Erinnerungen an das idyllische Sommerhausen im Maintal, in dem sie damals ein romantisches Wochenende verbracht hatten.

»Kennen Sie, äh, kennst du das Torturmtheater dort? Ein Theater im Torbogen über der Straße. Das ist wirklich etwas Besonderes, nicht nur für Theaterfreunde.« Offenbar war Kerstin nicht die Einzige, die besondere Erinnerungen mit dem kleinen Weinort südlich von Würzburg verband.

Sie lächelte gedankenverloren. »Ja, ich kenne es.« Dass der Polizeihauptmeister so viel für Kultur übrig hatte, hätte sie ihm gar nicht zugetraut. Sie straffte die Schultern, »aber wir sind leider nicht zum Vergnügen hier.«

Torsten trommelte ungeduldig mit dem Stift auf die Tischkante.

»Also, die Carina ist mit dem Mirko Panitzka aus Neunkirchen verlobt. Deswegen hat sie sich beim Perlmann beworben und wohnt jetzt bei ihrem Verlobten im Ort«, vervollständigte Hans-Werner Schmiedinger eilig die Informationen.

»Und was ist dran an den Vorwürfen der sexuellen Belästigung?«

»Eine Anzeige liegt keine vor. Aber ich kann hoffentlich heute mit ihr sprechen, dann erfahre ich mehr. Sie hat zurzeit Urlaub und war mit ihrem Mirko ein paar Tage verreist.«

»Was noch zu beweisen wäre«, warf Torsten ein.

Kerstin nickte. »Wie so vieles. Ich rücke gleich der KTU auf die Pelle wegen der Auswertung der PC-Daten. Eines ist schon klar, er hat in der Zeit, seit er zurück ist, eine Riesenfiliale in Tauberbischofsheim eröffnet und eine angeblich einzigartige Fitnesstorte auf den Markt gebracht. Da gab es wohl verschiedene Begehrlichkeiten. Unter anderem von der Chefin dieses Cateringunternehmens, das hat Sven Gabriel angedeutet, der Freund des Opfers und sein Trauzeuge. Er kannte die Chefin des Cateringunternehmens aus Hannover. Genau wie seine zweite Ehefrau. Und beide Frauen sind, aus welchen Gründen auch immer, nach Bad Mergentheim gezogen.«

»Im Fall von seiner Neuen ist das ja wohl klar«, wusste Torsten, »immerhin haben sie geheiratet. Aber vielleicht hatte er auch was mit der Partyservicetante. Er hat scheinbar nichts anbrennen lassen.«

»Und dann macht sie das Catering bei seiner Trauung?«, zweifelte Markus.

»Du glaubst gar nicht, was die Leute im Liebesrausch alles anstellen«, belehrte Torsten ihn mit einem beinahe väterlichen Ton, der Kerstin schmunzeln ließ. Der Heilbronner Kollege war höchstens fünf Jahre älter.

»Sprich mit ihr«, bestimmte sie an ihn gewandt und beendete das Meeting.

*

»Hallo, Anke, hast du was von Moritz gehört?«, rief Marie Süssmeier der Standesbeamtin zu, als die gerade an deren geöffneter Bürotür vorbeikam.

Anke, die es eilig hatte, denn sie hätte seit fünf Minuten in einer Besprechung sein müssen, hielt inne. Im Wartebereich am Ende des Flurs sah sie mindestens vier Leute sitzen. Das war nicht nur das Paar, mit dem sie einen Termin hatte. Sie machte einen Schritt ins Vorzimmer des Bürgermeisters. »Guten Morgen, Marie«, antwortete sie, »ist er noch nicht da?«

»Nein. Und er hat seit halb neun Uhr ein Traugespräch. Die Leute sind ziemlich sauer.« Damit war Moritz um eine halbe Stunde säumiger als sie selbst. »Nicht mal krank hat er sich gemeldet.« Das war wirklich ungewöhnlich. »Sonst hätte ich die ja nach Hause geschickt.«

Von der anderen Seite des Gangs näherte sich ein kräftiger Mittdreißiger und maulte vor sich hin. »Uuvrschämd sou ebs! Worum meechd mrn do eichndlich Termine?« Er hatte die Tür zum Bürgermeisterbüro erreicht und drängte sich an Anke vorbei ins Zimmer. »Un wo steckd jetz dr gnädiche Herr Standes*beamte*?«, dröhnte er. Dabei betonte er das Wort Beamte zynisch. Offenbar hielt er nicht besonders viel von ihrem Berufsstand, dachte Anke. Wahrscheinlich einer, der in feuchtfröhlicher Runde Beamtenwitze in der Art »Was hast du denn gegen Beamte? Die tun doch nix!« oder so ähnlich erzählte.

Apropos feuchtfröhliche Runde. Moritz und Olli hatten gestern noch zusammengesessen und gerade einen Becksteiner Schwarzriesling geordert, als sie gegangen war. Moritz hatte zuvor die vielseitigen Einsatzmöglichkeiten von Rotwein in der Medizin gepriesen und Olli davon überzeugt, »endlich mal was für seine Gesundheit zu tun«, wie er sich ausgedrückt hatte. Wobei, lange bitten hatte der Mergentheimer den Hannoveraner nicht müssen, und besonders hatte Moritz die Tatsache gefallen, dass die Weinflasche vor seinen Augen geöffnet wurde und der Kellner selbst einen Probeschluck nahm.

»Der Kollege ist leider krank«, log Marie den aufgebrachten Eheanwärter an. »Entweder Sie warten noch einen Moment, dann kann Frau Wardlinger Sie dazwischenschieben, oder Sie kommen ein anderes Mal wieder.«

»Des hädde si mir a glei sooche kenne, dass der nit kummt.«

Der Herr verzichtete darauf, noch länger zu warten und vereinbarte einen neuen Termin. Dann holte er seine Verlobte aus dem Wartebereich und verabschiedete sich.

»Jetzt hat sie die Chance, es sich noch anders zu überlegen«, murmelte Anke, als der bullige Typ verschwand, die blasse und sichtlich eingeschüchterte Zukünftige am Arm.

»Wie bist du denn drauf?«, staunte Marie.

Anke zuckte nur mit den Schultern und wandte sich dem geduldig wartenden homosexuellen Paar am anderen Ende des Flurs zu. Auf dem Weg zu den beiden Männern riskierte sie einen verstohlenen Blick auf ihr Handy, aber von Moritz war weder ein Anruf noch eine Nachricht eingegangen. Eigenartig!

*

Sabine Büsing betrat das Labor. »Da sind schon wieder zwei in der Notaufnahme, die bei der Geburtstagsfeier in Lauda-Königshofen waren.«

Katja nahm die Petrischale und betrachtete das Ergebnis aus der Anzucht, die sie aus dem mitgebrachten Kartoffelsalat angelegt hatte. »Staphylokokken«, konstatierte sie, »hätten sie mal den Salat nach schwäbischem Rezept zubereitet. Ohne selbst gemachte Mayonnaise.«

Sabine sah der Kollegin über die Schulter. »Beeindruckend!«, bestätigte sie, »unangenehm, aber nicht tödlich. Wie sagte doch die Frau neulich in diesem Fernsehfilm? Ich bin nur noch eine Darmgrippe von meinem Wunschgewicht entfernt. Mit so einem kleinen Brechdurchfall kann man sich ein paar schöne Tage zu Hause machen.«

Katja drehte sich zu ihr um. »Was hast du gesagt?«

»Na, dass man an einer Staphylokokkeninfektion nicht gleich stirbt.«

»Genau, man ist eben nur kurzfristig arbeitsunfähig.« Katja schlug sich mit der flachen Hand auf die Stirn.

Sabine grinste und deutete auf die spezielle Agarplatte mit den farbigen Punkten. »Wirkt garantiert.«

»Und wer wüsste das besser als eine Ärztin«, murmelte ihre Kollegin.

»Ja, wenn die Ärzte es nicht wissen, müssten wir uns allerdings Sorgen machen.«

Katja sprang so hastig auf, dass sie beinahe den Hocker mit den Rollen, auf dem sie gesessen hatte, umstieß. »Ich muss telefonieren.« Sie öffnete den Garderobenschrank, in dem sie ihre Handtasche am Morgen verstaut hatte, und begann in dem geräumigen Lederbeutel herumzuwühlen. Sabine hielt ihr das Diensttelefon entgegen. »Nein, privat«, wehrte sie ab und suchte schon nach einer Nummer im Adressspeicher.

»Anke?«, rief sie kurz darauf in ihr Mobiltelefon, »stör ich?«

Als Antwort hörte Sabine nur ein aufgeregtes Quäken aus dem Lautsprecher.

»Was ist los?«, verlangte Sabine zu wissen.

Katja sah sie an und erklärte, ohne das Telefon vom Ohr zu nehmen: »Moritz ist verschwunden.«

»Welcher Moritz?«, wollte Sabine wissen, wurde aber zunächst mit einer Handbewegung zum Schweigen gebracht. Katja horchte. »Hör mal«, sagte sie nach einer Weile, »ich glaube, ich weiß jetzt, wer Moritz die Magen-Darm-Infektion beschert hat.«

»Was?«, setzte Sabine an, abermals unterbrach Katja sie mittels Handzeichen und lauschte weiter mit gerunzelter Stirn den Ausführungen am anderen Ende der Leitung. »Und dieser Olli ist auch MTA?« Unverständliche Antwort. »Medizinische Hochschule in Hannover, ja, kenne ich.« Wieder hörte Sabine nur leises Murmeln aus dem Hörer.

»Gut«, brachte Katja selbiges schließlich zum Schweigen. »Bleib ruhig. Nur weil die beiden gestern noch zusammen gebechert haben, muss er nicht zwingend etwas damit zu tun haben. Und vielleicht schläft Moritz ja nur seinen Rausch aus und der Akku von seinem Handy ist leer.« Kurzes, offensichtlich zustimmendes Geräusch aus dem Handylautsprecher, dann beendete Katja mit einem »Sobald ich Feierabend habe, komme ich bei dir vorbei« das Gespräch.

Sabine baute sich mit verschränkten Armen vor ihr auf. »Moritz Mertens?«, wollte sie wissen, nachdem sie sich aus den Gesprächsfetzen inzwischen eins und eins zusammengereimt hatte.

»Ist verschwunden«, ergänzte Katja. »Und das Ganze hängt möglicherweise mit dem Mord an Ralph zusammen. Und«, sie warf ihr Handy mit Schwung in ihre am Boden stehende Handtasche zurück, »Ankes neuester Verehrer hat offenbar damit zu tun.«

»Anke hat einen neuen Typen?«, wurde Sabine hellhörig.

»Na ja, sie hatten gestern ein Date.« Katja berichtete ihrer Kollegin, was sie wusste und was Anke ihr gerade erzählt hatte.

»Und ihr meint, dieser Oliver hat Moritz vergiftete Pralinen untergejubelt? Warum das denn?«

Katja zuckte mit den Schultern. »Vielleicht ist er dahintergekommen, was Ralph für ein schlimmer Finger war, und wollte die Heirat mit seiner Schwester verhindern.«

»Indem er den Standesbeamten ausschaltet?« Sabine hatte ihre Zweifel. »Und als das nicht geklappt hat, bringt er schnell den Bräutigam um?«

»Hm«, nachdenklich spielte Katja mit einem Reagenzglas. »Möglicherweise ist meine Theorie ein bisschen dünn.«

»Zumal Ralph nicht an Staphylokokken umgekommen ist. Da hat jemand andere Geschütze aufgefahren. Das war mehr als eine Lebensmittelvergiftung.«

Katja nickte zustimmend. »Du hast recht. Eine Lebensmittelvergiftung ist eine Sache und möglicherweise hat tatsächlich jemand die Pralinen präpariert. Ich tippe ja auf diesen Olli. Aber das war wahrscheinlich nur eine Verzögerungstaktik.«

»Und was genau wollte er verzögern?« Sabine war noch nicht ganz überzeugt.

»Na, die Trauung. Wenn Anke nicht eingesprungen wäre, wäre Ralph gestorben, bevor er Ja sagen konnte.«

Sabine hatte nach wie vor ihre Zweifel. »Aha. Und du meinst, der Mörder wollte die Eheschließung verhindern.«

»Genau. Und er kannte sich mit Gift aus, wusste, welches wie wirkt. Und vor allem, wie schnell.« Katja öffnete eine Schublade und suchte. »Wer könnte das besser wissen als einer von uns. Dieser Olli ist MTA«, murmelte sie und wühlte weiter. »Wo ist denn nur meine Liste? Ah!« Triumphierend betrachtete sie die Tabelle mit den in Frage kommenden Giften. Dabei runzelte sie die Stirn. »Hast du das neulich auch gelesen von diesem B-Promi, der seine Kumpels zum Essen eingeladen hat?«

»Häh? Spinnst du jetzt? Was soll das damit zu tun haben?«

Katja wedelte mit dem Papier vor ihrer Nase herum. »Irgend so ein Möchtegern-Star wollte seinen Gästen den ultimativen Kick beim Essen bereiten und hat ihnen Kugelfisch serviert.«

Sabines Miene hellte sich auf. »Du meinst …?«

»Genau! Der Fisch mit dem tödlichen Gift in den Eingeweiden. Gilt in Japan als Delikatesse, aber wenn man ihn nicht richtig zubereitet, kann das übel enden. So wie bei dem Schauspieler. Fünf Menschen sind im Krankenhaus gelandet, weil sie von dem Fugu, so heißt das Vieh, gegessen haben.«

»Aber gestorben ist keiner«, wusste Sabine, »*das* hätte ich dann doch mitbekommen.«

»Sie hatten Glück, weil man sofort erkannte, welches Gift sie zu sich genommen hatten. Bei Ralph wusste das keiner. Na ja, bis auf den Mörder natürlich.«

»Du meinst …?«, entgeistert sah Sabine die Kollegin und Freundin an.

Die deutete auf ihre Tabelle. »Die Symptome passen jedenfalls, Ralph könnte an Tetrodoxin gestorben sein.«

*

Vorsichtig öffnete Moritz Mertens die Augen, hinter denen tausend Zwerge mit der Spitzhacke zu Werke gingen. So ähnlich hatte er das in der Fernsehwerbung für ein Kopfschmerzmittel gesehen, und genau so kam es ihm jetzt vor. Es war glühend heiß, da wo er war, und gleißend hell. Schnell schloss er seine Augen wieder, denn das Licht schien ihm geradewegs das Gehirn zu durchbohren.

War er tot? Befand er sich etwa in der Hölle? Gut, er hatte nicht immer ein gottgefälliges Leben geführt, er war eitel und ab und zu hatte er nicht die Wahrheit gesagt. Aber das waren eigentlich nur Notlügen gewesen. Manchmal hatte er auch ein bisschen übertrieben, wenn es zu seinem Vorteil gereichte. Doch das konnte man nicht wirklich als die Unwahrheit bezeichnen, eher halt als Übertreibung. Und meistens, so redete er sich nun ein, tat er das nur, um andere zu schützen. Na ja, oder wenigstens, um sie nicht zu verärgern. Wer hörte schon gerne, dass er oder sie lächerlich aussah in dem festlichen, eigens zur Hochzeit gekauften Outfit? Gerade da mutete man ihm als Standesbeamten einiges zu. Oder wollte die Frau es wissen, dass er ihren Mann in der Mittagspause mit einer schicken Blondine gesehen hatte? Dann schwieg er, aber Schweigen war schließlich keine Sünde. Moritz überlegte.

Wie lauteten noch die sieben Todsünden? War Verschwiegenheit dabei gewesen? Sicher nicht, eher Habgier, Wollust, Neid …?

Er stöhnte auf und presste beide Hände fest gegen seine Schläfen – und *das* hatte nichts mit Wollust zu tun.

»Aua!« Er erschrak ob der Lautstärke seines eigenen Schmerzensschreis. Es klang dumpf, als befände er sich in einem kleinen Raum. Um genau zu sein, er lag in diesem Raum, und zwar auf einem weichen Untergrund, wie er sich nun gewahr wurde. Auf einem Sofa oder Bett. Gab es in der Hölle Betten?

Ganz vorsichtig öffnete er erneut die Augen, heldenhaft den Schmerz ignorierend. Die Zimmerdecke über ihm war schräg, und da befand sich ein Fenster, durch das die Sonne hereinschien und die, offenbar kleine, Kammer erhellte und erwärmte. Nein, die Hölle war das nicht. Noch nicht. Aber wo war er dann? Und wie war er hier gelandet? Er kniff die Augen wieder zu und versuchte nachzudenken. Was war geschehen?

Das Letzte, an das er sich erinnern konnte, war, dass er mit Anke getrunken hatte. Viel getrunken, wie ihm das Dröhnen in seinem Schädel vermuten ließ. Dabei war er doch normalerweise ein vorsichtiger Mensch. Seine Kollegin Anke schlug da eher mal über die Stränge. Aber gestern, da waren noch andere Menschen dabei gewesen. Er versuchte sich die anwesenden Personen ins Gedächtnis zu rufen. Ohne Erfolg. Hatte einer von denen mit seinem desolaten Zustand zu tun? Waren neben Alkohol andere Rauschmittel im Spiel gewesen? Die Erinnerung und die damit einhergehende Erkenntnis traf ihn wie ein Keulenschlag. Er schrie entsetzt auf.

Hatte er nicht gestern ein Mordkomplott gegen sich und seine Kollegin aufgedeckt?

Natürlich! Am Nachmittag war er bei der Polizei gewesen, doch die hatten ihn nicht ernst genommen.

Dann hatte er Anke gesucht, um sie zu warnen – und jetzt war er hier. Eindeutig! Er befand sich in der Gewalt des Mörders! Trotz der Hitze in der Dachstube jagte ein eiskalter Schauer seinen Rücken hinunter. Warum aber war er noch am Leben? Wollte der Mörder ihn vor seinem Tod foltern? Was war mit Anke? War sie ebenfalls in der Gewalt dieses Irren? Er lauschte angestrengt. Nichts! Totenstille! Wahrscheinlich ging der Mörder seiner geregelten Tätigkeit nach. Er, Moritz, war überzeugt, dass es sich um einen Mann handelte. Dieser verhielt sich bestimmt ganz normal, damit ihm keiner auf die Schliche kommen konnte. Und dazu gehörte es eben auch, an seinem Arbeitsplatz aufzutauchen, als hielte er nicht eine Geisel in seinem Haus gefangen. Apropos Arbeitsplatz. Er wurde sicher längst vermisst, bestimmt hatten sich die Kollegen vom Amt gemeldet. Reflexartig tastete er nach dem Handy an seiner Gürtelschlaufe, obwohl sein Verstand ihm sagte, dass ihm das längst abgenommen worden war. Umso mehr erstaunte es ihn, als er das Mobiltelefon zwischen den Fingern spürte.

Nur, um kurz darauf festzustellen, dass der Akku leer und das Handy damit tot war. So tot, wie er bald sein würde? Wahrscheinlich hatte ihm der Mörder deshalb das Gerät gelassen.

Er sah sich in seinem, wie er annahm, Gefängnis um. Es handelte sich tatsächlich um eine kleine Dachkammer. Er lag auf einer Pritsche unter dem Fenster, um ihn herum standen alte Möbelstücke: ein Schaukelstuhl, daneben ein billiger Schrank, dessen verspiegelte Tür ein langer Riss zierte, und mitten im Raum ein antiker Schreibtisch mit einem ebenso alten Stuhl davor. Im Sonnenlicht tanzten Staubkörner durch die Luft. Bevor er um den Tisch herum auf die Tür zugehen wollte, warf er einen Blick aus dem Fenster mit den trüben Scheiben. Der Griff war abgebrochen, sodass es sich nicht öffnen ließ. Offenbar war das Gebäude, in dem er sich befand, höher als die umliegenden. Er erspähte nur ein paar Dachgiebel und in der Ferne die Spitze eines Kirchturms. Das Kreuz und dessen achteckige Form mit den schwarzen Dachschindeln kamen ihm bekannt vor. Befand er sich in Neunkirchen? Er hatte in früherer Zeit öfter das 800-Seelen-Dörfchen besucht, immerhin war seine Kollegin und, wie er sich nun im Angesicht des Todes eingestand, Freundin Anke hier aufgewachsen.

Er setzte sich auf die Kante seiner Liegestätte und bemühte sich, sich zu erinnern, in welchem der Häuser er sich befinden konnte. Würde ihm diese Erkenntnis weiterhelfen? Während er darüber nachdachte, nahm er im Augenwinkel eine Bewegung wahr. Ganz sachte erst, dann zusehends schneller begann der Schaukelstuhl hin und her zu wippen. Wieder standen ihm die Haare zu Berge, er öffnete den Mund, doch sein Schrei blieb ihm in der Kehle stecken, als er nun Schritte vernahm, die näher kamen.

*

»Tetrodoxin?« Nachdenklich sah Kerstin Franke von ihrem Bildschirm auf, wo sie gerade die Mail aus Heilbronn gelesen hatte.

Torsten hatte bereits recherchiert. »Das ist das Gift des Kugelfischs. Wissenschaftlicher Name Takifugu vermicularis, japanisch Nashifugu. Unter Feinschmeckern als Delikatesse bekannt, aber nicht ganz ungefährlich. Es bedarf einer besonderen Technik, um die giftigen von den ungiftigen Körperteilen zu trennen. Die Köche in Japan, die sie zubereiten, benötigen eine spezielle Lizenz. Trotzdem kommt es immer wieder zu Unfällen.«

»Ich weiß«, warf Kerstin ein. »Aber in unserem Fall können wir das wohl ausschließen. Auf den Häppchen, die nach der Trauung gereicht worden sind, befand sich Tauberforelle«, las sie aus dem entsprechenden Bericht der KTU ab und ergänzte: »nicht nur lecker und gesund, sondern auch vollkommen ungiftig.«

»In den sichergestellten Lebensmitteln war kein Gift«, wiederholte Torsten gelangweilt. »Der Täter muss ihm das Tetrodoxin auf andere Weise verabreicht haben.«

»Hier steht, dass die tödliche Wirkung bei dieser Sorte bereits nach circa 30 Minuten eintreten kann. Die Gerichtsmedizin grenzt den Aufnahmezeitraum bei Ralph Perlmann auf eineinhalb Stunden zwischen 9.30 Uhr und elf Uhr ein. Das würde bedeuten, er hat das Gift nach dem Frühstück zu sich genommen.«

»In seinem Magen befanden sich neben einem nahezu unverdauten Rest von Forelle hauptsächlich alkoholhaltige Getränke«, referierte Torsten, was er bei der Leichenöffnung gehört hatte, bei dem Gedanken an diesen Teil der Obduktion machte er eine entsprechend leidende Miene.

»Vor der Trauung war das Paar zusammen mit dem Bruder der Braut im Kurpark, um ein paar Fotos zu machen.« Die Hauptkommissarin deutete auf zwei Ausdrucke an der Pinnwand und danach auf eine Speicherkarte in der Stiftablage vor sich auf dem Tisch. »Laut Bruder und Schwester hat das Opfer in der Zeit nichts zu sich genommen. Bevor sie losgefahren sind, haben sie allerdings ein Glas Champagner getrunken, gibt die Witwe zu. Das muss so kurz nach neun gewesen sein.«

»Ein Glas?«, vergewisserte sich ihr Kollege und scrollte auf seinem Bildschirm herum. »Die Zeugen sagen übereinstimmend aus, dass er alkoholisiert wirkte, als er zur Trauung kam.«

»Was an dem Tetrodoxin liegen kann«, nahm Kerstin den Ball wieder auf, »und das bedeutet: entweder war das Gift im Champagner oder er hat heimlich etwas konsumiert, was keiner mitbekommen hat. Vielleicht wollte er ein Beruhigungs- oder Schmerzmittel zu sich nehmen.«

»Oder«, Torsten deutete mit dem Zeigefinger auf ein mit Selbstauslöser aufgenommenes Bild der Geschwister mit dem Toten, »die beiden lügen.«

»Wer lügt?« Hans-Werner Schmiedinger betrat den Raum. »Hallo, zusammen, ich komme gerade von meinem Gespräch mit Carina und Mirko«, berichtete er, »die beiden waren ziemlich nervös. *Die* lügen wahrscheinlich ebenfalls.«

Torsten und die Hauptkommissarin weihten den Polizeihauptmeister in ihre Gedankengänge ein. Der nickte. »Dann ist die Frau vom Partyservice raus?«

»Nicht unbedingt«, hakte Kerstin ein, »vielleicht hat sie ihm beim Betreten des Gebäudes irgendetwas zugesteckt.«

»Schade, eigentlich hatte ich vor, sie zum 90. Geburtstag meiner Großtante zu buchen. Die bietet doch dieses Fitnessessen an. Die Idee fand ich ganz gut, damit Tantchen auch ihren Hundertsten noch so gesund feiern kann.«

Torsten grinste.

»Außerdem sollte man regionale Kleinunternehmen

unterstützen«, erklärte Hans-Werner weiter, »nicht immer diese großen Ketten, die eh schon genug haben.«

»Recht hast du!«, stimmte die Hauptkommissarin ihm zu, »weißt du was? Wir gehen jetzt zusammen hin und fühlen der Dame auf den Zahn. Irgendwie kommt sie mir als Täterin zu naheliegend vor. Eine Frau vom Partyservice tötet mit einer Delikatesse.«

»Das Naheliegende ist aber häufig das Richtige«, murmelte Torsten, der eifrig auf seiner Tastatur herumklickte und angestrengt auf seinen Monitor starrte.

Hans-Werner schien ebenfalls nicht so recht an die Schuld von Friederike Wittig-Anders zu glauben. »Könnte es ein Unfall gewesen sein? Vielleicht wollte sie etwas Besonderes anbieten und hat bei der Zubereitung einen Fehler gemacht?«

Kerstin hatte ihre Zweifel. »Es gab nur Forellenhäppchen, Kugelfisch wurde nicht angeboten. Laut Obduktionsbericht hatte er auch nur wenig und nahezu unverdaute feste Nahrung im Magen. Ansonsten alkoholhaltige Flüssigkeit.«

»Das ist bemerkenswert«, meldete sich Torsten wieder zu Wort.

»Wieso? Du warst doch bei der Leichenschau dabei«, wunderte sich seine Kollegin, »du hast selbst gesagt …«

»Nein«, unterbrach er sie, »ich meine das hier. Vor Kurzem gab es einen Todesfall durch exakt dieselbe Substanz. Das Opfer hatte nur alkoholhaltige Flüssigkeit mit dem Gift im Magen.«

»Opfer?«

»Die Hamburger Kollegen gehen von Mord aus. Sie haben keine Flasche oder ein Glas in dem Zugabteil gefunden, in dem die Leiche lag.«

Hans-Werners Gesicht hellte sich auf. »Die Tote aus dem Nachtexpress!«

»Wer?«, wollte die Hauptkommissarin wissen.

»Er hat recht.« Torsten sah den Hauptmeister anerkennend an. »Die Frau wurde mitten in der Nacht tot in einem ICE-Abteil gefunden. Auf der Strecke von Hannover nach Hamburg.«

»Hannover?«, wurde Kerstin nachdenklich.

»Da kommt die Wittig-Anders her«, ergänzte Hans-Werner.

»Und die Braut, äh Witwe ebenfalls. Sie hat dort ihren Zukünftigen kennengelernt«, wusste Torsten.

Hans-Werner war plötzlich ganz aufgeregt. »Meint ihr, die Fälle haben miteinander zu tun?«

Kerstin Franke erhob sich. »Auf jeden Fall ist das eine interessante Parallele. Torsten, setz dich bitte mit den Hamburgern in Verbindung. Und wir zwei befassen uns mit den Exhannoveranern. Von denen scheint es ja mehr in Bad Mergentheim zu geben, als man denkt.«

*

Janette Perlmann, geborene Kubelka nahm die vielen Briefe aus dem Kasten und übergab sie ihrem Bruder, um für die Suche nach dem Haustürschlüssel die Hände frei zu haben.

»Soll ich dir helfen?«

»Da ist er.« Sie öffnete die Tür und betrat ihr neues Zuhause. »Danke, dass du mitgekommen bist. Ich hätte das Gespräch mit dem Bestatter zusammen mit meiner Schwiegermutter ohne dich nicht durchgestanden.«

»Passt schon.« Oliver schob sie in den kühlen Flur, um hinter sich die Haustür zu schließen.

»Und danke, dass du noch eine Weile mit mir hier wohnen bleibst. Ich weiß ja, dass du das nicht wolltest.« Sie streifte sich die schwarzen Pumps von den Füßen. »Ich mache uns erst mal einen Eistee, was hältst du davon? Dann können wir eine kleine Pause einlegen.«

Olli unterdrückte ein Gähnen. »Ehrlich gesagt, würde ich mich lieber einen Moment hinlegen. Es ist spät geworden gestern Abend.« Er drückte seiner Schwester die Post in die Hand und lockerte die schwarze Krawatte, die er für den Besuch beim örtlichen Bestattungsunternehmen angelegt hatte. »Und vorher springe ich schnell unter die Dusche. Ich bin schon wieder vollkommen durchgeschwitzt.« Und ich muss mir den Leichengeruch von der Haut schrubben, dachte er an den süßlich, blumigen Geruch in den Räumen des Ladengeschäfts, den er ab sofort wohl immer mit dem Tod in Verbindung bringen würde.

»Mach nur. Ich setze mich solange auf die Terrasse.« Janette sah bereits die Umschläge durch.

Olli flüchtete ins Gästebadezimmer, während er sich den Schlips vollends vom Hals zerrte.

»Bis später.« Schnell entledigte er sich seiner Klamotten und warf alles auf einen Haufen in der Ecke.

15 Minuten später wickelte er sich, deutlich erfrischt, in ein Gästehandtuch und betrachtete im Spiegel den Bartschatten in seinem Gesicht. Heute Morgen hatte er es zeitlich nicht geschafft, sich zu rasieren, und gestern Nacht war es dafür ebenfalls zu spät gewesen. Und, so musste er sich eingestehen, er war ziemlich angetrun-

ken gewesen. Eigentlich hatte das gestern ja ein Date mit der netten Standesbeamtin werden sollen, aber dann war es ziemlich aus dem Ruder gelaufen. Dieser blöde Kollege von ihr, Moritz, hatte die Drama-Queen gegeben und alles verdorben. Der Versuch, ihn mit Alkohol ruhigzustellen, war gründlich misslungen. Er hatte sich zwar kurzfristig von dem Gedanken abbringen lassen, bei ihm, Olli, handele es sich um einen gefährlichen Mörder, dafür war er zutraulich geworden, und nun wusste Oliver detailgenau über seinen Gesundheitszustand Bescheid.

Obwohl er selbst in der Branche arbeitete, hatte ihn Moritz mit seinem Wissen überrascht. Dann war noch dieser Sven dazugekommen, der Freund von Ralph und zweiter Trauzeuge. Der hatte ganz offensichtlich ein Auge auf Anke geworfen, so viel hatte Olli mitbekommen, während Moritz ihm die Besonderheiten seines Verdauungstrakts offenbarte. Irgendwann waren Anke und Sven dann gegangen, und er hatte seine Mühe, Moritz loszuwerden. So wirklich war ihm das auch nicht gelungen. Olli stöhnte auf bei dem Gedanken an die edlen Obstbrände, die sie zu späterer Stunde zu sich genommen hatten. »Zur Desinfektion!«, hatte ihm Moritz erklärt.

Er schüttelte heftig den Kopf, um die Erinnerung zu vertreiben, und entschied sich gegen eine Rasur. Ein Bart würde ihn vielleicht älter und seriöser wirken lassen. Mit seinen leicht abstehenden Ohren und den kurzen dunkelbraunen Haaren, die aufgrund der vielen Wirbel meist in alle Richtungen abstanden, sah er aus wie »Pumuckls langweiliger älterer Bruder«. Das hatte eine Praktikantin im Labor, in dem er arbeitete, zu ihm gesagt. Kein Wunder, dass Anke ihm gestern Abend den bebrillten Sven mit den vertrauenerweckenden Geheimratsecken vorgezogen hatte. Er wandte sich von seinem Spiegelbild ab und versuchte sich mit der Tatsache zu trösten, dass er eines Tages sicher um sein jugendliches Aussehen beneidet werden würde. Sein Blick fiel auf seine abgelegten Kleider in der Ecke. Die Klamotten gingen ihm langsam aus. Ursprünglich hatte er geplant, am Montag nach der Hochzeit, also gestern, nach Hannover zu fahren. Seine Kollegen dort waren nicht begeistert gewesen, dass sich, ausgerechnet in der Urlaubszeit, seine Abwesenheit verlängerte, hatten aber unter den gegebenen Umständen Verständnis gezeigt. Er bückte sich und zog Jeans und ein T-Shirt aus dem Haufen. Die würde er am ehesten benötigen. Dabei fiel etwas klappernd zu Boden und rutschte über die Fliesen neben den Duschvorleger. Der Datenstick, den er am Sonntagabend eingesteckt hatte. Den hatte er ja ganz vergessen, genau wie die Tabletten. Er schälte den unförmigen, weißen Klumpen aus der Hosentasche und hob den Datenträger auf, während er die Tablettenreste die Toilette hinunterspülte. Das mit der Wäsche hatte Zeit. Er ging ins Gästezimmer und klappte seinen Laptop auf.

*

»Wir haben noch geschlossen«, rief der stämmige Mittfünfziger Anke und Katja zu, als die den Ratskeller am Marktplatz betraten. »Ich habe die Tür nur zum Durchlüften geöffnet«, erklärte er und wandte sich ihnen, in der linken Hand ein Weinglas, in der rechten ein Poliertuch, zu. »Oh, hallo, sind Sie gestern gut nach Hause gekommen?«, erkannte er Anke offensichtlich wieder. »Ihre Freunde hatten ja noch ganz schön Sitzfleisch.«

»Genau deshalb sind wir hier«, hakte Katja ein, sie hatte Anke gerade von der Arbeit abgeholt, und die beiden waren übereingekommen, dass sie als Erstes Moritz wiederfinden mussten, und sei es nur, um auszuschließen, dass Olli etwas mit seinem Verschwinden oder gar dem Mord zu tun hatte.

»Moritz ist öfter mal spontan krank«, hatte Anke Katja vorher noch mitgeteilt. »Du weißt ja selbst, er ist ein Hypochonder, wie er im Buche steht. Aber dass er sich nicht meldet, wenn er arbeitsunfähig ist, das ist ungewöhnlich.«

Moritz redete gerne über seine Beschwerden, und sei es beim Anruf auf der Arbeit, um sich krankzumelden. Sein Schweigen war also zumindest ungewöhnlich. Außerdem hatte bei ihm Zuhause in der Mörikestraße, wo Katja auf ihrem Weg in die Innenstadt vorbeigeradelt war, auf deren Klingeln niemand geöffnet. Das wiederum konnte vielerlei Gründe haben: Er konnte beispielsweise die Klingel abgestellt haben, um leise weinend vor sich hinzuleiden, oder er war beim Arzt, um mit dem seine Diagnose durchzusprechen. Alles noch keine Gründe, sich ernsthaft Sorgen zu machen, redete Anke sich ein.

»Die beiden waren ziemlich betrunken«, erinnerte sich der Kellner auf Katjas Nachfrage an die beiden Männer, die nach Ankes Weggang am vergangenen Abend zu zweit weitergebechert hatten. »Kein Wunder«, er lachte kurz auf, »letztendlich hatten sie zwei Flaschen Rotwein und acht Schnäpse.« Er stellte das polierte Glas auf den Tresen. »Apropos, wir haben zwar eigentlich noch zu, aber kann ich Ihnen trotzdem etwas anbieten?«

»Danke, nein«, winkte Katja ab. »Wann sind die zwei Männer denn gestern aufgebrochen?«, erkundigte sie sich stattdessen.

»Das war schon fast zwölf. Sie waren die letzten Gäste. Eigentlich schließen wir um 23 Uhr, aber bis sie ausgetrunken und bezahlt hatten, das hat gedauert. Der Norddeutsche hatte schon Schwierigkeiten, das Geld aus seinem Portemonnaie zu zählen. Der ist wohl unseren guten Obstbrand nicht gewöhnt.« Er machte eine ausholende Bewegung in Richtung der reichlich bestückten Bar.

»Und der andere? War der genauso betrunken?«, fragte Katja.

»Viel besser ist es dem auch nicht gegangen. Er hat pausenlos davon geredet, wie wichtig es für die Gesundheit sei, genug zu trinken. Wenn es nach dem gegangen wäre, wären sie noch länger geblieben, aber sein Kumpel wollte los. Na ja, und wir hatten, wie gesagt, eigentlich schon zu.«

»Sind die beiden gemeinsam aufgebrochen?«, wollte Anke wissen.

»Ja, da bin ich mir sicher. Ich habe sie noch zu dem Taxi gebracht, das ich für sie rufen sollte.«

Anke und Katja wechselten einen Blick.

»Sie haben nicht zufällig mitbekommen, wo die beiden hingefahren sind?«, erkundigte Anke sich zaghaft.

Der Mann grinste sie an. »Jetzt werde ich aber langsam neugierig. Was ist denn passiert? Ist Ihnen Ihr Freund abhandengekommen?«

»So ähnlich«, schaltete Katja sich ein.

Der Kellner legte seine Hand auf Ankes Arm. »Möchten Sie nicht doch etwas trinken? Sie sind ja ganz blass!

Einen Kaffee oder lieber ein Glas Sekt für den Kreislauf? Geht aufs Haus.«

»Nein danke, schon gut«, lehnte die Standesbeamtin abermals ab.

»Neunkirchen, im Wolfental. Der Jüngere hat die Adresse genannt«, erklärte der Gastronom nun, »es hat ein bisschen gedauert, bis der Taxifahrer ihn verstanden hat, er hat ziemlich gelallt, deshalb musste er sie mehrmals wiederholen. Ist er denn nicht zu Hause angekommen?«, schwang Besorgnis in seiner Stimme.

»Wir wissen es nicht so genau.« Mit diesen Worten drängte Katja Anke aus dem Restaurant. »Vielen Dank für Ihre Hilfe.«

»Ja gerne«, gab der beleibte Mann zurück, »und geben Sie mir Bescheid, wenn sie die beiden wiedergefunden haben.«

Auf dem Marktplatz herrschte munteres Treiben. Katja schob ihre Freundin in Richtung Milchlingsbrunnen.

»Im Wolfental, da wohnen die alten Perlmanns«, teilte Anke ihr über die Schulter hinweg mit und schwang sich auf den Rand des Brunnens.

»Ralph und seine Neue haben dort auch gebaut«, wusste Katja, was der Krankenhausklatsch ihr über die junge Ärztin zugetragen hatte. »Vielleicht ist dein Olli bei ihr untergeschlüpft.«

»Er ist nicht *mein* Olli! Und ich habe keine Ahnung, wo er *untergeschlüpft* ist. Aber selbst wenn er in Neunkirchen wohnt, warum nimmt er Moritz mit dorthin?« Anke betrachtete versonnen die Menschen, die im Außenbereich des Bistros Europa neben der Volksbank saßen und ein kühles Getränk genossen.

»Das fragen wir ihn am besten selbst«, beschloss Katja und winkte ab, als Anke ihr Handy aus der Tasche zog. »Wir holen jetzt dein Fahrrad, und dann machen wir beiden Hübschen eine nette Radtour an der Wachbach entlang nach Neunkirchen.«

*

Seit nunmehr drei Nächten hatte er kein Auge zugetan.

Und heute hatte er auch den ganzen Tag keinen klaren Gedanken mehr fassen können. Seit er die Nachricht von Ralph Perlmanns Ableben erhalten hatte, war nichts mehr wie vorher. Es gab keinen Zweifel für ihn, er war schuld am Tod eines Menschen. Er war ein Mörder! Zunächst hatte er auf ein Missverständnis gehofft. Vielleicht war Perlmann junior ja nur ohnmächtig geworden? Er lebte lange genug in einer dörflichen Gemeinschaft und wusste, welche Blüten Klatsch und Tratsch zuweilen treiben konnten. Im letzten Jahr hatte man einer 53-jährigen Frau eine Zwillingsgeburt angedichtet, dabei hatte nur ihre Katze Junge bekommen. Und die alte Frau Schmiedinger war schon mehrere Male totgesagt worden. Er hatte also zunächst abgewartet und sich nicht zu der Schreckensbotschaft geäußert, als die die Runde machte. Dass er für Ralph Perlmanns »Unpässlichkeit« verantwortlich war, dessen war er sich allerdings gleich sicher. Das hatte er schließlich beabsichtigt: eine Unpässlichkeit. Eigentlich hätte ihn die schon eher treffen und die Vorbereitungen auf die Hochzeit, möglicherweise eben auch die Trauung selbst, verderben sollen.

Das hätte dieser miese Weiberheld mehr als verdient gehabt!

Seinen Tod allerdings, den hatte er nicht gewollt.

Irgendetwas war gründlich schiefgelaufen. Als ihm das schließlich klargeworden war, war es in seinen Augen zu spät gewesen.

Ab diesem Zeitpunkt hatte er gehofft, dass die Polizei nicht auf ihn kommen würde. Doch auch diese Hoffnung machte sich zunichte. Die Kripo begann bereits Fragen zu stellen, die Schlinge um seinen Hals zog sich langsam zu.

Sollte er selbst dem Ganzen ein Ende setzen?

*

»Nur weil sie sich mit Kugelfischen auskennt, bekommen wir bestimmt keinen Durchsuchungsbeschluss«, kommentierte Kerstin Franke mit bedauerndem Schulterzucken den Vorschlag von Hans-Werner Schmiedinger. Der Polizeihauptmeister hatte nach einem ausführlichen Gespräch mit Friederike Wittig-Anders seine Meinung bezüglich der Chefin des Partyservices vollends geändert und verdächtigte sie nun des Mordes.

»Sie hat uns nicht nur ihr Verhältnis mit Ralph Perlmann verschwiegen, sondern auch, dass sie sich gestritten haben«, begründete er seinen Gesinnungswechsel und wandte sich ausdrücklich an die Kollegen Torsten Ebert und Markus Bayer. »Ja, und sie hat zugegeben, dass sie diesen Fugu, also den giftigen Fisch, mal zu einem japanischen Geschäftsessen zubereitet hat.«

»Das ist verboten«, wusste Markus.

Torsten hatte diesen Sachverhalt bereits recherchiert: »Sie hat damals auch mächtig Ärger gekriegt, weil einer der Gäste sie angeschwärzt hat. Der Auftraggeber hat das auf sich genommen und behauptet, sie habe davon nichts gewusst. Sie ist also mit einem blauen Auge davongekommen.«

»Immerhin hat sie uns freiwillig davon erzählt«, nahm die Hauptkommissarin sie in Schutz.

»Weil sie annehmen konnte, dass wir sowieso dahinterkommen«, hielt Hans-Werner dagegen.

»Trotzdem reicht das nicht für einen Durchsuchungsbeschluss.« Kerstin deutete auf ihr Telefon, »ich habe eben schon mit dem Staatsanwalt gesprochen.« Mühsam beherrscht schnaufte sie durch. Der »Fürst« hatte sie behandelt wie ein kleines Kind, das um einen Lutscher bettelt, und hatte ihr Anliegen abgewiesen. »Wir brauchen Beweise. Die Sache mit dem giftigen Fisch liegt lange zurück, ein Wunder, dass wir überhaupt noch Informationen dazu gefunden haben. Frau Wittig-Anders überschätzt da unsere Möglichkeiten; wenn sie uns nichts davon erzählt hätte, wären wir vermutlich nie dahintergekommen, da muss man schon gezielt suchen. Wir haben folglich nichts gegen sie in der Hand, außer dem, was sie uns selbst mitgeteilt hat.«

»Was machen wir also?« Hans-Werner verschränkte die Arme vor der Brust.

»Was wir immer tun. Wir suchen Beweise.« Sie nickte ihrem Heilbronner Kollegen aufmunternd zu. »Torsten, was hast du über die Tote aus Hamburg herausgefunden? Vielleicht hängen die Todesfälle zusammen.«

»Die Tote heißt Magdalena Krupp, ist beziehungsweise war 41 Jahre alt, ledig, keine Kinder«, las Torsten vor. »Sie lebte mit ihrem Freund in Hamburg-Flottbek, arbeitete als Unternehmensberaterin. Seit einem knappen Jahr war sie regelmäßig bei einem Kunden in Hannover tätig. Sie ist nach Ende ihrer Arbeitswoche im Zug auf dem Weg nach Hause gestorben. An dem Tag war sie mit ein paar Kollegen vor Ort noch essen. Es war also Zufall, dass sie so spät unterwegs war. Ja, und sie war allgemein beliebt.«

»Und sie ist durch das gleiche Gift umgekommen wie der Perlmann?«, wollte Markus Bayer wissen, der bei der Besprechung am Morgen nicht zugegen gewesen war und bisher nur in Stichworten von den Parallelen erfahren hatte.

»Ja. Exakt die gleiche Substanz, das haben unsere Leute inzwischen verifiziert.«

»Und wer sagt uns, dass sie sich nicht selbst das Leben genommen hat?«, hakte Markus nach.

»Also: Erstens gibt es laut ihrem Umfeld keinen Grund für einen Suizid. Sie war ein lebensfroher Mensch, keine Krankheiten, das Einzige, was die Kollegen bei der Obduktion gefunden haben, war eine relativ frische Blinddarmnarbe. Tja. Und ihre Beziehung war ebenfalls glücklich. Das sagt zumindest der Lebensgefährte.«

Hier erlaubte Kerstin sich ein leises und äußerst unprofessionelles Schnauben, auf das aber niemand reagierte.

»Außerdem«, fuhr Torsten fort, »fand sich weder ein Abschiedsbrief bei ihr, noch, und das war das ausschlaggebende Argument bei den Hamburger Kollegen für einen Mord, Reste des Gifts oder wenigstens ein Glas oder eine Flasche mit dem alkoholhaltigen Getränk, das die Gerichtsmedizin in ihrem Magen festgestellt hat.«

»Vielleicht hat sie das aus dem fahrenden Zug geworfen«, brachte der Polizeimeister eine andere Möglichkeit ins Spiel. »Möglicherweise wollte sie den Suizid vertuschen, weil die Versicherung dann nicht zahlt.«

»Eine äußerst fürsorgliche Selbstmörderin«, spottete Torsten. »Wäre zwar theoretisch denkbar, aber dann hätte das Zeug irgendwo auftauchen müssen.«

»Na ja, fürsorglich finde ich das nicht. Stell dir vor, Kinder finden beim Spielen das Gift und probieren es aus. Oder der Hund von einem Spaziergänger frisst davon«, gab Hans-Werner zu bedenken.

»Ergo«, fasste Torsten zusammen, »ist es zumindest sehr unwahrscheinlich, dass sie das Zeug selbst entsorgt hat. Ein weiterer Punkt, der für Fremdbeteiligung spricht, wäre: Ein Schaffner des ICE will sich erinnern, dass ein Mann aus ihrem Abteil gekommen ist. Er ist sich leider nicht ganz sicher und hat die Person nur von hinten gesehen.«

»Es könnte also auch eine Frau gewesen sein?« Hans-Werner bekam wieder Oberwasser. »Der Zug kam doch aus Hannover, und die Wittig-Anders lebte bis vor Kurzem in Hannover.«

»Und was war das Motiv? Die beiden Frauen kannten sich gar nicht«, bremste Kerstin seinen Eifer.

»Wer weiß. Vielleicht hat sie Friederike Wittig-Anders beraten, immerhin war sie Unternehmensberaterin, oder sie war auf diesem Geschäftsessen mit dem Fugu-Vorfall.«

»Das ist schon länger her«, fiel Torsten ihm ins Wort. »Und Tatsache ist, dass keiner unserer aktuell Verdächtigen etwas mit ihr zu tun hatte. Die Kollegen aus der Hansestadt haben nicht nur das private Umfeld durchleuchtet, sondern alle Geschäftskontakte auch und gerade in Hannover. Und wenn ich sage alle, dann meine ich alle.« Er deutete auf eine mehrseitige Liste. »Es gibt keinerlei Berührungspunkte mit unseren Kandidaten.«

Die Hauptkommissarin seufzte und betrachtete die Pinnwand mit den Fotos aller am Perlmann-Mord Beteiligten. Dann fiel ihr Blick auf die durchsichtige Plastiktüte mit der Pralinenschachtel, die der hypochondrische Standesbeamte gestern vorbeigebracht hatte und die sie bisher versäumt hatte, an die KTU weiterzuleiten. Sie gab nicht besonders viel auf diese Spur, weshalb sie da getrödelt hatte. Doch jetzt kam ihr eine Idee: »Wo hat sie sich denn am Blinddarm operieren lassen? Sie war ja einige Zeit in Hannover im Einsatz, vielleicht wurde der Eingriff in der dortigen Medizinischen Hochschule durchgeführt? Da hat immerhin bis vor Kurzem die Braut unseres Toten gearbeitet, und ihr Bruder ist meines Wissens nach immer noch dort tätig.«

*

»Du weißt schon, dass das, was hier drauf ist, ein eins a Mordmotiv wäre?« Oliver Kubelka hielt seiner Schwester den Datenstick vor die Nase. »Ich kann es nicht fassen, dass du so ein Arschloch tatsächlich geheiratet hast.«

Janette vergrub ihr Gesicht in den Händen. »Ich hab ihn geliebt«, murmelte sie gedämpft, aber es klang nicht sonderlich überzeugend.

»Wir müssen das der Polizei geben.« Olli warf den Stick auf den Gartentisch und setzte sich ihr gegenüber. Er hatte sich nicht die Mühe gemacht, sich anzuziehen, nachdem er das Material auf dem Datenträger gesichtet hatte, und war nach wie vor lediglich in ein Badetuch gehüllt. Seine feuchten Haare standen in alle Richtungen ab.

»Aber dann belaste ich mich doch selbst – und das ist der Ruin für die Bäckerei.«

»Du kannst ja behaupten, du hättest den Stick erst heute gefunden. Und was mit der Bäckerei passiert, kann dir doch egal sein.« Olli schnaubte wütend. »Meinst du, die würden Rücksicht auf dich nehmen?«

Janette schluchzte auf. »Ich kann das nicht machen, dieser Dr. Thalmeier von dem Institut …«

»Ana-Lab in Barsinghausen. Die sind bekannt und ein seriöses Unternehmen. Die Geschäftsführung wird sich bestimmt sofort von diesem feinen Doktor trennen, wenn sie davon erfahren.« Er deutete auf die digitalen Beweise vor sich. »Meine Güte, der Typ hat sogar Prokura bei Ana-Lab, ich fasse es nicht. Der ist ein richtiger Star in der Branche. Wenn das rauskommt, werden die ihn verklagen. Wie ist Ralph ausgerechnet auf *den* gekommen?« Olli nahm das Glas mit Eistee, das vor Janette auf dem Tisch stand, und trank einen Schluck. »Und wie hat er das rausgefunden?« Er zeigte erneut mitsamt dem Glas auf den Datenträger.

Janette wimmerte.

»Oh nein«, dämmerte es ihrem Bruder, »du steckst da mit drin? Sag, dass das nicht wahr ist. Was hast du dir nur dabei gedacht? Wie …?«

»Ich …«, Janette stockte, »ich hab bei Ana-Lab ein Praktikum gemacht, falls du dich erinnerst«, fuhr sie dann beinahe trotzig fort. »Und die Arbeit mit Dr. Thalmeier …«

»Doktor! Dass ich nicht lache«, unterbrach Olli sie zornig.

»Er war sehr charmant und hat mich zum Essen eingeladen. Er meinte, ich würde es noch weit bringen.«

»Hah! Das würde ich auch sagen, wenn ich jemanden ins Bett bekommen wollte«, Olli lachte bitter. »Hast du mit ihm geschlafen?«

»Das ist ja wieder typisch!«, regte Janette sich noch mehr auf. »Wenn ein Mann mich wertschätzt, muss ich mit ihm im Bett gewesen sein.«

»Warst du?« Oliver kannte seine Schwester.

»Und wenn es so wäre. Das war, bevor ich Ralph kennengelernt habe, und hatte nichts mit unserer gemeinsamen Arbeit zu tun.«

»Und dabei bist du ihm auf die Schliche gekommen?«

»Ich hatte aus Versehen sein Handy eingesteckt. Wir hatten das gleiche Modell. Und da habe ich zufällig eine Nachricht gelesen.« Janette nahm Olli, der diese Information erst einmal verdauen musste, das inzwischen leere Teeglas aus der Hand und erhob sich. »Ich hole Nachschub.« An der Terrassentür drehte sie sich um. »Ich hab mir nichts dabei gedacht. Erst, als ich einige Zeit später Ralph davon erzählte«, sie atmete laut hörbar aus, »kam mir der Verdacht. Na ja, und da hatte Ralph die Idee, das Ganze zu unseren Gunsten zu nutzen.«

»Und wer hat die Fotos gemacht?«

»Ich!« Mit diesem Wort flüchtete sich Janette fürs Erste ins Innere des Hauses und überließ Oliver seinen Fantasien, wie sie an die kompromittierenden Fotos gekommen war, die eindeutig belegten, das Lutger Thalmeier seinen Doktortitel zu Unrecht führte. Wütend ballte er seine Fäuste. Was hatte dieser Ralph Perlmann aus seiner Schwester gemacht? Eine Lügnerin und eine Kriminelle! Wäre er nicht tot, Olli hätte ihm am liebsten den Hals umgedreht. Und wie hatte es mit Janette so weit kommen können? Sie war erfolgreich in ihrem

Beruf und hatte Betrügereien weiß Gott nicht nötig! Ob ihr das inzwischen klar geworden war? Hatte sie bereut, was sie für ihren zukünftigen Ehemann in ihrer ersten Verliebtheit alles getan hatte? Der hatte sie mit seinem Wissen in der Hand gehabt.

Plötzlich beschlich ihn ein furchtbarer Gedanke. Trotz der sommerlichen Temperaturen jagte ihm ein eiskalter Schauer den Rücken hinunter. Was, wenn der Umzug ins Taubertal und die Heirat mit Ralph nicht freiwillig gewesen war? Immerhin hatte der Bäckerssohn auch nach seiner Rückkehr in den heimischen Betrieb nichts anbrennen lassen, wie Olli einem kurzen Wortwechsel der angehenden Eheleute entnommen hatte, bei dem Janette Ralph vorgeworfen hatte, einer Angestellten der Bäckerei anzügliche Komplimente gemacht zu haben. Ralph hatte gekontert, sie sei überempfindlich, und beide hatten ihren Streit augenblicklich beigelegt, als sie ihn bemerkt hatten. Jetzt fiel ihm der kurze hasserfüllte Blick seiner Schwester wieder ein, mit dem sie ihren Verlobten bedacht hatte.

So weit war er mit seinen Gedankengängen gekommen, als Janette mit einer Karaffe und zwei Gläsern die Terrasse betrat.

Es klingelte, und Janette seufzte: »Bestimmt wieder ein Kondolenzbesuch.« Sie stellte ihre Last auf den Tisch und eilte zur Haustür.

Oder die Polizei, ging es Olli durch den Sinn. So oder so sollte er sich wohl besser etwas anziehen. Er erhob sich, als er bereits Stimmen von drinnen hörte.

»Ja, der sitzt draußen«, erklärte Janette und kam, zwei Frauen im Schlepptau, näher. »Die beiden wollten zu dir«, rief sie ihm entgegen und trat mit Anke Wardlinger und einer etwa gleichaltrigen schlanken Frau mit braunen, halblangen Haaren und auffallend blauen Augen ins Freie. »Frau Wardlinger kennst du ja«, stellte seine Schwester vor, »und das ist ihre Freundin …«

»Katja Fuchs«, ergänzte die Blauäugige. Sie streckte ihm die Hand entgegen, während ihr Blick wohlgefällig über seinen nackten Oberkörper strich.

»Hallo!«, grüßte Anke sichtlich verlegen.

»Wollen Sie ein Glas Eistee oder Wasser?«, bot Janette an und war schon fast wieder im Inneren des Hauses verschwunden, ganz offensichtlich erleichtert, dass der Besuch nicht ihr galt und dass dadurch die Diskussion mit ihrem Bruder vorerst beendet war.

»Oliver Kubelka«, murmelte Olli und schüttelte die Hand von Ankes Freundin. »Setzt äh, setzen Sie sich doch.«

»Wir können uns gerne duzen«, meinte Katja daraufhin und nahm Platz.

Anke tat es ihr gleich. Ihr Blick folgte dem seinen zu dem Datenstick auf dem Tisch, bevor sich Olli auffallend unauffällig, wie es ihr schien, den beiden Frauen zuwandte. »Wie kann ich euch helfen?«

»Wir suchen Moritz«, antwortete Katja knapp.

»Moritz? Ach, Moritz, ja. Und da kommt ihr zu mir?«

»Offensichtlich«, reagierte Katja humorlos.

»Ihr seid gestern zusammen mit dem Taxi weggefahren. Beide!«, erklärte Anke.

»Und habt dem Fahrer als Ziel diese Adresse genannt«, ergänzte Katja.

»Äh ja. Das stimmt.« Olli fuhr sich durch die inzwischen trockenen Haare, die nach wie vor in sämtliche Richtungen abstanden.

»Und?« Katja beugte sich weit über den Tisch, sodass ihr Gegenüber zurückwich.

Anke schob sich ebenfalls näher. »Warum ist Moritz mit dir nach Hause gefahren? Er wohnt doch gar nicht in der Nähe.«

»Ja, äh«, der junge Mann grinste verlegen, »wenn ich das wüsste. Ich glaube, ich hatte ihn darum gebeten.«

»Aha. Und warum?«, bohrte Anke nach.

Wieder fuhr sich Olli verlegen durch die Haare. »Ich weiß auch nicht so recht«, gestand er, »aber ich wollte wohl nicht alleine sein, und …«

Anke verkniff sich einen Kommentar. Das war die dümmste Ausrede, die sie je gehört hatte. Er hatte hier doch seine Schwester!

»Und wo ist Moritz jetzt?«, stellte schließlich Katja die logisch folgende Frage und sah sich demonstrativ um.

»Er«, Olli lachte kleinlaut auf, »ihr werdet es nicht glauben, aber er hat den Taxifahrer gebeten, in der Ortsmitte anzuhalten. Und dann ist er ausgestiegen.«

Beide Frauen beugten sich weit über den Tisch zu ihm herüber. »Du hast recht.« Katjas Nasenspitze berührte fast die seine. »Das glauben wir nicht.«

»So, der Eistee!«, rief Janette ihnen betont fröhlich entgegen. Die drei fuhren auseinander.

Olli blickte betreten zu Boden, und Anke nestelte beschämt an ihrer Hosentasche herum. Nur Katja lehnte sich zufrieden zurück, verschränkte die Arme vor der Brust und forderte: »Raus mit der Sprache, wo ist er?«

»Wer?«, verlangte Janette zu wissen, keiner reagierte darauf.

Ollis leicht abstehende Ohren hatten sich rot gefärbt. »Ich weiß es wirklich nicht«, beteuerte er. »Er hat etwas von ›zur Rede stellen‹ gefaselt. Aber da kann ich mich täuschen. Ich war schon ziemlich betrunken.«

»Moritz ist so gar nicht der Typ, der jemanden mitten in der Nacht ›zur Rede stellt‹«, zweifelte Anke.

»Das kann ich nicht beurteilen, so gut kenne ich ihn nicht. Aber noch mal: Wir waren beide ziemlich betrunken. Da tut man Dinge, die man im nüchternen Zustand nicht unbedingt macht.«

Janette blickte irritiert von einem zum anderen und wollte offenbar gerade eine Erklärung fordern, als es erneut klingelte.

»Hier geht's ja zu wie im Taubenschlag«, versuchte Olli launig das Thema zu wechseln, »jetzt ziehe ich mir doch besser was an.« Er stand auf.

»Hast du gesehen, wo er hingegangen ist, nachdem er das Taxi verlassen hat?«, versuchte Katja ihn zurückzuhalten.

»Den Weg runter, Richtung Kirche«, antwortete der junge Mann, während er sich hastig an ihr vorbeizwängte. Katja griff nach seinem Handtuch, um ihn am Fortgehen zu hindern, konnte ihn jedoch nicht aufhalten. Stattdessen löste sich die Frottierware von Ollis Hüften und offenbarte den beiden Freundinnen den Anblick seines wohlgeformten Hinterteils. Ankes Gesichtsfarbe wechselte ins Purpurne. Katja konnte sich soeben einen anerkennenden Pfiff verkneifen. Wie viel interessanter musste das Bild sein, das sich der gerade näher kommenden Hauptkommissarin und ihrem Assistenten bot.

*

»Meinst du, er verbirgt etwas vor uns?«, fragte Anke ihre Freundin Katja nach deren Meinung zu Oliver Kubelka.

»Na, viel kann es ja nicht sein. Das meiste von ihm haben wir ja ganz genau gesehen«, lachte die, »die Hauptkommissarin hat vielleicht Augen gemacht. Schade, dass wir nicht an ihrer Stelle waren. *Der* Anblick hätte mich interessiert.«

Anke erlaubte sich ebenfalls ein Kichern. Bei aller Sorge um den Kollegen und bei aller Enttäuschung über Olli hatte sie der Blick auf dessen nacktes Hinterteil belustigt und ein kleines bisschen erregt. Schade, dass sich der Hannoveraner so verdächtig benommen hatte, sie hätte ihm gerne mal über sein wohlgeformtes Gesäß gestrichen. Sie schüttelte schnell den Kopf, um den Gedanken daran zu vertreiben.

»Ein bisschen nervös kam er mir auch vor«, pflichtete Katja ihr bei.

Die beiden Freundinnen waren einige Meter aus Neunkirchen hinausgeradelt und saßen nun auf einer Bank am Rande eines landwirtschaftlichen Nutzwegs, um die Lage zu besprechen. Der Blick ins Wolfental, wie das kleine Sträßchen hieß, an dessen Rand sie sich niedergelassen hatten, war voller Erinnerungen. Direkt vor ihnen lag eine bunte Sommerwiese und dahinter ein saftiges Maisfeld. Hier war schon in ihren Kindheitstagen die Futterpflanze angebaut worden, und Anke hatte als Zehnjährige mit ihren Freunden darin Verstecken gespielt. In einiger Entfernung befand sich ein Wald, bis zu dem sie früher häufig der Sonntagsspaziergang mit ihren Eltern geführt hatte, bevor ihre Mutter ihren Kiosk nahe der Kirche von Neunkirchen eröffnet hatte und somit sonntägliche, gemeinsame Aktivitäten flachgefallen waren. Da Anke in dem kleinen Dorf aufgewachsen war, hätte es sich vermutlich in Windeseile bis zu Frau Wardlinger herumgesprochen, wären sie und Katja in die Ortsmitte von Neunkirchen gefahren. Hier aber hatten sie fürs Erste ihre Ruhe.

»Vielleicht hält er Moritz im Keller oder einer Dachkammer gefangen«, überlegte Anke laut.

Katja zupfte einen Grashalm aus und strich ihn glatt. »Du glaubst also nicht, dass an der Geschichte was dran ist, er sei in der Althäuser Straße ausgestiegen?«

»Wo hätte er denn hingehen sollen?«, zweifelte Anke.

»Hm. Keine Ahnung«, pflichtete Katja ihr bei, spannte den Halm zwischen ihren beiden Daumen und entlockte ihm einen melodischen Pfeifton.

Wie aus dem Nichts stand plötzlich ein kleiner Mischlingshund vor ihr und blickte sie erwartungsvoll an.

»Nanu, wo kommst du denn her?«

»Wuff!«

»Nicki! Lass die Leute in Ruhe«, ein älterer Herr mit einem Gehstock näherte sich der Bank. »Entschuldigen Sie, die macht nichts«, erklärte er im Näherkommen, bevor er die Frauen offenbar erkannte: »Oh, hallo Anke, grüß dich.«

»Hallo, Herr Bold. Wie geht es Ihnen?«

»Hallo, Herr Bold«, echote Katja.

»Ach, die Katja Fuchs ist auch da. Was macht ihr beiden denn *hier*?« Die Hündin hatte sich an die Seite ihres Herrchens gesetzt, der nun vor ihnen stand.

»Nachdenken«, antwortete Anke vage.

»Schlimme Sache mit dem Ralph.« Herr Bold war offenbar auf ein Schwätzchen aus. »Und du bist tatsächlich dabei gewesen?«, wandte er sich direkt an die Standesbeamtin.

»Ja, ich musste für meinen kranken Kollegen einspringen.«

»Den Herrn Mertens?« Herr Bold war im Bild. »Was hatte er denn? Es ist doch hoffentlich nichts Schlimmes?«

»Nein, nein«, beeilte Anke sich mit der Antwort. »Nur Magen-Darm.«

»Ach, das geht mal wieder rum, die Tante vom Schmiedinger Hans liegt wohl auch.«

»So so. Die Arme!« Ankes Bedauern hielt sich in sehr engen Grenzen, den neuesten Klatsch und Tratsch konnte die alte Dame nämlich trotz Krankheit verbreiten, wie sie aus den unvermeidlichen morgendlichen Telefonaten mit ihrer Mutter wusste.

Katja verfolgte eine andere Strategie. »Haben Sie Herrn Mertens denn in letzter Zeit mal gesehen? War er bei der alten Frau Schmiedinger?«

»Nein, wo denkst du hin«, Herr Bold winkte ab, Mischlingshündin Nicki jaulte unternehmungslustig auf ob seiner hastigen Bewegung. Sie erwartete wohl, dass er ein Stöckchen werfen würde. Als das ausblieb, begann sie zu kläffen. »Da muss er sich bei jemand anderem angesteckt haben«, übertönte Herr Bold nur mit Mühe Nickis Gebell. »Warum sollte die Schmiedinger Resi einen Standesbeamten brauchen? Heiraten wird sie ja wohl nicht wollen und wenn, dann müsste sie eh zu euch aufs Amt, um das Aufgebot zu bestellen.« Er lachte laut über seinen Witz.

Den beiden Frauen gelang nur ein bemühtes Grinsen.

Der alte Herr räusperte sich. »Den Herrn Mertens habe ich schon lange nicht mehr gesehen«, beantwortete er dann Katjas Frage.

Anke seufzte.

»Wird er vermisst?«, witterte Herr Bold daraufhin neuen Klatsch.

»Ja, er ist heute Morgen nicht zur Arbeit gekommen«, antwortete Anke. Warum den Senior nicht einweihen und so eine weitere Informationsquelle auftun?

»Unentschuldigt!«, bekräftigte Katja.

»Ach, du meine Güte, es wird doch nichts Schlimmes passiert sein?« Entgegen seiner Worte schien der Hundehalter eher neugierig denn besorgt. »Und ihr meint nicht, er hat einfach einen Rückfall bekommen? Ich meine wegen der Magen-Darm-Sache? So etwas kann ziemlich hartnäckig sein.«

»Gestern Abend war er mit Anke und ein paar Freunden im Ratskeller in der Mergentheimer Innenstadt«, gab Katja weitere Informationen preis. »Da ging es ihm ganz gut.«

»Und angeblich wurde er heute Nacht in der Althäuser Straße gesehen«, ergänzte die Standesbeamtin.

»Aha? Wann soll denn das gewesen sein? Ich gehe ja immer gegen zehn abends mit Nicki raus. Nicht, dass sie mir nachts ins Haus pinkelt. Sie ist nicht mehr die Jüngste«, erklärte Herr Bold und strich der Hündin, die sich abwartend neben ihn gesetzt hatte, über den Kopf. »Ich habe bei unserer Gassirunde jedenfalls niemanden gesehen.«

»Ja, da kann man nichts machen«, versuchte Katja das Gespräch zu beenden. »Falls Ihnen noch etwas einfällt, können Sie es ja Ankes Mutter erzählen.«

Anke stieß ihr in die Seite.

Herr Bold merkte, dass er nichts weiter erfahren würde, und tippte entschlossen mit seinem Gehstock auf den Fußweg. Die Hündin Nicki sprang auf und lief schon ein paar Meter weiter. »Das mache ich. Und gebt ihr Bescheid, wenn ihr mehr erfahrt. Man macht sich schließlich Sorgen.« Mit diesen Worten wandte er sich endgültig zum Gehen.

»… dass man Neuigkeiten nicht als Erster erfährt«, vervollständigte Anke leise seinen Satz. Dann wühlte sie nach ihrem Handy. Keine Nachricht. Auf einen weiteren Anrufversuch bei Moritz erhielt sie die hinlänglich bekannte Nachricht: »Der gewünschte Gesprächspartner ist vorübergehend nicht erreichbar. The person you have called is …« Sie beendete die Verbindung.

»Vielleicht ist wirklich nur sein Akku alle.« Katjas Stimme klang zuversichtlicher, als sie beide sich fühlten.

Anke steckte ihr Mobiltelefon zurück in die Hosentasche. »Oh!« Mit betretener Miene zog sie stattdessen einen Datenstick hervor.

»Was ist denn *das*?« Ihre Freundin schlug sich mit der Hand auf den Mund. »Sag jetzt nicht, du hast den Stick geklaut, der bei den Geschwistern auf dem Tisch lag.«

»Nicht geklaut, nur aus Versehen vertauscht«, verteidigte sich Anke. »Du hattest doch auch den Eindruck, dass da irgendwas nicht stimmte. So, wie Olli den Stick angeschaut hat.«

*

Kerstin Franke betrachtete den Stick, den ihr Janette Perlmann, geborene Kubelka mit schuldbewusster Miene entgegenstreckte. »Ich denke, ich bin Ihnen eine Erklärung schuldig«, erklärte die junge Frau, »ich habe einen großen Fehler gemacht. Möglicherweise bin ich mit

Schuld am Tod meines Mannes, aber ich habe ihn nicht umgebracht.«

Die Hauptkommissarin nahm den Datenträger an sich. Das unerwartete Eingeständnis der Witwe brachte sie erneut aus dem Konzept. Eigentlich hatten sie die Frau und ihren Bruder nach möglichen Verbindungen zum Mordopfer in Hamburg befragen wollen. Der turbulente Empfang hatte den geplanten Gesprächsverlauf kurzfristig durcheinandergebracht. Nachdem sich Anke Wardlinger und Katja Fuchs recht hastig verabschiedet hatten und Oliver Kubelka sich eilig zurückgezogen hatte, waren sie und Torsten zunächst mit Janette Perlmann zurückgeblieben, die ihnen verlegen Eistee anbot und anschließend auf den Stick starrte. Kerstin hatte auf den Bruder warten wollen, sie folgte daher Janettes Blick, ohne ein Wort zu sagen. Torsten machte sich irgendwelche Notizen und hielt ebenfalls den Mund.

Wie so oft bei Vernehmungen, hielt ihre Gesprächspartnerin das Schweigen nicht lange aus. Sie wand sich einen Moment und reichte ihr schließlich den Datenstick. In dem Moment betrat Oliver Kubelka die Terrasse. Er trug eine verwaschene Jeans und ein hellgraues T-Shirt, die braunen Haare hatte er offenbar mit einem feuchten Kamm zu bändigen versucht. Hilfe suchend blickte seine Schwester ihn an. »Ich habe der Polizei den Stick gegeben«, erklärte sie mit dünner Stimme.

Oliver nickte zufrieden. »Vielleicht solltest du einen Anwalt anrufen.«

Janette straffte ihre Schultern und erhob sich. »Du hast recht. Wenn Sie mich kurz entschuldigen.«

Die Hauptkommissarin seufzte und sah auf die Uhr. Natürlich war es das gute Recht der Zeugin, einen

Rechtsbeistand hinzuzuziehen, zumal sie sich offenbar mit ihrer angekündigten Aussage belasten würde, doch dadurch würden sie heute wohl leider nichts mehr von ihr erfahren.

Wieder saßen sie schweigend, dieses Mal mit Oliver Kubelka, am Gartentisch und tranken Eistee. Der Bruder der Witwe hielt die Stille allerdings besser aus. Vielleicht hatte er auch einfach nur ein reines Gewissen?

Torsten schrieb immer noch in sein Notizbuch. Aus der Ferne hörte man Kinderlachen, und es wehte der Duft von Gegrilltem zu ihnen. Kerstins Magen knurrte. Ihr Mittagessen hatte aus einem zugegebenermaßen äußerst köstlichen Spaghettieis bestanden, das sie sich im Eiscafé Venezia in der Fußgängerzone Bad Mergentheims genehmigt hatte. So eine Süßspeise machte natürlich nicht auf Dauer satt. Sie überlegte, ob sie sich heute Abend ein Essen im Restaurant des Hotels Bundschu in der Milchlingstraße gönnen sollte. Sie hatte vor längerer Zeit mal mit ihrem damaligen Partner eine Nacht in dem Vier-Sterne-Hotel verbracht und Unterkunft und Verpflegung in bester Erinnerung. Im Gegensatz zu der Beziehung zu ihrem Freund, die kurz darauf in die Brüche gegangen war. Sie hatte denn auch ihren kurzen Aufenthalt von damals in der Kurstadt in die hinterste Ecke ihres Gedächtnisses verbannt und erst gestern Nacht wieder hervorgekramt. Eine Internetrecherche hatte bestätigt, dass das Bundschu nach wie vor einen ausgezeichneten Ruf genoss.

»Mein Anwalt ist in einer halben Stunde hier.« Mit diesen Worten riss Janette Perlmann die Hauptkommissarin aus ihren Gedanken und vereitelte gleichzeitig den baldigen Feierabend. Nun gut, das lag bei einer Mordermittlung leider an der Tagesordnung.

»Dürfen wir Sie einstweilen zu einem anderen Thema befragen?«, erkundigte sie sich.

Die Geschwister tauschten einen Blick. »Fragen können Sie ja mal«, beschied Oliver daraufhin.

»Also …«, setzte Torsten an, als Kerstins Handy klingelte.

»Hallo, Hans-Werner«, grüßte sie nach kurzem Blick auf das Display.

»Chefin«, rief der Polizeihauptmeister aufgeregt, »ihr müsst sofort kommen. Wir haben hier jemanden, der den Mord an Ralph Perlmann gestehen will.«

*

Anke und Katja schoben ihre Fahrräder durch die Unterführung in der Wachbacher Straße. Die beiden Frauen hatten beschlossen, zunächst die Daten auf dem Stick zu Hause an Ankes PC zu sichten, bevor sie diesen entweder seinem Eigentümer oder gegebenenfalls der Polizei geben würden. Die Auswertung des Datenträgers schien ihnen im Moment vielversprechender, als der vagen Spur zu folgen, auf die sie Olli gesetzt hatte. Wer wusste schließlich, ob der Hannoveraner die Wahrheit sagte, als er behauptete, Moritz sei im nächtlichen Neunkirchen verschwunden. Da das dörfliche Nachrichtennetz normalerweise hervorragend funktionierte, hätte sich das doch eigentlich längst bis hin zu so interessierten Dorfbewohnern wie Herrn Bold herumsprechen müssen. Und auch Ankes Mutter, die sich über den abendlichen Anruf ihrer Tochter außer der Reihe sehr gefreut hatte, konnte nicht mit diesbezüglichen Informationen aufwarten. Anke hatte sich dafür entschieden, sofort bei ihr anzurufen, denn es war nur noch eine Frage der Zeit, bis Frau Wardlinger von Herrn Bold erfuhr, dass sie sich in ihrem Geburtsort Neunkirchen befand, und sie hatte keine Lust mit ihr über einen spontanen Besuch zu diskutieren oder eben über das Unterlassen desselben.

Die junge Frau seufzte tief. Ihre Mutter hatte sich ein wenig gewundert, als sie sich so betont beiläufig nach ihrem Kollegen Moritz erkundigt hatte. Gleich hatte Frau Wardlinger amouröse Beweggründe vermutet, das wiederum erkannte Anke an der Reaktion ihrer Mutter genau. Ließ sie doch wie zufällig einfließen, dass der Sohn irgendeiner Bekannten mit seiner Arbeitskollegin eine sehr glückliche Ehe führe. Und überhaupt seien Verbindungen mit Kollegen nicht das Verkehrteste, schließlich habe man schon allein durch den Beruf gemeinsame Interessen. Anke hatte sie reden lassen, denn so würde sie zumindest fürs Erste nicht wieder auf ihr missglücktes Date mit Olli zu sprechen kommen. Der Gedanke an den jungen Mann beschleunigte ihren Puls mehr, als ihr lieb war, immerhin hatte er etwas zu verbergen. So wie es für sie im Moment aussah, war er für das Verschwinden von Moritz verantwortlich, und, sie wagte kaum daran zu denken, möglicherweise hatte er etwas mit dem Mord an Ralph zu tun. Insofern interessierte sie sich brennend für das, was auf dem Stick zu sehen war. Olivers schuldbewusster Seitenblick auf denselben ließ sie das Schlimmste befürchten. Deshalb wollte sie sich auch nicht auf einen kurzen Zwischenstopp im Cortina auf einen kleinen Eisbecher einlassen, wie Katja vorgeschlagen hatte, und so stellten die beiden Frauen kurz darauf ihre Fahrräder in der Nonnengasse ab, wo sich Ankes Wohnung befand.

»Jetzt bin ich aber mal gespannt.« Katja rieb sich die Hände. Ihre Bedenken bezüglich Ankes Diebstahls waren Neugier gewichen. »Soll ich uns etwas zu trinken holen solange das Ding hochfährt?«

»Bedien dich«, antwortete Anke unkonzentriert und trommelte ungeduldig mit ihren Fingern auf den Schreibtisch. Der Anrufbeantworter blinkte, und sie drückte den Wiedergabeknopf, um die Nachricht abzuhören: »Hallo, Anke, Sven hier, hast du es dir überlegt wegen morgen? Wir fahren die Romantische Straße entlang ganz gemütlich, da hast du Natur und Kultur«, er klang wie ein Reiseprospekt, vermutlich hatte er soeben einen studiert, »wenn du möchtest, fahren wir noch bei der Becksteiner Winzergenossenschaft vorbei, du trinkst doch so gerne deren Sekt, und wir …, also du, ich muss ja fahren, kannst eine kleine Weinprobe dort machen. Na ja, und dann Wertheim, dazu brauche ich ja nichts sagen.«

»Genau!«, stimmte Anke ihm zu.

»Wenn wir Glück haben, können wir dort auf der Burg sogar eine Veranstaltung auf der Freilichtbühne miterleben. Magst du?«, er machte eine Pause, inzwischen war Ankes PC einsatzbereit, in der Küche hörte sie Katja rumoren. »Also hast du Lust?«, tönte Svens Stimme weiter aus dem Anrufbeantworter, »Ich würde mich sehr freuen. Melde dich doch mal!« Mit dieser Aufforderung beendete er endlich die Verbindung.

»War das Sven?«, fragte Katja von der Tür her, ein Tablett mit zwei Gläsern, einer Wasserkaraffe und einer Saftflasche in den Händen haltend. »Das klang ja gerade so, als wäre er scharf auf dich.«

»Na ja, scharf? Er hat mich gefragt, ob ich ihn zu einem Termin in Wertheim begleite«, winkte Anke ab und war schon dabei, den Stick in den vorgesehenen Anschluss zu stecken.

»Und gehst du mit?«, wollte Katja wissen. Dann verteilte sie Wasser und Saft in die Gläser.

Anke klickte auf das erste Dokument aus dem Datenstick, überflog es und sog scharf die Luft ein. Sie öffnete die nächste Datei.

»Zeig mal.« Katja schob sich neben sie. »Ach du Sch…!«

Sie betrachteten die Fotos auf dem Datenträger.

»Wir müssen das der Polizei übergeben«, bestimmte Katja schließlich mit rauer Stimme.

Anke schluckte.

»Jetzt wundert es mich nicht mehr, dass der ausgesehen hat wie eine Katze, die gerade ein Steak geklaut hat.« Entschlossen zog die junge Frau den Stick aus dem Computer. »Komm!«, forderte sie die Freundin auf, die immer noch entgeistert vor sich hinstarrte. »Na los! Wir hätten das gleich der Kripo übergeben sollen«, drängelte Katja weiter, bereits auf dem Weg zur Tür. Über ihre Schulter weg sagte sie noch: »Oder willst du Sven noch schnell zurückrufen? Das mit Olli hat sich ja wohl erledigt …«

*

»Ich bin verantwortlich für den Tod von Ralph Perlmann.«

Kerstin Franke betrachtete den dunkelhaarigen, bärtigen, jungen Mann, der wie ein Häufchen Elend ihr gegenüber saß.

Hans-Werner Schmiedinger hatte ihn in Empfang genommen, ihn bereits routinemäßig über seine Rechte aufgeklärt und schließlich seine Personalien aufgenommen, obwohl er den Neunkirchener selbstverständlich kannte, immerhin waren die beiden beinahe Nachbarn.

Nun überflog Kerstin das entsprechende Formular: Bei ihrem Gegenüber handelte es sich um Mirko Panitzka, wohnhaft im Bad Mergentheimer Ortsteil Neunkirchen und von Beruf zurzeit zivildienstleistender Krankenwagenfahrer.

Hans-Werner war von dessen spontanem Geständnis ziemlich überrascht und von der daraus resultierenden Situation etwas überfordert gewesen. Der erste Mordfall, bei dem er an der Aufklärung mitwirkte, und nun sah ausgerechnet er sich dem mutmaßlichen Mörder konfrontiert. Und der war kein fieser Unbekannter, sondern der nette Mirko von nebenan.

Mirko war direkt bei seinem Eintreffen auf dem Revier mit seiner Aussage herausgeplatzt, aber Hans-Werner hatte es nicht übers Herz gebracht, ihm Handschellen anzulegen. Stattdessen informierte er die Hauptkommissarin und flüchtete sich in Routinearbeiten. Nun stand er im Türrahmen von Kerstins Büro und verfolgte die Vernehmung mit gemischten Gefühlen.

Das Angebot, einen Anwalt hinzuzuziehen lehnte der Zeuge ab, sodass die Kommissarin mit der Befragung begann.

»Was genau haben Sie getan?«, versuchte sie sich zunächst einen ersten Überblick zu verschaffen.

»Ich habe ihm vergiftete Pralinen geschenkt.«

»Pralinen?«, kam es von Torsten Ebert, der der Vernehmung ebenfalls beiwohnte. Kerstin bedachte ihn mit einem strafenden Blick.

»Ja. Eierlikörtrüffel, um genau zu sein«, antwortete Mirko Panitzka. »Die gibt es beim Sambeth …«

»Das ist der Delikatessenladen in der Burgstraße«, warf Hans-Werner erklärend ein.

Die Hauptkommissarin nickte und bedeutete ihm mit einem Handzeichen, sich ruhig zu verhalten.

»Ich habe sie mit einer Spritze präpariert«, fuhr Mirko fort. »Aber ich wollte ihn nicht umbringen, das müssen Sie mir glauben!«

»Sie spritzen Gift in Trüffel, nur um jemandem einen Denkzettel zu verpassen?«, platzte Torsten erneut heraus und erntete einen weiteren bösen Blick von seiner Vorgesetzten.

»Na ja, ich dachte nicht, dass es tödlich ist«, bekannte der Angesprochene kleinlaut und vergrub sein Gesicht in den Händen.

»Herr Panitzka, können Sie uns bitte sagen, wie Sie an das Gift gekommen sind?«, fragte Kerstin leise.

»Im Labor vom Caritas-Krankenhaus«, schluchzte Mirko auf. »Ich ... ich arbeite doch als Krankenwagenfahrer, und ... und wir hatten einen älteren Herrn, der dorthin zum Blutabnehmen musste. Ich habe geholfen, ihn reinzubringen, weil er nicht so gut zu Fuß war.«

»Und drinnen lag das Gift einfach so offen rum?« In Kerstins Stimme schwang leiser Zweifel, zumal ihres Wissens keine Reste von Schokolade im Magen des Toten gefunden worden waren.

»Da lag eine Petrischale, die war entsprechend etikettiert. Die sollte wohl gerade in einer dieser Einwegtonnen für potenziell ansteckendes Material beseitigt werden.«

»Sie wollen uns also weismachen, dass keiner den Diebstahl von so einer Petrischale bemerkt hat?«, konnte Torsten nicht an sich halten.

»Wahrscheinlich dachte die Labormitarbeiterin, ihre Kollegin hat das Zeug schon in die Tonne geworfen. So ist das halt nicht aufgefallen. Die wühlt ja nicht im verseuchten Abfall herum, ob auch alles da ist«, verteidigte Mirko die Krankenhausmitarbeiterinnen.

»Und so hochgiftiges Material wird einfach in einer Mülltonne entsorgt?« Beim letzten Wort zeichnete die Hauptkommissarin mit den Fingern Anführungszeichen in die Luft.

»Dass es so hochgiftig wirkt, hatte ich nicht geahnt«, jammerte Mirko nun. »Ich wollte dem Blödmann nur eine ordentliche Darmgrippe bescheren und ihm seine Hochzeitsvorbereitungen versauen. Immerhin hat er meiner Carina ganz schön zugesetzt. Ich wollte ihn doch nicht umbringen!«

»Darmgrippe?«, kam es dreistimmig zurück.

»Klar. Normalerweise sind Staphylokokken für so was verantwortlich. Ich bin kein Arzt; dass man jemanden damit umbringen kann, wusste ich wirklich nicht.«

Kerstin schüttelte verwundert den Kopf. »Moment mal. Ich fasse zusammen: Sie haben Eierlikörpralinen mit vermeintlichen Staphylokokken präpariert.«

»Das stand so auf dem Etikett«, warf Mirko dazwischen.

»Gut. Also, Sie haben die Trüffel präpariert und dann Ralph Perlmann geschenkt?«

»Genau!«

»Wann war das?«

»Das ist schon ein paar Tage her. Ich wollte eigentlich die Hochzeitsvorbereitungen stören. Ich konnte ja nicht ahnen, dass er das Zeug liegen lässt und dass es dann so gefährlich wird, dass er davon stirbt.« Die Stimme des jungen Mannes war brüchig. »Vielleicht war er ja herzkrank?«, versuchte er sich das Unfassbare zu erklären.

Kerstin öffnete ihre Schreibtischschublade und zog den Beutel mit der sichergestellten Pralinenschachtel von Moritz Mertens hervor. »Waren das die Trüffel, die Sie ihm untergeschoben haben?«

Mirko wurde noch blasser, als er ohnehin schon war, und nickte. »Es sieht so aus.«

»Hah!« Von der Tür her hörte man Hans-Werner Schmiedingers erleichtertes Aufatmen.

Kerstin gestattete sich ein trauriges Lächeln. »Herr Panitzka«, erklärte sie dann, »Sie haben Ralph Perlmann nicht getötet. So wie es aussieht, hat er Ihre Pralinen einer dritten Person weitergeschenkt. Und die hat ihren ›Anschlag‹ überlebt.«

Nun brach der junge Mann vollends in Tränen, diesmal der Erleichterung, aus. Der Polizeihauptmeister trat näher und klopfte ihm väterlich auf die Schulter.

Torsten Eberts Gesichtsausdruck schwankte zwischen Erstaunen und Enttäuschung, der Mordfall war also noch nicht gelöst.

»Sie müssen allerdings mit einer Anzeige wegen Körperverletzung rechnen«, ermahnte Kerstin den Weinenden, den das allerdings wenig zu stören schien. »Wir sollten gleich mit dem Geschädigten Kontakt aufnehmen.«

»Ich kümmere mich drum!«, bot Hans-Werner eilig an, »Ich … äh … ich wollte sowieso noch mit ihm sprechen.«

KAPITEL 5 – MITTWOCH

»Es ist 6.30 Uhr. Sie wollten geweckt werden …«

»Moritz, das ist nicht witzig!«, murmelte Anke in den Telefonhörer.

»Nein. Ich meine es durchaus ernst. Du hattest mich gebeten, dich heute früh zu wecken.«

»Aber doch nicht *so* früh!«, stöhnte die Standesbeamtin und versuchte sich an Details des gestrigen Abends zu erinnern.

»So früh ist es ja auch gar nicht«, maulte ihr Kollege Moritz am anderen Ende der Leitung. »Nach einem solchen Abend benötigt frau bestimmt länger, um wieder präsentabel auszusehen.«

»Du Chauvi! Ist das der Dank dafür, dass wir Himmel und Hölle in Bewegung gesetzt haben, um dich zu finden?«

»*Gefunden* habt ihr mich ja gar nicht. Und in Gefahr war ich auch nicht«, stellte Moritz klar. »Ich bin freiwillig untergetaucht, um vor dem Mörder sicher zu sein. Freiwillig! Falls du dich nach dem gestrigen Saufgelage nicht mehr daran erinnern kannst. Du und Katja, ihr habt ordentlich gebechert. Nicht, dass das bei dir noch zur Gewohnheit wird. In Neunkirchen reden sie schon über dich.«

Das konnte sie sich leider lebhaft vorstellen. »Ahhh!«

Anke schloss die Augen und legte sich die flache Hand auf die Stirn, was die allerdings nur mäßig kühlte.

Nebenan hörte sie jemanden rumoren. Katja. Der hatte sie heute Nacht ihre Couch zum Schlafen angeboten. Eine nächtliche Radtour nach Edelfingen wäre in ihrem alkoholisierten Zustand definitiv zu gefährlich gewesen.

Moritz plapperte weiter. »So wie es gestern Abend aussah, dachte ich, es sei das Beste, für eine Weile unterzutauchen. Dieser Olli hat sich die ganze Zeit sehr verdächtig benommen. Na ja, und ich hatte noch die Theorie, der Mörder habe es auf uns Standesbeamte abgesehen. Da kam mir seine dauernde Fragerei nach dir mehr als suspekt vor. Im Taxi hat er wieder damit angefangen. Ich fand es sehr nett von Hans-Werner, mir Asyl zu gewähren.«

»Viel anderes ist ihm ja auch nicht übrig geblieben, als du mitten in der Nacht bei ihm geklingelt hast. Und wenn ich ihn richtig verstanden habe, konntest du dich am nächsten Morgen nicht mehr an Einzelheiten erinnern. Hast gedacht, du wärest entführt worden! Hah! So viel zu *meinem* übermäßigen Alkoholkonsum!«

»Das war eine vorübergehende Amnesie. Inzwischen weiß ich wieder alles«, verteidigte sich ihr Kollege.

Aus der Küche hörte Anke das dröhnende Mahlwerk des Kaffeevollautomaten. Die praktisch veranlagte Katja sorgte also bereits für eine morgendliche Dosis Koffein.

»Ich bin so froh, dass der Anschlag auf mich aufgeklärt wurde«, erklärte Moritz gerade.

»Dann kannst du heute ja wieder zur Arbeit kommen. Ist nicht eben die feine Art, unangemeldet fernzubleiben.«

»Ich wollte mich ja melden, aber …«

»Ich weiß, dein Akku war alle. Und ein anderes Telefon war offenbar nicht in der Nähe«, maulte Anke.

»Es hat einen kleinen Moment gedauert, bis ich mir einen Überblick über die aktuelle Lage verschafft hatte. Außerdem wollte ich nicht, dass sich herumspricht, wo ich bin. Immerhin gab es zu diesem Zeitpunkt die These, der Mörder habe es auf mich abgesehen.«

Anke schüttelte nur den Kopf und ließ ihn weiterreden. Moritz war ein Sturkopf, und sie war definitiv nicht in der Stimmung für Diskussionen. Gestern Abend hatten sie sein Wiederauftauchen ausgiebig gefeiert. Eines interessierte sie aber doch: »Wie hast du es geschafft, dass die alte Frau Schmiedinger den Mund hält?« Wenn sie den Erzählungen des Kollegen Glauben schenken konnte, hatte ihn die alte Dame bereits am Vormittag in der Dachkammer entdeckt, aber sie gehörte doch zum inneren Kern der »Neunkirchner Nachrichtenzentrale«. Trotzdem war nichts über Moritz' Aufenthaltsort durchgesickert.

»Ich habe ihr versprochen, dass sie bestimmte ›standesamtliche Vorgänge‹ als Erste erfährt, wenn sie ein paar Stunden den Mund hält.«

Etwas in der Art hatte Anke befürchtet. »Na prima!« So würden natürlich alle denken, sie hätte gepetzt, immerhin war sie die Tochter der größten Klatschtante des Orts und ebenfalls im Standesamt tätig. Die Tür öffnete sich, und Katja brachte ihr einen dampfenden, kaffeeduftenden Becher. »Danke!«

»Keine Ursache«, missverstand Moritz sie und beendete das Gespräch mit einem: »Wir sehen uns im Amt.«

»Oh Mann! War das eine Sause gestern.« Katja ließ sich

neben Anke aufs Bett sinken und umfasste ihren Kaffeepott mit beiden Händen. »Wie hältst du so ein Gelage nur Tag für Tag aus?«, konnte sie sich eine kleine Spöttelei nicht verkneifen.

Anke schlürfte lautstark ihren Kaffee. »Das frage ich mich auch. Lange geht das nicht mehr gut. Hast du die Zahnbürste im Bad gefunden?«, wechselte sie dann das Thema.

»Hm. Du bist ja wirklich für alle Gelegenheiten gerüstet.«

»Man weiß nie, ob man mal einen überraschenden Übernachtungsgast hat.« Anke prostete der Freundin mit der Kaffeetasse zu.

»Nein, das weiß man tatsächlich nie.« Katja grinste. »Aus der Schachtel mit den Kondomen auf deinem Nachttisch fehlt übrigens eines. Gibt es etwas, das ich wissen sollte?«

Anke winkte ab. »Das ist lange her. Haben diese Dinger eigentlich ein Verfallsdatum?« Sie kicherte. »Nee, im Ernst. Die liegen schon ewig da rum. Kommt ja sonst keiner weiter in meinem Schlafzimmer vorbei.«

»Na, mal sehen. Heute Nachmittag bist du mit Sven verabredet«, erinnerte die Freundin sie.

Anke stöhnte. »Erinnere mich nicht daran! Ich sage ab.« Sie schnappte sich das Telefon.

»Nein!«, widersprach Katja lautstark, sodass die Standesbeamtin ihre Hand vor die pochende Stirn presste. »Du kannst die Gelegenheit nutzen, ihn auszuhorchen, ob er etwas von dem Schwindel mit dieser tollen Fitnesstorte wusste«, fuhr sie leiser fort. »Es ist nur eine Frage der Zeit, wann die Kripo ihn mit diesem Sachverhalt konfrontiert.«

Die zwei Frauen hatten den kompromittierenden Stick am vorigen Abend Hans-Werner Schmiedinger übergeben und ihn beschworen, diesen heimlich auszutauschen. Der Polizeihauptmeister hatte ihnen nämlich berichtet, dass Janette Perlmann der Polizei ebenfalls einen Datenträger übergeben hatte, und man musste kein Genie sein, um dahinterzukommen, dass es sich dabei um den von Anke vertauschten Stick handelte. Da die Daten darauf aber, aufgrund der sich dann überschlagenden Ereignisse, bislang noch nicht von der Polizei gesichtet worden waren, bestand die Hoffnung, Ankes Tauschmanöver würde gar nicht bemerkt werden. Ein Gespräch der Kriminalpolizei mit der Witwe war für heute elf Uhr anberaumt. Hans-Werner hatte, nicht zuletzt dank Katjas charmanter Bitte, versprochen, bis dahin alles in Ordnung zu bringen. Katja hatte zuvor den falschen Stick mit einem winzigen Punkt aus Nagellack gekennzeichnet und behauptet, die zufällige Verwechslung erst dadurch und eben zu spät bemerkt zu haben. Hans-Werner hatte diese Erklärung geschluckt.

Vage erinnerte sich Anke, dass außerdem ein Treffen mit Katja verabredet worden war. »Sag mal, hast du etwa ein Date mit Hans-Werner Schmiedinger?«, wollte sie wissen.

Bildete sie es sich ein oder wurden Katjas Wangen einen Hauch rosiger? »Er soll mir deinen Stick zurückgeben«, erklärte sie betont sachlich. »Außerdem kann es nicht schaden, wenn man einen Informanten bei der Kripo hat.«

»Er ist nicht bei der Kripo …«, begann Anke.

»Noch nicht«, fiel ihr die Freundin ins Wort. »Gestern hat er mir erzählt, dass er sich fortbilden möchte und …«

Das Telefon klingelte.

»Geh du ran!«, forderte Anke ihre Freundin auf. »Das ist meine Mutter.«

Katja ließ sich nicht zweimal bitten. »Hallo, Frau Wardlinger.«

»Hallo … äh … Katja? Bist du das?«, reagierte die so Angesprochene verunsichert. »Was ist mit Anke? Geht es ihr gut?«

»Den Umständen entsprechend. Sie wissen ja …«

Anke runzelte die Stirn. Und legte ihr Ohr an den Hörer, um zu lauschen.

»Ich habe es schon gehört. Ihr wart gestern bis tief in die Nacht im Cortina.« Der Buschfunk hatte also wieder mal funktioniert. Anke wappnete sich für die nun folgende Standpauke, die zu ihrem Erstaunen ausblieb. »Die arme Anke!«, hörte sie stattdessen ihre Mutter mit besorgter Stimme sagen. Sie lehnte sich zurück und sah Katja verblüfft an. Die war ebenfalls irritiert. »Ja, ja«, versuchte sie Zeit zu gewinnen. »Es ist nicht leicht für sie.« Sie stellte den Lautsprecher an, dass Anke problemlos mithören konnte.

»Ich muss gestehen, ich habe es erst gestern überhaupt gemerkt«, redete Frau Wardlinger weiter, »und das als Mutter.« Sie schnalzte mit der Zunge.

»Äh, ja, das ging mir genauso«, eierte Katja herum. Anke machte große Augen und zuckte mit den Achseln.

»Ach? Ich dachte, dir als ihrer Freundin hätte sie davon erzählt?«, wunderte sich Frau Wardlinger. »Aber gut. Er ist ein Kollege. Deshalb hat sie es wahrscheinlich vor uns geheim gehalten. Gestern, als sie mich über ihn ausgefragt hat, da ist es mir endlich gedämmert.«

»Moritz?«, entfuhr es Anke.

»Wie bitte? Hast du was gesagt?«, wollte ihre Mutter wissen.

»Nein, nein. Ich habe mich nur geräuspert.« Kopfschüttelnd blickte Katja ihre Freundin an. Die reimte sich nun eins und eins zusammen und biss sich in die Hand, um nicht laut loszulachen.

»Und als mir Frau Schmiedinger dann gestern Abend erzählte, dass Moritz bei ihrem Neffen übernachtet hat, da konnte ich es zuerst kaum glauben. Aber wo die Liebe hinfällt.« Die Neunkirchnerin seufzte. »Die alte Frau ist ganz durcheinander. Sie hatte immer noch auf Enkelchen gehofft, aber das geht ja nun leider nicht mehr. Obwohl, vielleicht können sie eins adoptieren? Dieser Sänger, der, na du weißt schon …«, Katja wusste nicht und verstand nur Bahnhof, gab aber ein zustimmendes Brummen von sich. »Also der und sein Lebensgefährte haben das doch auch gemacht«, fuhr Frau Wardlinger fort, bevor ein weiterer, tiefer Seufzer folgte. »Und die arme Anke hat nichts gemerkt!«, kam sie dann wieder auf ihre bedauernswerte Tochter zu sprechen, »Aber es heißt ja immer, homosexuelle Männer sind besonders einfühlsam.«

Jetzt verstand auch Katja, was Anke schon aus den Andeutungen ihrer Mutter geschlossen hatte: Frau Wardlinger glaubte nicht nur fälschlicherweise, Anke habe sich in ihren Kollegen Moritz Mertens verliebt. Sie nahm überdies an, jener sei schwul und seinerseits liiert mit Polizeihauptmeister Schmiedinger. Schließlich hatten die beiden heimlich eine Nacht miteinander verbracht. Die beiden Frauen mussten sich beherrschen, um nicht laut loszuprusten.

»Und das in Ankes Zustand!«, beendete Rosemarie Wardlinger ihr beredtes Schweigen.

»Gibt es etwas, das ich wissen sollte?«, zischte Katja der Freundin mit erstickender Stimme zu. Die presste sich inzwischen die ganze Faust vor den Mund und schüttelte heftig den Kopf, der die Farbe einer überreifen Tomate annahm.

»Äh, was meinen Sie mit Zustand?«, wollte Katja von der Mutter wissen.

»Als Mutter spüre ich doch, wie sehr sie unter der Situation leidet. Ihr Ex kommt nach Neunkirchen zurück und inszeniert eine Traumhochzeit, bei der sich so manches Königshaus eine Scheibe abschneiden könnte. Und Moritz, der eigene Traummann, verliebt sich ausgerechnet in den Dorfpolizisten.« So, wie sie das sagte, hätte es auch der Dorftrottel sein können. Wenn es um das Wohl ihrer Tochter ging, schreckte sie vor dem Ansehen einer Amtsperson nicht zurück, auch wenn sie ihre Tochter eigentlich für missraten hielt. Katja biss sich auf die Unterlippe. »Frau Wardlinger«, erklärte sie mit brüchiger Stimme. »Ich glaube, Anke hat sich schon wieder gefangen.«

»Meinst du? Und warum hat sie sich gestern so hemmungslos betrunken? Meinst du, sie tröstet sich mit diesem Zugereisten oder dem Sven Gabriel? So verkehrt ist der übrigens nicht, sag ihr das.«

»Mach ich, wir müssen jetzt los. Tschü-h-üss!« Katja beendete keinen Moment zu früh das Gespräch. Anke brach in schallendes Gelächter aus.

*

Markus Bayer schaute über Kerstin Frankes Schulter auf deren Bildschirm. »Oh, ist das das Heimatmuseum in Lauda? Das ist echt interessant, da kannst du dir eine Weinbauernwohnung anschauen und einiges über Weinbau erfahren. Und du siehst, wie die Bauern damals gewohnt haben. Aber auch …«

Die Hauptkommissarin drehte sich zu ihm um und fiel ihm ins Wort: »Kannst du mir sagen, was an diesen Aufnahmen so kompromittierend sein soll?« Sie rief das nächste Foto auf.

»Das ist doch die St. Jakobus-Kirche, die kann man in Lauda-Königshofen besichtigen.«

Kerstin klickte sich durch weitere Bilder.

»Ach, jetzt geht's weiter nach Tauber. So nennen wir Einheimischen Tauberbischofsheim. Das ist das kurmainzische Schloss, das liegt in der Altstadt, sehr sehenswert! Ein kleines Heimatmuseum ist ebenfalls dabei. Mir hat dort ja besonders das Mini-Modell der Altstadt gefallen, ich mag so was.«

»Du könntest Fremdenführer werden«, schmunzelte Kerstin.

»Ja, hier siehst du schön die Altstadt von Tauberbischofsheim«, begeisterte Markus sich für das nächste Foto, sichtlich stolz, dass Kerstin ihm die Rolle des Fremdenführers zutraute.

»Und warum gibt uns Frau Perlmann einen Stick mit diesen Bildern? Und ruft direkt ihren Anwalt an, um uns dessen Inhalt zu erklären?«, wunderte sich die Hauptkommissarin und betrachtete die nächste Ablichtung, auf der ein paar Frauen in einem Café, offenbar in der Altstadt von Tauberbischofsheim, zu sehen waren. »Das ist doch …«

»Die Anke Wardlinger. Was hat denn die da zu suchen? Und ihre Schulfreundinnen, Katja, Bettina und die mit dem blonden Pferdeschwanz, die Silke Sanft«, staunte nun auch der Polizeimeister. »Ach schau! Das ist das Pfeiferhannes-Museum in Niklashausen. Und das Bronnbacher Kloster«, erkannte er weitere Fotomotive. »Weißt du was? Die sind den Taubertalradweg entlang geradelt.«

»Aha?«

»So heißt das. Da kann man das ganze Taubertal mit dem Rad erkunden. Meine Freundin und ich haben das auch schon einmal gemacht. Das war einer unserer schönsten Urlaube! Man muss gar nicht immer in die Karibik fliegen oder nach Malle.« Markus fühlte sich offensichtlich wohl in seiner Funktion als Tourismusexperte. »Nach Bronnbach geht's weiter Richtung Reichholzheim. Da haben wir damals das Weingut Schlör besucht. Ich sag dir, der Wein ist spitze! Die haben jede Menge Auszeichnungen. Obwohl, leckeren Wein gibt es in Tauberfranken eigentlich überall.«

»Das ist ja alles sehr interessant, Markus. Und wenn wir den Fall abgeschlossen haben, musst du mir das ganz genau erzählen«, unterbrach ihn Kerstin, »aber jetzt wüsste ich wirklich gerne, was das«, sie deutete auf den Bildschirm, »mit dem Fall zu tun hat. Oder zumindest scheint irgendetwas auf dem Stick das Gewissen der jungen Witwe zu belasten.« Sie sah sich die weiteren Ablichtungen an, die alle Sehenswürdigkeiten entlang des von Markus beschriebenen Radwegs im Taubertal zeigten, teilweise mit den vorgenannten Frauen. Auch was diese auf den Bildern von Janette Perlmann zu suchen hatten, war ihr nicht klar.

»Frag sie doch«, hatte der Polizeimeister ebenfalls keine bessere Idee.

Kerstin schloss das letzte Foto und zog den Stick aus dem Port. »Das werde ich machen«, sagte sie, während sie ihn neben der Tastatur deponierte. »Aber erst mal kein Wort. Wir dürfen die Daten eigentlich gar nicht ohne die Zustimmung der Zeugin anschauen.« Nachdenklich betrachtete sie den Datenträger. Wie es aussah ein Werbegeschenk des hiesigen Freizeitbads Solymar. Sie erkannte das Logo der Therme und erinnerte sich, einen ähnlichen Stick auf dem Schreibtisch von Polizeihauptmeister Schmiedinger gesehen zu haben. Wahrscheinlich waren jede Menge der handlichen Datenträger als Werbegeschenk im Umlauf. Sie seufzte und sah auf die Uhr. »Weißt du was?«, schlug sie dann dem abwartend dastehenden Markus Bayer vor. »Wir gönnen uns einen Cappuccino im Café drüben, bevor die anderen kommen. Ich lade dich ein. Und dann kannst du mir ausführlich erzählen, wo dieser liebliche Taubertalweg überall langgeht.«

»Taubertalradweg«, verbesserte Markus sie im Hinausgehen, »und es kommt darauf an, wo man startet. Meine Freundin und ich sind in Bad Mergentheim losgefahren. Von da aus ging es zunächst über Edelfingen in Richtung Lauda-Königshofen …«

*

Er hätte nicht gedacht, dass es so einfach wäre, jemanden umzubringen. Einen Mord zu begehen. Einem Menschen das Leben nehmen. Er hatte es getan, und es war erstaunlich leicht gewesen. Natürlich hatte er alles genau geplant, es zumindest versucht. Dass Anke, die Exfrau, als Standesbeamtin bei der Trauung aufgetaucht war, hatte nicht zu jenem Plan gehört, ihm aber, nach anfänglichem Schrecken, sogar in die Hände gespielt. Eine Verdächtige mehr, die die Polizei beschäftigte, und die von ihm ablenkte. Besonders gefiel ihm, dass die Standesbeamtin offenbar ihr Herz für ihn zu entdecken schien, so wie sie ihn angesehen hatte.

Ihm hatte es die vollschlanke, dunkelblonde Anke nämlich ebenfalls angetan.

Und war es nicht eine besondere Ironie des Schicksals, wenn der Mörder von Ralph mit dessen Exfrau zusammenkam? Je länger er darüber nachdachte, desto mehr fand er Gefallen an dieser Idee. Und an Anke. Dass sie Temperament hatte, das hatte sie ja schon in verschiedenen Situationen bewiesen. Sie war leidenschaftlich und doch zugleich verletzlich und anschmiegsam, dabei nicht schlecht aussehend. Zum ersten Mal seit Langem begehrte er wieder eine Frau.

Er suchte nach Bildern von ihr auf seinem Handy und fand einige Schnappschüsse, die am Samstag während der standesamtlichen Trauung entstanden waren und auf denen sie ebenfalls zu sehen war. In ihrem grauen Kostüm sah sie gleichzeitig weiblich und streng aus. Der Rock saß ein wenig knapp. Die weiße Bluse war hochgeschlossen, was ihn mehr erregte, als es ein freizügiges Dekolleté getan hätte. Während er noch sanft über die Aufnahmen in seinem Mobiltelefon wischte, klingelte der Festnetzapparat.

Irgendwie fühlte er sich ertappt. Sein Herz begann unkontrolliert zu pochen. Vielleicht war sie das ja? Beim Gedanken daran, gleich ihre Stimme zu hören, überkam ihn eine weitere Welle des Begehrens. Er schnappte sich den Hörer und blickte auf dessen Display.

*

Anke drückte auf die Endetaste ihres Handys und seufzte. Noch eine Nachricht wollte sie nicht hinterlassen. Zum wiederholten Mal sah sie auf die Uhr.

14.39 Uhr. Eigentlich hatte Sven sie um zwei zu ihrem Ausflug nach Wertheim abholen wollen. Sie hatte sich extra den Nachmittag dafür freigenommen, was gar nicht so einfach gewesen war. Zum Glück war Moritz wieder im Dienst und schuldete ihr nach den Ereignissen vom Samstag mehr als nur einen Gefallen. Den hatte sie dann auch eingefordert. Moritz hatte zwar gejammert, sich aber letztendlich bereit erklärt, ihre Termine am Nachmittag zu übernehmen. Und nun saß sie immer noch auf der Bank vor dem Bad Mergentheimer Bahnhof mit Blick aufs Standesamt, wo Sven sie vor beinahe einer Dreiviertelstunde hatte abholen wollen. Sie musste sich eingestehen, dass sie versetzt worden war.

Sie kontrollierte den Nachrichteneingang auf ihrem Handy. In den letzten fünf Minuten war keine dazugekommen. Aus Frust las sie die letzte Mitteilung, die ihr Oliver heute gegen Mittag geschickt hatte. Er entschuldigte sich für das missglückte Zusammentreffen vom Vortag und schlug ein weiteres vor. Anke dachte an den Datenstick und die Dokumente darauf. Ob Olli etwas damit zu tun hatte? So, wie er den Stick gestern betrachtet hatte, war das anzunehmen. Sie seufzte erneut. Der anfänglichen Erleichterung, dass der Hannoveraner nichts mit der vermeintlichen Entführung von Moritz zu tun hatte, war diese Erkenntnis gefolgt. Aber vielleicht war Olli ja unschuldig und wusste von nichts? Sie konnte sich diesen offenen und humorvollen jungen Mann einfach nicht als fiesen Verbrecher vorstellen und wollte das zu gerne glauben. Wobei sie wohl etwas voreingenommen war.

Der Zeiger der Bahnhofsuhr rückte unaufhaltsam auf die volle Stunde zu. Gerade wurde die Regionalbahn aus Lauda-Königshofen angekündigt. Sie erhob sich. Sven würde wohl nicht mehr kommen, sie konnte ebenso gut gehen. Ob sie Katja anrufen sollte? Sie entschied sich zunächst dagegen und beschloss stattdessen, sich auf dem Heimweg noch ein leckeres Eis im Café Venezia in der Kirchstraße zu gönnen. Wenn sie Glück hatte, konnte sie außerdem mit Graziano dort ein Schwätzchen halten. Der Halbitaliener war stets gut gelaunt und hatte immer ein nettes Wort für seine Gäste. Anke kannte den Sohn und inzwischen Chef des Hauses schon seit vielen Jahren. Der Gedanke an ein freundliches Gespräch und vor allem an ein köstliches Eis ließ sie ihre Schritte beschleunigen. Und später würde sie möglicherweise Olli zurückrufen, vielleicht konnte sie Graziano ja um seinen Rat als Mann zu diesem Thema befragen.

»Einen Schwarzwaldbecher«, bestellte sie kurz darauf, nachdem sie einen der letzten Außenplätze ergattert hatte.

»Mit allem?«, fragte Graziano nicht ohne Grund. In letzter Zeit hatte sie aus kalorientechnischen Gründen die Sahne zugunsten einer Extraportion Obst weggelassen.

»Mit allem«, bestätigte Anke.

»So schlimm?«, konnte sich der nette Cafébetreiber die Frage nicht verkneifen.

»Schlimmer.«

»Schlimmer geht immer!«, mischte sich ein Gast vom Nebentisch ein, dem Dialekt nach ein Tourist aus dem Rheinland.

»Kommt sofort.« Damit eilte Graziano davon, um nur

wenige Minuten später mit einem üppigen und liebevoll dekorierten Eisbecher zurückzukehren.

Der Herr neben ihr schwärmte Anke inzwischen von dem besten Eis außerhalb Italiens vor, welches er soeben verspeist hatte. Die lächelte nur unverbindlich.

»Zahlen!«, forderte der mitteilungsfreudige Rheinländer bei Graziano und erklärte an Anke gewandt: »Wir haben Karten für die Junge Oper in Weikersheim heute Abend. La Bohème!«

»Das ist immer so schön«, ergänzte nun seine Begleitung mit verträumtem Gesichtsausdruck, während ihr Mann die Rechnung beglich. »Wir kommen jedes Jahr hierher. Und der Besuch im Venezia darf dann natürlich nicht fehlen.«

Anke schob sich einen Löffel mit Schokoeis in den Mund, nickte und hörte ein weiteres Loblied auf das hier servierte Eis. Endlich war das Monetäre geklärt, und das Paar verabschiedete sich.

Graziano drehte sich zu ihr um. »Und? Besser?«, kommentierte er Ankes genussvolles Schweigen.

»Hm.« Sie nickte mit vollem Mund. »Was will ich mit einem Mann, wenn ich Schokoladeneis haben kann?«, schwärmte sie, schon wieder fast die Alte.

Der Halbitaliener lachte. »Darf ich diesen Spruch für meinen nächsten Werbeprospekt verwenden?« Dann beugte er sich zu ihr herunter. »Wenn du drüber reden magst … Ist es wegen Ralph?«

»Auch.«

Graziano wiegte den Kopf leicht hin und her. »Den Tod hat ihm keiner gewünscht, aber sonderlich beliebt war er nicht bei uns Geschäftsleuten in Mergentheim. Du weißt ja, wir unterstützen uns gegenseitig und planen oft gemeinsame Aktionen. Aber der Herr Konditormeister und Jungunternehmer wollte davon nichts wissen. War immer auf seinen Vorteil bedacht. Nicht ohne Grund hat Friederike Wittig-Anders aus Hannover das Catering bei seiner Trauung übernommen. Die anderen hatten keine Lust, diesen eingebildeten Schnösel zu bedienen. Der wollte überall reinreden und möglichst nichts bezahlen.« Er wischte ein paar imaginäre Krümel vom Tisch. »Entschuldige bitte, ich will dich nicht mit solchen Querelen belasten. Aber der Typ hat sich wirklich *nur* Feinde gemacht. Friederike hat er letztendlich ebenfalls nur ausgenutzt. Wie ich gehört habe, kannten sie sich aus Hannover, und er hat sie, warum auch immer, mit falschen Versprechungen hierhergelockt, um sie dann fallen zu lassen. Der einzige ›Freund‹«, bei dem Wort malte er mit den Zeigefingern Anführungszeichen in die Luft, »den er noch hatte, war Sven Gabriel. Und dass der ihm die Treue gehalten hat, wundert mich ehrlich gesagt auch.«

Anke nickte. »Ja, aus Sven werde ich nicht schlau. Wir waren eigentlich verabredet, aber er hat mich versetzt«, vertraute sie Graziano an.

Der machte seiner Mitarbeiterin ein Zeichen und setzte sich nun zu ihr. »Sven? Das passt nicht zu ihm. Ich dachte, der mag dich? Er ist zwar ein Eigenbrötler, aber zuverlässig.«

Anke löffelte den letzten Rest Soße aus ihrem Becher. »Ja, so kenne ich ihn. Deswegen bin ich gerade etwas durcheinander.«

»Es gibt bestimmt eine plausible Erklärung, warum er nicht zu eurem Date gekommen ist. Magst du ihn?«

»Na ja, ob es ein Date war …« Nachdenklich betrachtete Anke ihren blank geleckten Löffel. »Und ob ich ihn gern hab? Keine Ahnung. Am Samstag hat er jedenfalls sehr lieb und fürsorglich reagiert.« Vielleicht hatte sie zu viel in die Einladung des ehemaligen Schulkameraden hineininterpretiert? Möglicherweise suchte der nur jemanden zum Reden? Immerhin war sein langjähriger Freund gestorben. Das erklärte allerdings nicht, warum er sie dann versetzt hatte. Sie zog ihr Handy aus der Tasche, das soeben den Eingang einer Kurzmitteilung signalisiert hatte.

»Liebe Anke, mir ist etwas dazwischengekommen und ich war im Funkloch. Tut mir sehr leid! Erklärung, wenn du magst heute Abend um acht im Cortina? Zerknirschte Grüße, Sven.«

*

Frank Zehnder parkte seinen Wagen vor dem schmucklosen Gebäude im Erlenbachweg inmitten des Kurviertels von Bad Mergentheim. Der Kombi seiner Chefin mit dem neuen Firmenlogo stand bereits am Straßenrand. Er stieg aus und suchte nach seinem Schlüssel. Auch an der Eingangstür prangte seit zwei Tagen endlich das Firmenschild des Cateringunternehmens. Friederike Wittig-Anders war sehr stolz auf dessen Design und hatte dafür eine ansehnliche Summe hingeblättert, die sie, wie er wusste, eigentlich nicht übrig hatte. Doch er musste zugeben, dass die farbenfrohe Tauberforelle neben einer grünen Ähre und den beiden verschlungenen Buchstaben W und A für Wittig-Anders sehr einladend als Logo aussahen. Nächste Woche würden sie es im Rahmen einer kleinen Werbekampagne der Öffentlichkeit präsentieren. »Jeder in der Gegend muss mit diesem Schriftzug köstliches und gesundes Essen und Trinken verbinden«, hatte die Chefin gefordert.

Er schloss auf und betrat das Gebäude des Cateringunternehmens. »Rike?«, rief er, nachdem er eingetreten war. Der fensterlose Vorraum lag komplett im Dunkeln, auf sein Rufen rührte sich nichts. Doch er und Friederike Wittig-Anders waren für halb sieben hier verabredet gewesen, und ihr Auto stand ja vor der Tür. Sie musste also irgendwo sein. Sie hatten den auftragsfreien Abend nutzen wollen, um ein paar Rezepte nachzukochen und vielleicht auch, um gemeinsam ein Glas Wein zu trinken. Frank mochte die toughe Enddreißigerin und freute sich auf das Zusammensein mit ihr. Er tastete nach dem Lichtschalter. Schon eine Weile hatte er vor, hier einen Bewegungsmelder anzubringen, es aber bisher immer wieder vergessen. Sein Blick fiel auf den Tisch mit den druckfrischen Werbebroschüren. Ein paar Flyer ihrer diversen Zulieferbetriebe lagen ebenfalls herum und, er runzelte verwundert die Stirn, das Mobilteil des Festnetztelefons. Normalerweise hatte seine Chefin das immer bei sich, wenn sie hier war. Es sei denn … Er öffnete die Tür zum genauso im Dunkeln liegenden Waschraum. »Rike?«, seine Stimme hallte in dem gefliesten Zimmer, während er das Licht anmachte. Keine Menschenseele, wie er unschwer durch die geöffnete Toilettentür erkennen konnte.

Warum reagierte sie nicht auf sein Rufen? Da stimmte doch etwas nicht.

Saß sie im Büro oder in der Küche und war eingeschlafen?

Aber auch im anliegenden Büro befand sich niemand. Hier waren die Rollos zugezogen, sodass dieses sich im

Halbdunkel befand. Der PC lief und warf einen schwachen Lichtschimmer auf den leeren Schreibtischstuhl.

Also blieb die Küche. »Rike!«, rief er ein drittes Mal, während er die Klinke herunterdrückte. Verschlossen! Der Schlüssel steckte außen, was nichts Ungewöhnliches war, da seine Chefin die Tür stets abschloss, wenn sie Besucher im Büro empfing. Sie wollte damit verhindern, dass jemand aus Versehen den Kochbereich betrat, wenn die- oder derjenige den Waschraum suchte. Aus gesundheitlichen Gründen war der Zutritt nur unter Einhaltung der Hygienevorschriften gestattet. Hatte jemand Friederike versehentlich oder mit Absicht eingeschlossen? Hastig drehte er den Schlüssel um. Inzwischen war ihm klar, dass etwas nicht stimmte. Wenn Rike tatsächlich in der Küche war, warum machte sie sich nicht bemerkbar? Im Gegensatz zu den anderen Räumen empfing ihn gleißendes Licht und erdrückende Hitze. Außerdem roch es unangenehm, metallisch, organisch. Er kannte den Geruch. Sein Pulsschlag beschleunigte sich, und nicht nur der Geruch nahm ihm den Atem. Seine Chefin lag vor dem Fenster auf dem Bauch, den Kopf merkwürdig zur Seite verdreht, direkt an der Wand unter dem Sims. Dort und um die wie einen Fächer ausgebreiteten dunklen Haare befand sich Blut, viel Blut. »Rike!«, schluchzte er und rannte zu der Leblosen. Kniete neben sie nieder und suchte ihr Gesicht. Auf ihrer Stirn klaffte eine tiefe Wunde. Noch bevor er ihren leeren Blick sah, wusste er, dass sie tot war.

War sie gestolpert und mit der Stirn auf dem Fenstersims aufgeschlagen? Aus ihrer Lage schloss er, dass sie die Rollläden hatte zumachen wollen, um die Sommerhitze auszuschließen. Außerdem befand sich der Schalter für die Klimaanlage neben dem der elektrischen Jalousien. Aber es war ihr nicht mehr gelungen, sie anzuschalten. Durch einen Tränenschleier sah er ihren Körper entlang bis zu ihren Füßen, um die Ursache eines möglichen Sturzes auszumachen, dabei strich er ihr sanft übers Haar und bemerkte eine weitere Verletzung am Hinterkopf.

So unglücklich konnte man nicht fallen! Die Erkenntnis traf ihn wie einen Keulenschlag. Das konnte kein Unfall gewesen sein. Die Tür war verschlossen gewesen.

Erschrocken sprang er auf, Rikes Kopf schlug unsanft auf die Bodenfliesen. Sie würde es nicht mehr spüren.

Langsam bewegte er sich rückwärts auf die geöffnete Tür zu. Dabei wischte er sich unbewusst die blutverschmierten Hände an der Hose ab. Draußen fiel sein Blick als Erstes auf das Telefon auf dem Empfangstisch. Er wollte danach greifen, besann sich dann eines Besseren und durchwühlte seine Umhängetasche nach dem eigenen Handy.

*

»Wo kommst du denn her?«, empfing Janette Perlmann ihren Bruder, als der gerade zur Tür reinkam. »Warum gehst du nicht an dein Telefon?«

»Ich wollte einen Moment allein sein und nachdenken.«

»Wo warst du?«, fragte Janette weiter.

»Spazieren.«

»Wo?«

»Ich wüsste zwar nicht, was dich das angeht«, antwortete Oliver Kubelka genervt, »aber hier die Straße hinunter. Im Wolfental. Sehr schön da.«

»Und warum gehst du nicht an dein Telefon?«, wiederholte seine Schwester ihre Frage, »ich hätte jemanden zum Reden gebraucht. Nach allem, was heute Morgen war.«

»Wieso? Du hast dich doch dank deines neuen Anwalts gut aus der Affäre gezogen.« Olli war sauer. Seine kleine Schwester, die immer so tat, als könne sie kein Wässerchen trüben, war nach dem Gespräch mit dem Rechtsbeistand zu keiner Aussage mehr bereit gewesen. Auf dessen Anraten hatte sie am Vormittag den Datenstick zurückgefordert. Die Hauptkommissarin hatte dieser Aufforderung zu Ollis Verwunderung ohne Zögern entsprochen. Offenbar hatte sie das Material auf dem Datenträger nicht gesichtet, denn sonst hätte sie sicher nicht so entspannt reagiert.

Kaum wieder mit den Geschwistern in seine Kanzlei zurückgekehrt, hatte der Anwalt Kontakt mit Dr. Thalmeier aufgenommen. Dieser hatte eingewilligt, auf eine Anzeige gegen Janette zu verzichten, wenn die eine Erklärung unterzeichnete, von ihrem Wissen über das Zustandekommen seines Doktortitels keinen Gebrauch zu machen, und selbstverständlich sämtliches diesbezüglich belastendes Material vernichtete. Damit war das Thema für Janette vom Tisch. Wie mit der Tatsache eines gefälschten Gutachtens und des unrechtmäßig geführten Doktortitels umgegangen würde, sei nicht ihr Problem, hatte der Anwalt ihr erklärt. Janette musste lediglich den Mund halten und würde mit einem blauen Auge, in Form einer gesalzenen Anwaltsrechnung, davonkommen.

Oliver hätte nicht gedacht, dass seine brave und rechtsbewusste Schwester sich auf so einen Deal einlassen würde. Doch genau das hatte sie getan. Daraufhin hatte sich der Hannoveraner erst einmal zurückgezogen und nachgedacht.

Zwischendurch hatte er versucht, mit Anke Kontakt aufzunehmen, aber ohne Erfolg. Frustriert stiefelte er an Janette vorbei ins Gästezimmer und warf seinen Koffer aufs Bett, um zu packen.

»Olli?«, hörte er ihre weinerliche Stimme von der Tür her. »Was hast du vor?«

»Ich gehe wieder ins Hotel. So wie es aussieht, kommst du ganz gut alleine zurecht.«

»Du weißt doch, dass ich mich unwohl fühle allein in dem großen Haus«, jammerte sie.

»Da musst du dich dran gewöhnen. Ich bleibe nicht ewig in diesem Provinzkaff!«

»Ich denke, es gefällt dir hier?« Sie trat näher.

Unwirsch schüttelte er ihre Hand ab, die sie ihm auf den Arm legte. »Ach Mensch! Ja! Es gefällt mir. Eine einzige Idylle! Dass ich nicht lache. Sodom und Gomorrha ist ein Kindergeburtstag dagegen.« Jetzt konnte er allerdings nur selbst über seinen Vergleich lachen, und seine Schwester stimmte erleichtert ein. Oliver musste sich eingestehen, dass ein Gutteil seiner schlechten Laune daher rührte, dass Anke ihm plötzlich die kalte Schulter zeigte. Wenn er das am Vormittag richtig von Polizeihauptmeister Schmiedinger mitbekommen hatte, war deren Kollege gestern wieder aufgetaucht. Es gab also keinen Grund mehr, ihn der Freiheitsberaubung zu verdächtigen. Allein, dass sie das getan hatte, war schon absurd gewesen, aber es passte irgendwie zu dieser temperamentvollen und verrückten Person. Langweilig würde es mit ihr sicher nie werden. Er seufzte. Wer wusste schon, was sie sich jetzt wieder zusammenfantasiert hatte und weshalb sie sich nicht bei ihm meldete. Er zückte sein Mobiltelefon. Überflog mit einem Blick den Nachrichteneingang, der keine weiteren Anrufe oder Mitteilungen anzeigte, und wählte die Nummer des örtlichen Taxiunternehmens.

»Ich fahre jetzt zurück ins Hotel und glaube nicht, dass dir eine Gefahr droht.«

*

Kerstin Frankes Magen knurrte, was anlässlich des Szenarios mehr als unpassend war. Immerhin hatte sie gerade einen Mordschauplatz begutachtet und wartete darauf, ein Gespräch mit dem Gerichtsmediziner zu führen, um dessen erste Einschätzung zu bekommen. Er, wie auch das gesamte Team der KTU, waren binnen kürzester Zeit aus Heilbronn eingetroffen. Die Sicherung der Spuren war bereits in vollem Gange. Zuvor hatten Kerstin und ihre Kollegen sich schon am Tatort umgesehen. Obwohl sie sich hierfür Handschuhe übergezogen hatten, hatte ihnen das eine Rüge des Leiters der Spurensicherung eingebracht.

Nicht nur deswegen war Markus Bayer etwas neben der Spur. Wenn man mal von dem unblutigen Toten Ralph Perlmann absah, war dies hier seine erste Leiche gewesen. Und das sommerlich warme Wetter machte das Ganze auch zu einer olfaktorischen Herausforderung. Als Kerstin bemerkt hatte, dass der junge Polizeimeister etwas blass um die Nase wurde, schickte sie ihn mit Torsten nach draußen, was, wie sie jetzt feststellte, keine so gute Idee gewesen war.

»Wenn du erst mal bei einer Obduktion dabei warst, dann ist so ein Leichenfund wie dieser geradezu ein Spaziergang«, prahlte der Kollege nämlich gerade. Markus' Gesichtsfarbe stand nach wie vor dem der Leiche nur geringfügig an Blässe nach. Polizeihauptmeister Schmiedinger machte da einen wesentlich abgeklärteren Eindruck. Neugierig hielt er sich hinter der Absperrung vor dem Eingangsbereich auf, hinter die ihn Beamte aus Heilbronn geschickt hatten, und linste ins Innere des Gebäudes.

Kerstin winkte Torsten zu sich. »Könnt ihr beide schon mal in die Kurkliniken gehen und mit der Verwaltung sprechen? Vielleicht kann man eine Hausdurchsage machen. Und«, sie deutete mit dem Kinn auf Markus, »erzähl ihm nicht so viele Schauermärchen.«

»Wenn er tatsächlich bei den Ermittlungen mitmischen will, muss er das abkönnen. Außerdem«, verteidigte sich Torsten. »*einer* von uns hat morgen ja wohl wieder das Vergnügen einer Leichenöffnung.«

Die Hauptkommissarin nickte. »Die Ermittlungen leite ich.« Dann machte sie eine Handbewegung in Richtung Markus. »Also los. Und geh ein klein wenig sensibler mit ihm um. Denk an deine erste Leiche. Und sei froh, dass ich dir immer wieder die Möglichkeit gebe, dich an so einen Anblick zu gewöhnen, indem ich dir die Teilnahme an einer Obduktion ermögliche.« Sie grinste maliziös.

Torsten brummelte vor sich hin, tat aber, wie ihm geheißen wurde. Normalerweise ließ Kerstin nicht die Chefin raushängen, und er wusste, dass er einige Leichenöffnungen bei ihr gut hatte, wenn er morgen früh nach Heilbronn in die Gerichtsmedizin führe. Außerdem konnte er anschließend noch zu Hause vorbeischauen. »Komm mit! Wir sind nicht zum Vergnügen hier«, forderte er Polizeimeister Bayer auf.

Der Arzt schlüpfte soeben unter der Absperrung durch und kam, gefolgt von Hans-Werner Schmiedinger, auf die Hauptkommissarin zu.

»Sie hat zwei Wunden«, erklärte er kurz darauf und griff sich dabei an den Hinterkopf. »Eine hier, da wurde sie mit einem stumpfen Gegenstand von hinten niedergeschlagen. Die Person, die den Schlag ausgeführt hat, war ziemlich kräftig, vermutlich etwas größer als sie und wahrscheinlich Rechtshänder.« Er blickte erst auf Hans-Werners fleischige Hände und maß den Hauptmeister in seiner gesamten Länge. »In etwa Ihre Größe muss der Täter gehabt haben.«

Hans-Werner machte einen erschrockenen Schritt zurück.

»Ein Mann?«, wollte Kerstin wissen.

»Oder eine groß gewachsene, starke Frau.« Jetzt wurde die knapp 1,80 Meter große Hauptkommissarin eingehend gemustert. »Das müssen Sie schon selbst rausfinden. Jedenfalls ist sie gestürzt und dabei mit der Stirn auf dem Fenstersims aufgeschlagen. Daher kommt die zweite Wunde. Spätestens dabei hat sie sich das Genick gebrochen.«

Hans-Werner schluckte.

»Ob sie das überhaupt noch gespürt hat, kann ich nicht sagen. Beide Wunden sind tief. Die Schädeldecke ist hinten wie vorne zertrümmert.«

Der Polizeihauptmeister senkte den Blick und fixierte seine blank polierten Schuhspitzen.

»Dass sie reichlich Blut verloren hat, konnte man ja

sehen. Einzelheiten gibt's dann morgen«, referierte der Gerichtsmediziner knapp.

»Tatwaffe stumpfer Gegenstand. Geht das etwas genauer?«, hakte Kerstin nach.

»Da lag eine kleine, gusseiserne Pfanne. Aber das müssen die Kollegen feststellen.«

»Und der Todeszeitpunkt?«

»Das Fenster, vor dem sie lag, geht Richtung Süden, und die Raumtemperatur maß jetzt noch 28 Grad. Unter Berücksichtigung ihrer Körpertemperatur und wie immer ohne Gewähr«, der Arzt zuckte die Schultern: »Also ich schätze mal, dass sie zwischen drei und vier Uhr am Nachmittag gestorben ist.«

*

»Hallo, Anke, ich hoffe, ich störe nicht? Wo bist du?«, wollte Katja von ihrer Freundin wissen.

»Zu Hause«, antwortete die knapp. Sie hatte es sich gerade mit einem Glas Eiswasser auf ihrem kleinen Balkon gemütlich gemacht und hing ihren Gedanken nach, als das Handy geklingelt hatte.

»Zu Hause? Bist du schon zurück von deinem Ausflug mit Sven? Oder ist er etwa bei dir?« Bei der letzten Frage hatte sie ihre Stimme gesenkt.

»Nö. Er hat mich versetzt.« Anke war immer noch eingeschnappt. Deshalb hatte sie bisher auch nicht auf Svens SMS geantwortet und beabsichtigte ebenso wenig, zu dem vorgeschlagenen Treffen zu gehen.

»Soll ich vorbeikommen?«, bot die Freundin direkt an.

»Lass mal. Ich denke, *du* bist mit Hans-Werner verabredet?«

»Deswegen rufe ich an, er hat abgesagt.« Ihrem unternehmungslustig aufgeregten Tonfall nach zu urteilen, machte das allerdings Katja nicht sonderlich zu schaffen. »Ihm ist etwas Dienstliches dazwischengekommen. Stell dir vor …« Sie machte eine Kunstpause.

Ankes Gedanken rasten: ein Einbruch, Überfall?

»Es hat schon wieder einen Mord gegeben. Die Frau von dem neuen Cateringunternehmen, die auch bei Ralphs standesamtlicher Hochzeit dabei war«, sprudelte es aus Katja heraus, »ich hatte sie ja kurzfristig in Verdacht, etwas mit dem Mord an Ralph zu tun zu haben. Wenn er mit Kugelfischgift umgebracht worden ist, läge eine gelernte Köchin als Täterin nahe.«

»Du weißt ja gar nicht, ob das stimmt mit dem Kugelfisch.« Anke stand auf und sah gedankenverloren in die teilweise erleuchteten Fenster der Häuser gegenüber.

»Doch. Ha-We hat es mir gestern bestätigt.«

Der Polizeihauptmeister war wirklich eine Klatschbase. Anke brummte nur in den Hörer.

»Na ja, dann dachte ich natürlich zuerst, sie hätte sich selbst umgebracht, als er mir erzählte, sie sei tot. Aus Reue, weißt du?«, fuhr Katja eifrig fort. »Aber sie wurde hinterrücks erschlagen. Ich habe Ha-We aber gesagt, sie sollen trotzdem nachschauen, ob sie bei ihr Gift finden. Könnte ja sein, sie hat Ralph getötet, und seine Neue oder der Bruder von ihr ist ihr auf die Schliche gekommen.«

»Hm.« Katja hatte offenbar keine Zeit versäumt, ihrem neuen Verehrer zu zeigen, wer in der aufkeimenden Beziehung das Sagen hatte. Was sie allerdings sagte, gefiel Anke ganz und gar nicht. »Du meinst Olli?«

»Nur so eine Idee«, verteidigte sich die Freundin.

»Aber du musst zugeben, dass es sein könnte. Vielleicht ist es aber auch ganz anders«, lenkte sie ein.

Anke stand immer noch am Geländer und sah, das Handy am Ohr, in die Dämmerung. Der alte Herr von der Wohnung gegenüber trat seinerseits auf den Balkon und grüßte ihr freundlich zu.

»Er oder seine Schwester haben selbstverständlich auch ein gutes Motiv für den Mord an Ralph«, äußerte die Freundin weiter ihr Misstrauen bezüglich des Hannoveraners, »und sie sind beide in medizinischen Berufen tätig.«

»Du verdächtigst Olli«, wiederholte Anke.

»Jeder ist verdächtig. Und die, die so harmlos daherkommen, sind meistens die schlimmsten.«

In der Wohnung unter dem älteren Mann trat eine junge Frau auf den Balkon und zündete sich eine Zigarette an. Ankes Magen knurrte, und sie überlegte, ob sie auch mit dem Rauchen anfangen sollte, um ihren Appetit zu zügeln. Es war nicht zu fassen, dass sie nach dem üppigen Eisbecher vom Nachmittag schon wieder Hunger hatte. Sie war eindeutig eine Frustesserin! Und Frust hatte sie gerade zur Genüge.

Katja plapperte indessen munter weiter. Nachdem sie alle Informationen, die sie zum Ableben der Cateringfrau kannte, zum Besten gegeben hatte, schlug sie Anke vor, sowohl Sven, als auch Olli weiter im Auge zu behalten. »Ich bleibe an Ha-We dran«, kicherte sie abschließend.

»Ich weiß nicht so recht«, zögerte Anke und nahm einen tiefen Schluck Wasser, um das Grummeln ihres Magens zu besänftigen. »Was, wenn Olli tatsächlich etwas mit den Mordfällen zu tun hat?«

»Dann kannst du dich von Sven trösten lassen«, konterte Katja ungerührt, »außerdem möchtest du doch bestimmt auch wissen, wer deinen Exmann auf dem Gewissen hat?«

*

Warum meldete sich Anke nicht? Er war sich so sicher gewesen, dass sie Interesse an ihm hatte, und nun hüllte sie sich in Schweigen.

Gerade jetzt hätte er etwas menschliche Nähe gebrauchen können. Ablenkung, Befriedigung.

Heute Vormittag hatte alles noch so gut ausgesehen. Er war sich sicher gewesen, dass die Polizei ihn nicht ernsthaft im Verdacht hatte. Natürlich kamen immer wieder Fragen, aber er hatte alles im Griff, und die Menschen um ihn herum manipulierte er geschickt zu seinen Gunsten. Einzig Friederike Wittig-Anders hatte er nicht auf dem Schirm gehabt. Klar wusste er, dass sie eine Affäre mit Ralph gehabt hatte, dass der sie benutzt hatte und dann abserviert, nachdem sie ihm nichts mehr gebracht hatte. Als er von dieser Liebschaft erfahren hatte, war er unheimlich wütend geworden, weil er damit auch *sie* hintergangen hatte. Spätestens zu diesem Zeitpunkt hatte er das erste Mal darüber nachgedacht, ihn zu töten. Auf die Idee mit dem Kugelfisch hatte ihn dann tatsächlich Ralph selbst gebracht, als er bei einem ihrer damals eher seltenen Zusammentreffen davon gesprochen hatte, den heimatlichen Bäckereibetrieb um weitere Filialen und vor allem um ein Catering zu ergänzen. Etwas Außergewöhnliches sollte es sein. An diesem Abend hatten sie rumgesponnen und waren auch auf diesen besonderen Fisch zu sprechen gekommen. »In Japan ist der eine Delikatesse, aber in Deutschland ist es leider verboten, ihn zu servieren«, hatte Ralph damals gesagt, »allerdings macht gerade das seinen Reiz aus. Viele Menschen sind scharf auf den Kugelfisch, da wette ich! Es gibt ihnen den besonderen Kick. Vielleicht sollten wir geheime Treffen anbieten«, er hatte verschwörerisch seine Stimme gesenkt, »so wie die illegalen Glücksspielrunden in irgendwelchen Hinterzimmern.« Dann hatte er höhnisch gelacht und ihm gönnerhaft auf die Schulter geschlagen, »ey, das war doch nur ein Witz!«

Ein Witz? Er hatte sich an diesem Abend kurz darauf verabschiedet und begonnen, Pläne zu schmieden. Mordpläne. Kugelfisch im Darknet zu besorgen war ein Kinderspiel. Das Gift zu extrahieren dank seiner eigenen Kenntnisse ebenfalls. Blieb die Frage, ob und wie genau es wirken würde. Er besorgte sich eine Fahrkarte nach Hamburg und trat, noch ohne konkrete Pläne, aber mit einer kleinen Flasche Sekt, den er präpariert hatte, seine Reise an. Der Zug war um die späte Uhrzeit nicht besonders gut besetzt. Im Großraum saßen nur vereinzelte Fahrgäste, die meisten dösten vor sich hin oder schliefen sogar fest. In der ersten Klasse herrschte gähnende Leere. Auch die Abteilwagen waren größtenteils verwaist. Die einzelne Reisende, die er dort letztendlich ausmachte, war dann ein zufälliges Opfer. Sie ließ sich bereitwillig auf ein Gespräch ein. Als er ihr von einem erfolgreichen Geschäftsabschluss erzählte und sie bat, mit ihm darauf mit einem Glas Sekt anzustoßen, stimmte sie sofort zu. Sie schöpfte keinerlei Verdacht, weil er zufällig zwei Sektgläser und eine Piccoloflasche Schaumwein bei sich hatte. Ebenso wenig bemerkte sie, dass er nur so tat, als würde er trinken, seinen Teil des Umtrunks jedoch nicht anrührte. Eine halbe Stunde später wusste er aus eigenem Augenschein um die genaue Wirkungsweise von Tetrodoxin, dem tödlichen Gift des Kugelfischs mit japanischem Namen Fugu genannt. Gläser und die leere Flasche hatte er in kurzen Abständen aus dem fahrenden ICE geworfen. Dann wechselte er in die zweite Klasse und war einer der Ersten, die in Hamburg Hauptbahnhof den Zug verließen. Noch bevor die Tote gefunden wurde, war er bereits wieder auf dem Weg nach Hause.

Das Gefühl, das ihn dabei begleitete, war unbeschreiblich. Er fühlte sich mächtig, war Herr über Leben und Tod. Nun war es beschlossene Sache. Er plante Ralphs Tod. Es war nicht einfach, denn nach außen hin musste er weiterleben wie bisher, und das kostete ihn in den nun folgenden Wochen manches Mal große Anstrengung.

Dann kam die Trauung von Janette und Ralph. Ralphs Tod! Er erlebte es wie im Rausch. Berauscht, nicht nur von dem Sekt, den er an diesem Nachmittag getrunken hatte, sondern vor allem von dem Gefühl. Es fiel ihm schwer, nicht mit seiner Tat zu prahlen. Weiterzuleben, als sei nichts geschehen. Bedauern über Ralphs Tod zu heucheln. Es gelang, abermals mit beinahe übermenschlicher Anstrengung. Übermenschlich. Ja, so fühlte er sich. Das Leben um ihn herum ging weiter. Er entdeckte seine Schwäche für Anke, Begehren! Auch hier würde er sein Ziel erreichen.

Der Anruf von Friederike Wittig-Anders traf ihn wie ein Keulenschlag. Er musste handeln. Dieses Mal konnte er sich nicht vorbereiten. Er fuhr zu ihr, ohne einen konkreten Plan. Und dann? Ihr Tod war schmutzig gewesen, da war viel Blut. Viele mögliche Spuren. Er wusste nicht, ob es ihm gelungen war, alle zu beseitigen, die auf ihn hinwiesen. Trotzdem überkam ihn auf dem Heimweg erneut dieses Glücksgefühl. Er hatte es wieder einmal geschafft, ein Problem zu lösen. Schnell und effektiv. Warum hatte er so etwas nicht schon früher getan?

KAPITEL 6 – DONNERSTAG

»Geht es dir gut?« Ihre Mutter klang besorgt. »Warum hast du uns nicht gleich gestern Abend angerufen, als du es erfahren hast? Muss ich aus der Zeitung erfahren, dass meine Tochter in Lebensgefahr schwebt?«

Anke atmete tief durch. »Mama! Ich bin ja auch geschockt über das, was in unserem schönen Bad Mergentheim passiert. Aber nur weil ich die Tote gekannt habe, schwebe *ich* doch nicht in Lebensgefahr.« Sie erhob sich mitsamt dem Telefon aus dem Bett, wo sie der unvermeidliche morgendliche Anruf ihrer Mutter, heute zu besonders früher Stunde, aus dem Schlaf gerissen hatte.

»Meinst du, ich habe nicht mitbekommen, wie du dich mit deiner Freundin aus Edelfingen in die Arbeit der Polizei einmischst? *Deine* Freundin hat sich ja sogar an den Hans-Werner Schmiedinger rangemacht.«

»Meine Freundin aus Edelfingen hat einen Namen, Katja, und du kennst sie seit einer Ewigkeit«, versuchte es Anke mit einem Ablenkungsmanöver.

Das natürlich an ihrer Mutter abprallte. »Kind, willst du nicht vorübergehend bei uns einziehen? Du weißt, dein Zimmer ist immer für dich bereit. So allein in der Stadt bist du doch nicht sicher«, lamentierte sie.

»Klar, so allein im Großstadtdschungel«, murmelte Anke vor sich hin.

»Genau«, griff Rosemarie Wardlinger auf, »und ohne Mann, der dich beschützt.«

Anke sprach tonlos mit und enthielt sich eines weiteren Kommentars. Diese antiquierte Ansicht würde sie ihrer Mutter wohl nicht mehr ausreden können. Zu oft hatte sie es versucht. Ihre Streitgespräche verliefen meistens nach demselben Schema, ihre Mutter verfocht die Ehe als einzig sinnvolle Lebensform für eine Frau. Sie selbst hielt dagegen, dass sie alleine ebenso glücklich sei. Dass es ab und an Bedürfnisse gab, bei deren Befriedigung ein Mann durchaus hilfreich war, verschwieg sie, denn darauf wollte ihre Mutter schließlich nicht hinaus. Sie führte stattdessen ihre finanzielle Unabhängigkeit ins Feld und wie schön es war, tun und lassen zu können, was man wolle. Ihre Mutter stimmte ihr daraufhin zu. Ende der Diskussion? So dachte Anke. Bis ihre Mutter regelmäßig nachtrat: »Trotzdem fehlt dir ein Mann.« Sie war in dieser Beziehung einfach beratungsresistent. Deshalb hatte Anke es inzwischen ganz aufgegeben, mit ihr zu streiten. Es führte zu nichts. Das war auch bei anderen Themen der Fall.

»Ich kann hier leider nicht weg«, änderte sie deshalb ihre Strategie.

»Dann frag doch Sven, ob er für ein paar Tage bei dir einzieht. Er ist doch eigentlich ein ganz netter Kerl.«

Aha, daher wehte der Wind. Offenbar hatte ihre Mutter mitbekommen, dass sie gestern Abend doch noch zu der spontanen Verabredung mit ihm gegangen war.

»Gestern Abend im Cortina habt ihr euch doch ganz gut verstanden«, sagte sie nun prompt.

»Sagt wer?«

Ihre Mutter überhörte die Rückfrage und redete weiter: »Manuel, der Sohn von der Frau Knarzer hat doch im Frühjahr ein Praktikum in der Bembé gemacht, wo der Sven arbeitet. Sven ist da ganz wichtig. Wenn der was sagt, dann wird es so gemacht. Hätte ich gar nicht gedacht, er war ja immer eher ein Stiller. Aber stille Wasser sind tief. Und du mochtest ihn doch eigentlich schon immer.«

»Ich muss jetzt leider Schluss machen«, log Anke hastig, »mein Handy klingelt. Ich glaube, das ist Sven«, schob sie nach.

»Dein Handy? Ich höre gar nichts. Aber wenn es Sven ist …« Schnell beendete Anke das Telefonat mit ihrer Mutter und warf sich zurück auf ihr Kissen. Dann kontrollierte sie ihr Mobiltelefon, das natürlich nicht klingelte. Immerhin eine Nachricht von Sven. »War ein schöner Abend! Das schreit nach Wiederholung!«, garniert mit einem Herzchen. Für den nüchternen Sven galt das beinahe als Liebeserklärung. Anke lächelte. Tatsächlich war der ehemalige Schulkumpel am Vortag irgendwie anders gewesen. Selbstbewusster. Warum er sie gestern Nachmittag versetzt hatte, hatte er nicht wirklich erklärt. Nur erwähnt, dass ihm die Arbeit dazwischengekommen sei. Dabei hatte er eigentlich Urlaub, aber offenbar kam man nicht ohne ihn aus … Danach waren sie auf den Tod der Cateringchefin zu sprechen gekommen. Sven hatte auf einen Raubüberfall getippt. Anke hatte erfahren, dass er ihre Geschäftsräume kannte und sie damals bei der technischen Ausstattung unterstützt hatte. »Ein Sicherheitssystem mit Alarmanlage war ihr zu teuer«, wusste er, »und sie war der Meinung, sie brauche es nicht, schließlich ist der Schwarzmarkt für hochwertige Küchengeräte nicht gerade groß.« Sven hatte mit den Schultern gezuckt und ein schiefes Grinsen zustande gebracht: »Na ja, und die Lebensmittel im Kühlschrank waren sicher auch kein Vermögen wert.« Damit hatte er sich wieder seiner Pizza zugewandt.

»Meinst du, sie hatte etwas mit Ralphs Tod zu tun?«, wollte Anke von ihm wissen.

Sven zuckte abermals die Schultern. »Weil sie eine Affäre hatten?«, fragte er und schob nach, als Anke schwieg. »Das wusstest du doch?«

Sie hatte es geahnt.

»Du weißt ja, wie Ralph war. Wahrscheinlich konnte er nicht anders«, verteidigte Sven den verstorbenen Freund halbherzig.

»Wer wüsste das besser als ich? Vielleicht du?« Der Rest ihres Gesprächs war mit gemeinsamen Erinnerungen vergangen. Von denen gab es einige, und so war es noch ein ganz netter Abend geworden.

»Jaaaaa!«, whatsappte Anke zurück und spendierte Sven ebenfalls ein übermütiges Herzchen, dann riss sie sich von der Rückschau ihres gestrigen Zusammentreffens los und quälte sich ins Badezimmer.

*

Kerstin Franke rührte missmutig in ihrer Kaffeetasse. Die drei Kollegen von der KTU, die mit ihr am Tisch saßen, setzten ihr Frühstück schweigend fort. Sie hatten es unterbrochen, als die Hauptkommissarin den Frühstücksraum betreten hatte, genau wie ihr bis dato offenbar angeregtes Gespräch.

Es war spät geworden gestern und die Sicherung der Spuren noch nicht abgeschlossen. Daher waren alle

Beteiligten auf die Schnelle in Bad Mergentheim geblieben. Die drei Mitarbeiter an ihrem Tisch und ein weiterer Kollege aus Heilbronn waren wie sie und Torsten im Hotel Central untergekommen. Der Rest war auf weitere Unterkünfte verteilt worden. In der Sommerzeit waren freie Hotelzimmer Mangelware.

Kerstin nahm einen Schluck Kaffee und betrachtete angeekelt den Teller ihres Nebenmanns, auf den er Speck, Würstchen und Rührei gehäuft hatte. Ihr war der Appetit gründlich vergangen, nachdem sie sich mitten in der Nacht beim unvermeidlichen Telefonat mit dem Oberstaatsanwalt eine gehörige Rüge eingefangen hatte. Da nicht bewiesen sei, dass der Tod von Friederike Wittig-Anders im Zusammenhang mit dem von Ralph Perlmann stünde, hätte sie nicht eigenmächtig die Ermittlungen aufnehmen sollen. Zumal sie sich im Fall Perlmann nicht eben mit Ruhm bekleckert habe. Prompt hatte er dann einen anderen Kollegen aus ihrer Abteilung mit deren Leitung betraut. Ausgerechnet Peer Sauerwein, diesem Besserwisser, hatte er diese Aufgabe übertragen. Gerade trat der in die Tür und ließ die Augen über die frühstückenden Gäste schweifen. Kerstins Sitznachbar winkte ihm zu. Kerstin senkte den Blick auf ihre Tasse.

»Guten Morgen, die Herrschaften, Kerstin«, grüßte Peer laut und deutete auf den freien Stuhl zu ihrer Linken. »Ist da noch frei?« Ohne eine Antwort abzuwarten, nahm er Platz.

Kerstin brummte einen Gruß und vermied es, ihn anzusehen.

»Und, gut geschlafen?«, fragte Sauerwein in die Runde und winkte einer Hotelmitarbeiterin. »Kaffee, bitte!«

Einer der KTU-Männer schenkte ihm daraufhin aus der Thermoskanne ein, die vor ihm auf dem Tisch stand. Ein anderer schob ihm eilfertig Milch und Zucker hin.

Kerstin sah unverdrossen auf die dunkle Flüssigkeit in ihrer Tasse.

»Wir müssen gleich reden«, teilte Peer ihr mit. »Hat Vinzenz sich schon blicken lassen?«, erkundigte er sich nach dem Oberstaatsanwalt. Dabei betonte er den Vornamen, damit alle gleich wussten, wie vertraut er mit dem Leiter der Ermittlungen war.

Klar, dachte Kerstin bitter, sie gehen ja auch regelmäßig zusammen in die Sauna.

Der Oberstaatsanwalt hatte für den Vormittag sein persönliches Erscheinen angekündigt, was Peer offensichtlich als seinen Verdienst betrachtete.

»Nein, bis jetzt nicht. Wir sollen uns alle um neun im Konferenzraum einfinden«, informierte einer der drei SpuSi-Mitarbeiter.

»Konferenzraum?«, entfuhr es Kerstin, sie selbst war seit fast einer Woche hier und wusste nichts davon. Gut, für ihr kleines Trüppchen war der auch nicht notwendig gewesen, trotzdem.

»Im ersten Stock«, informierte die Hotelmitarbeiterin, die an den Tisch getreten war, um eine Kanne frischen Kaffees zu bringen. »Wenn Sie aus dem Fahrstuhl kommen, rechts den Flur entlang. Die letzte Tür.«

»Ich weiß«, war Peers Antwort, wobei nicht klar war, ob er die Lage des Konferenzraums oder die Tatsache der Besprechung an sich meinte. »Du musst nicht unbedingt dabei sein«, wandte er sich in gönnerhaftem Tonfall an Kerstin. »Es reicht, wenn du mich vorher auf den neuesten Stand bringst.«

»Mal sehen.« Die Hauptkommissarin war fest entschlossen, an dem Meeting teilzunehmen. »Was möchtest du denn wissen?«

»Alles.« Peer Sauerwein scannte mit den Augen das Frühstücksbüffet ab. Dann legte er seine Hand auf die des jüngsten KTU-Mitarbeiters. »Bist du so lieb und holst mir schnell eine Portion Rührei und eine Scheibe Toast?«

Der junge Mann sprang sofort auf.

»Und Butter!«, rief Peer ihm hinterher, bevor er sich erneut an Kerstin wandte. »Wie stand euer Opfer zu meinem? Verdächtige? Alibis? Motive? Du machst das doch nicht zum ersten Mal.«

»Die Fälle haben nichts miteinander zu tun. Sagt dein Kumpel, der Fürst.« Kerstin ärgerte sich selbst über ihren eingeschnappten Tonfall, konnte jedoch nicht aus ihrer Haut. »Aber keine Sorge, ich komme zu eurer Konferenz. Dann muss ich im Zweifel nicht alles zweimal erzählen.«

»Entschuldigen Sie bitte.« Die junge Frau, die heute Morgen an der Rezeption Dienst hatte, war an ihren Tisch getreten. »Da ist ein Reporter von den Fränkischen Nachrichten. Er sagt, er hat einen Termin mit Ihnen«, wandte sie sich an Peer Sauerwein.

Der nahm hastig einen Bissen Rührei und sah auf die Uhr. »Schon so spät. Ich komme sofort.«

»Was willst du denn mit dem?«, zischte Kerstin, »wir haben eine Pressestelle.«

»Schätzchen. Im Gegensatz zu dir pflege ich einen guten Kontakt zu den Schreiberlingen. Man weiß nie, wann man sie noch gebrauchen kann.«

»Das wird Vinzenz«, Kerstin betonte den Vornamen des Staatsanwalts besonders, »bestimmt nicht gefallen.«

»Das lass mal meine Sorge sein!«

Die drei Kollegen und die Rezeptionistin sahen von einem zum anderen, als verfolgten sie ein Tennismatch.

Kerstin schob ihre Tasse mit dem inzwischen kalten Kaffee von sich und machte Anstalten, sich zu erheben. »Ich komme besser mit. Du hast recht, mit der Presse muss man sich gut stellen.«

*

Kerstin hatte genug. Peer Sauerwein plusterte sich vor dem Reporter der Fränkischen Nachrichten auf, als leite er die Ermittlungen. Gerade hatte er betont, dass »Vinzenz, ach, entschuldigen Sie, ich meine, natürlich den Herrn Oberstaatsanwalt Fürst« ihn ausdrücklich gebeten habe, die Leitung *der Fälle* zu übernehmen.«

»Der Fälle?«, betonte der Pressevertreter den Plural.

»Laut Staatsanwaltschaft haben wir es mit zwei unabhängigen Fällen zu tun«, warf Kerstin ein. »Wobei …«

»Das ist korrekt«, fiel Peer ihr ins Wort. »Frau Franke ist noch mit dem Giftmord an diesem Bäcker beschäftigt.«

»Noch?«, rutschte es Kerstin heraus.

Der Journalist sah fasziniert von einem zum anderen. Natürlich spürte er die Rivalität zwischen ihnen, und man konnte geradezu sehen, wie ein entsprechender Artikel Gestalt annahm.

Jetzt legte Peer auch noch seine Hand auf ihren Arm und meinte gönnerhaft: »Kerstin, wolltest du nicht deine Unterlagen zusammensuchen? Wir haben gleich Meeting mit dem Oberstaatsanwalt.«

Mit einer heftigen Bewegung schüttelte sie seine Hand ab. »Danke, dass du mich darauf hinweist.« Sie ärgerte sich im gleichen Moment über ihre eingeschnappte Reaktion. Sie konnte geradezu das Wort »Zicke« im Gesichtsausdruck des Pressemanns lesen. Dazu Peers leichtes Nicken in dessen Richtung, als wolle er sagen: »Sehen Sie!« Laut sagte der ungeliebte Kollege allerdings: »Wirklich, Kerstin! Bist du so gut und siehst nach, ob im Konferenzraum alles für unser Meeting bereitsteht? Der Staatsanwalt kann bestimmt einen Kaffee brauchen. Immerhin ist er zu nachtschlafender Zeit in Heilbronn gestartet. Ich mache das hier schon.«

Er redet mit mir wie mit einer hysterischen Ziege, dachte Kerstin. Und leider hatte er im Moment nicht ganz unrecht. Ihr Puls hatte sich bei seinen Worten weiter beschleunigt, und sie war zu keinem klaren Gedanken fähig. Und ebenso wenig zu einer schlagfertigen Erwiderung. Sie atmete tief durch.

Zu allem Übel spürte sie ihr Handy in der Hosentasche vibrieren. »Ich gehe erst mal etwas Luft schnappen, die ist mir hier nämlich zu schlecht!«, presste sie hervor und drängte sich an dem verdutzten Reporter vorbei in Richtung Ausgangstür. Dabei zerrte sie nach ihrem Mobiltelefon und starrte auf das Symbol eines eingehenden Anrufs, während sie Richtung Marktplatz stürmte. Der Staatsanwalt!

»Du hast mir grade noch gefehlt!«, brüllte sie ihr Handy an und prallte mit voller Wucht auf ein Hindernis. Eine lauwarme Flüssigkeit ergoss sich über ihren Oberkörper und rann zwischen ihren Brüsten hinab. Ihr gesenkter Blick machte zwei blank polierte Herrenschuhe und graue Anzughosen aus.

»Hoppla, Frau Franke, warum so stürmisch? Ich habe Ihnen also gefehlt?«

Kerstin hob den Kopf und sah sich Auge in Auge mit Vinzenz Fürst gegenüber. Mit der rechten Hand hob er sein Mobiltelefon ans Ohr, die Linke hielt einen zerknautschten Pappbecher, der wahrscheinlich Kaffee enthalten hatte. Jetzt zierte die dunkelbraune Brühe ihre leichte Sommerbluse. Die Hauptkommissarin öffnete und schloss einige Male ihren Mund, ohne dass ein Ton herauskam.

»Zum Glück war er nicht mehr heiß«, meinte der Staatsanwalt und hielt den Blick auf ihre Brust geheftet: »der Kaffee, meine ich.«

*

»Ich habe gerade gar keine Zeit«, vertröstete Anke ihre Freundin Katja, die sie soeben auf dem Handy angerufen hatte. »In zehn Minuten habe ich die erste Trauung.« Anke schob sich die Hand vorne in den Rocksaum, der unangenehm spannte. Ihren Vorsatz, Diät zu halten, nachdem die Freundinnen Bettina und Silke die Stadt verlassen hatten, hatte sie gestern ein weiteres Mal gebrochen. Sie hatte nicht lange zusehen können, wie Sven sich über seine Pizza mit Salami und Pilzen hermachte. Da half es jetzt auch nicht mehr, dass ihr Frühstück nur aus einer Tasse Milchkaffee bestanden hatte, denn ihr Magen knurrte penetrant. Eben hatte sie sich überlegt, ihn mit einem Schokoriegel zu besänftigen. Das war natürlich nicht die optimale Methode, um abzunehmen. Aber niemand verdiente eine missgelaunte Standesbeamtin beim Ja-Wort.

»Das machst du doch mit links. Erzähl, wie war es gestern?«, drängelte Katja.

Anke klemmte sich den Telefonhörer zwischen Ohr und Schulter und raffte die Unterlagen für die Trauung zusammen. »Wirklich sehr nett.«

»Nett? Habt ihr über Ralph gesprochen? Oder die tote Cateringfrau?«, wollte die Freundin wissen.

»Kurz. Eigentlich haben wir mehr über uns geredet. Wusstest du, dass Sven einen völlig neuen Parkettkleber für die Bembé entwickelt hat? Die haben darauf sogar ein Patent angemeldet.«

»Na ja, er war früher schon ein ganz Schlauer«, erinnerte sich Katja. »Und halt ein bisschen verklemmt.«

»Stimmt. Früher«, musste Anke ihr recht geben, doch gestern war der ehemalige Klassenkamerad charmant und selbstbewusst gewesen. Hatte sogar mit ihr geflirtet. »Er hat sich geändert.«

»So so.« Sie hörte geradezu Katjas Grinsen aus diesen beiden Worten.

»Ja. Und er hält Vorträge über seine Erfindung und vertritt die Firma auf Messen.« Bei dem Gedanken an Svens Erzählung vom Vorabend, während sie sich die köstliche Pizza schmecken ließ, knurrte wieder ihr Magen. Sie suchte ihren Schreibtisch mit den Augen nach etwas Essbarem ab. Die Kekspackung neben dem Stiftehalter war leer.

»Echt? Weißt du noch, wie er das Referat in Chemie gehalten hat? Ich bin beinahe eingeschlafen. Und Ralph hat sich noch über ihn lustig gemacht.«

Anke warf die leere Keksschachtel in den Papierkorb. »Tja, lang, lang ist es her. Er hat sich definitiv zu seinem Vorteil entwickelt.«

»Und meine Freundin ist ein kleines bisschen verliebt?«, kicherte Katja.

»Du brauchst gar nichts zu sagen. Bändelt mit dem Dorfpolizisten an«, gab die Standesbeamtin zurück. »Hast du ihn heute Nacht noch getroffen?«

»Wir haben telefoniert. Er war bis nach Mitternacht im Erlenbachweg bei der toten Cateringfrau. Der Staatsanwalt ist übrigens der Meinung, dass die beiden Morde nichts miteinander zu tun haben, sagt Ha-We.«

Anke öffnete die oberste Schreibtischschublade. Leider lag hier nur ein einzelnes weiches Karamellbonbon. Sie machte sich an der Verpackung zu schaffen, während Katja weiterredete: »Na ja, ein Mord ist es offiziell noch nicht, hat Ha-We mir erklärt, sondern ein Tötungsdelikt. Ob es sich als Mord herausstellt, das entscheidet der Staatsanwalt. Du, das ist echt interessant, was es da für Spitzfindigkeiten gibt. Mit welchen Begriffen die sonntagabends im ›Tatort‹ um sich schmeißen, hat mit der Realität herzlich wenig zu tun.«

Anke schmunzelte über die Begeisterung, mit der ihre Freundin erzählte. Jedes zweite Wort war »Ha-We«. Ganz offenbar hatte sie sich in der zweiten Nachthälfte intensiv mit ihm ausgetauscht. Wer hätte das gedacht: der nette Junge von nebenan.

»Ha-We ist da allerdings anderer Meinung«, wusste Katja. »Wäre auch mehr als komisch, wenn in einem beschaulichen Ort wie Mergentheim innerhalb kürzester Zeit zwei Leute von zwei ganz unterschiedlichen Personen umgebracht werden.«

»Hm.« Anke steckte sich das klebrige Toffee in den Mund.

»Und dann hatten die beiden sogar eine Liebesbeziehung. Hast du davon gewusst?«

»Sven hat es mir gestern gesagt. Autsch!« Ein stechender Schmerz durchfuhr ihre Zähne. Na prima, und gleich sollte sie einem jungen Paar den glücklichsten Moment ihres gemeinsamen Lebens bereiten.

»Na, der kannte sie wohl auch näher, als er zugibt. Ist was?«

»Zahnweh.« Anke spuckte das angekaute Bonbon zurück ins Papier. »Du, ich muss wirklich los. Wir reden später.«

»Alles klar.«

Die Standesbeamtin erhob sich und strich ihren Rock glatt. Vielleicht war es besser für ihre Nerven, sich ein neues Arbeitskostüm zuzulegen.

*

»Chef, schau mal, ich hab dir was mitgebracht. Nervennahrung.« Hans-Werner Schmiedinger stellte einen Teller mit verführerisch aussehenden Gebäckkugeln neben Kerstin Frankes Computertastatur. »Das sind Schneeballen und das«, er deutete auf ein Teil mit dunkler Schokoladenglasur, »das ist eine Tauberkugel. Hat meine Tante gestern vom Bäcker Friedel in Rothenburg mitgebracht. Der Seniorennachmittag hat einen Ausflug dorthin unternommen.«

»Das sieht aber lecker aus.« Torsten Ebert leckte sich die Lippen.

»Und es schmeckt auch so«, bestätigte Hans-Werner, »probier mal, Chef.« Die Anrede hatte er sich wohl aus einer Fernsehserie abgeschaut. »Komm, das bringt dich auf andere Gedanken.«

Kerstin schnaubte.

»Soll ich uns einen Kaffee dazu kochen?«, bot Torsten an, wohl in der Hoffnung, ebenfalls einen Teil der Leckerei abzubekommen.

»Ich habe heute schon genug Koffein intus«, knurrte die Hauptkommissarin. »Was bildet sich dieser Kerl eigentlich ein?«, schimpfte sie dann auf ihren Kollegen Sauerwein. Der hatte sich in der morgendlichen Konferenz aufgespielt, als sei er der Leiter der Ermittlungen und sie nur seine dumme Assistentin. Er und der Staatsanwalt hatten sich die Bälle zugeworfen und das Team mit markigen Sprüchen eingestimmt. Fakten, die er beim Frühstück von ihr verlangt hatte, wurden keine abgefragt oder weitergegeben. Stattdessen hatte er Aufgaben verteilt, um ihr dann bereits im Hinausgehen mitzuteilen, dass er und der Staatsanwalt für ein paar Stunden nicht erreichbar seien. Sie solle so gut sein und neue Erkenntnisse auf seine Mailbox sprechen. Sie war dann dahintergekommen, dass die beiden einen Aufenthalt in der Solymar Therme planten, um sich dort unter anderem in der Sauna »die anstrengende Nacht auszuschwitzen und dabei das ein oder andere zu besprechen«. Diese Worte hatte Vinzenz Fürst gebraucht, als er Peer den Besuch des Vital- und Solebads vorgeschlagen hatte, das von hier aus gesehen auf dem Weg zum Tatort im Erlenbachtal lag.

»Hast du was von den Kollegen der KTU herausgefunden, das uns weiterhelfen könnte?«, wollte Kerstin von Torsten wissen, der den Teller mit den Gebäckteilen nach wie vor gierig betrachtete.

»Und ob.« Er schluckte und wandte sich seinem Notizblock zu. »Die ersten Ergebnisse bei der Untersuchung des Rechners von der Wittig-Anders hat ergeben, dass sie laut Browserverlauf vor ein paar Wochen über den Kugelfisch recherchiert hat.«

»Und das löscht sie nicht?«, hatte Hans-Werner seine Zweifel. »Vielleicht hat der Mörder ja versucht, ihr was unterzuschieben.«

»Das muss aber auf jeden Fall vor dem Mord an Perlmann gewesen sein«, gab Torsten zurück. »Meines Wissens nach geht es nicht, den Browserverlauf nachträglich so zu manipulieren. Zumindest nicht in so kurzer Zeit. Aber das werden die Mädels und Jungs von der KTU schon rausfinden. Ich habe sie gebeten, mich anzurufen, wenn sie mehr wissen.« Beifall heischend sah er erst Kerstin und dann den Teller mit den Schneebällen an. Die nickte und griff selbst nach der Tauberkugel.

»Köstlich!«, lobte sie kurz darauf.

»Hmpf!«, bestätigte Torsten.

Hans-Werner Schmiedinger nickte zufrieden.

*

Anke sah auf die Uhr. »Eine Stunde nichts essen«, hatte der Zahnarzt gesagt, bei dem sie gerade glücklicherweise noch einen Termin bekommen hatte. Prompt knurrte ihr Magen wieder mal. Aber die nächste Trauung müsste sie wohl hungrig durchstehen, denn der Temin war bereits in knapp 40 Minuten. Immerhin hoffte sie, dass der pochende Schmerz bald nachlassen würde. Das hatte ihr der Zahnarzt versprochen, bei dem sie so kurzfristig drangekommen war. Da am Nachmittag zwei weitere Trauungen anstanden, hatte sie lieber auf die örtliche Betäubung verzichtet, obwohl sie sonst nicht einmal den Mund ohne vorherige Spritze aufmachte, wie sie betonte. Doch eine Traueansprache lallend und mit tauber Zunge, das hatte niemand verdient, und ihr Kollege Moritz hatte selbst Termine, sodass er nicht für sie hatte einspringen können. Also hatte sie die Prozedur beim Zahnarzt ohne Betäubung über sich ergehen lassen und fühlte sich jetzt wie eine Superheldin. Eine hungrige und leicht verschwitzte Superheldin. Ob sie schnell zu Hause vorbeigehen sollte, um sich frisch zu machen und eine andere Bluse anzuziehen? Allerdings wäre das zeitlich mehr als eng und würde unwillkürlich in den nächsten Schweißausbruch münden. Unauffällig roch sie an ihrer rechten Achselhöhle. Das Ergebnis war akzeptabel, nichts, was nicht mit etwas Deo in den Griff zu kriegen wäre. Sie setzte also ihren Weg durch die Innenstadt in Richtung Standesamt fort. In der Burgstraße betrachtete sie im Vorübergehen die Schaufenster des Modehauses Kuhn. Vielleicht sollte sie sich statt ihres grauen »Arbeitskostüms« lieber ein buntes Sommerkleid für die Trauungen zulegen? In der Auslage war eine Reihe schicker Modelle zu sehen, die ihrer Rubensfigur geschmeichelt hätten. In Gedanken sah sie sich in einem der ausgestellten Kleider im Cabrio sitzen, der Wind zauste ihre dunkelblonden Locken, um die sie sich einen farblich passenden Schal geschlungen hatte. Die Sonne spiegelte sich in ihrer modischen Sonnenbrille. Der Mann neben ihr legte lässig seine Hand auf ihr Knie. Und … »Autsch!« – ein Stoß gegen ihre Wade ließ sie aus dem Tagtraum erwachen. »Entschuldigung!« Eine ganz offensichtlich gestresste Mutter zerrte das Kleinkind, das sie mit seinem Dreirad gerammt hatte, von ihr weg. »Jetz bass halt uff, wu du noufährschd Maadle! Do sin a noch anneri Laid uff dr Stroße. Entschuldigung«, wandte sie sich an Anke, die sich das schmerzende Bein rieb. Immerhin lenkte sie das vom Zahnweh und ihrem Hungergefühl ab. Und von den Tagträumen.

»Nix passiert«, versicherte sie der jungen Mutter und ging schnell weiter. Zu wem hatte die Hand gehört, die sich in ihrem Traum auf ihr Knie gelegt hatte? Olli oder Sven? Beide Männer kamen ihr in den Sinn. Nach gestern Abend war es eher Sven, der sich vor ihrem inneren Auge abzeichnete. Sie kannte ihn schon ewig, als Kumpel. Aber gestern war er irgendwie anders gewesen. Frecher, selbstbewusster. Das hatte ihr gefallen. Auf der anderen Seite ging ihr auch Olli nicht ganz aus dem Sinn. Der Hannoveraner hatte ihr gestern weitere Nachrichten geschickt, die sie bisher ignoriert hatte. Bei ihm war sie hin- und hergerissen. Das Material, das sie und Katja auf dem Stick gesehen hatten, ließ zumindest den Schluss zu, dass er sich nicht immer auf der richtigen Seite des Gesetzes bewegte. Möglicherweise stellte es sogar ein Motiv für den Mord an Ralph dar, musste sie sich eingestehen, als sie schnellen Schrittes den gut frequentierten Marktplatz überquerte und in die Kirchstraße einbog. Katja hatte versprochen, Hans-Werner von dem belastenden Material auf dem Datenträger zu berichten. Der Polizeihauptmeister hatte ihnen vertraut und keine Fragen gestellt, als sie ihn gebeten hatten, den Stick auszutauschen. Was sicher Katjas Charme zu verdanken war. Und dem Tod von Friederike Wittig-Anders, der die Prioritäten bei den Ermittlungen neu bestimmt hatte.

Graziano winkte ihr fröhlich zu, als sie sein Eiscafé passierte. Anke widerstand der Versuchung eines erfrischenden Eisbechers im Vorbeigehen. Eine Stunde hat der Zahnarzt gesagt, wobei Eis ja eigentlich als Flüssigkeit gewertet werden konnte. Allerdings eine kalorienhaltige. Sie winkte zurück und ging eilig weiter. Im Schaufenster der Buchhandlung Moritz und Lux lag der neueste Taubertalkrimi. Sie hatte ihn längst gelesen und sich angenehm gegruselt bei den Mordfällen, die sich quasi vor ihrer Haustür abspielten. Wer hätte gedacht, dass die Wirklichkeit die Fiktion so schnell einholen würde. Sie bog vom Gänsmarkt Richtung Bahnhofstraße ein, während ihre Gedanken wieder zu Olli schweiften. Wie süß er aussah, wenn er sich mit der Hand durch die Haare fuhr, die dann nach allen Seiten abstanden, und sein Blick, mit dem er sie ansah. Ihr Herz klopfte eine Nuance schneller bei dem Gedanken daran. Schneller als gestern bei Sven? Sie hatten sich wirklich gut unterhalten, und der ehemalige Schulkamerad hatte heftig mit ihr geflirtet. Mit Worten. Doch bisher hatte er sie nicht berührt. Noch nicht einmal eine Umarmung zur Begrüßung oder ein Küsschen auf die Wange zum Abschied. Olli dagegen hatte dauernd Körperkontakt gesucht. Plötzlich erinnerte sie sich an eine uralte Datingserie im Fernsehen mit dem schönen Namen »Herzblatt«. Ein Mann oder eine Frau stellte Fragen an mehrere Kandidaten, die ihr Herzblatt werden wollten. Ohne die Personen zu sehen, musste er oder eben sie sich, nur aufgrund der Antworten, für eine oder einen entscheiden. Bevor diese Entscheidung getroffen wurde, fasste eine freundliche Stimme aus dem Off die Highlights aus den Worten der Kandidaten zusammen, das klang dann in etwa so: »Liebe Anke: Möchtest du Kandidat eins, den verlässlichen und klugen Sven, deinen ehemaligen Schulkameraden, der dich besser kennt als du dich selbst? Oder ist dir eher nach

Kandidat zwei, dem lustigen Olli, der in einer unverbindlichen Wochenendbeziehung wilden Sex mit dir hat und immer für eine Überraschung gut ist? Jetzt, liebe Anke, musst du dich entscheiden: Wer soll dein Herzblatt sein?« Ihr Herz machte einen Sprung, als sie sich dem Verwaltungsgebäude näherte, in dem sich ihr Arbeitsplatz, das Standesamt, befand. Im Schatten neben dem Eingang machte sie eine Silhouette aus, die ihr bekannt vorkam. War das Wunschdenken oder …?

»Hallo, wenn die Standesbeamtin nicht zu ihrem Fan kommt, kommt der Fan halt zu ihr«, begrüßte sie Olli mit schiefem Grinsen.

»Äh, hallo.«

Der Hannoveraner deutete auf das Portal des Verwaltungsgebäudes. »Ich dachte eigentlich, ich warte, bis du zur Mittagspause gehst. Aber da bin ich wohl zu spät.«

»Mittag ist ausgefallen. War beim Zahnarzt.« Unvermittelt legte sie sich die Hand an die kaum noch schmerzende Wange.

»Oh.« Sofort berührten Ollis Fingerspitzen ihre Hand. »Tut es noch doll weh? Soll ich dich ablenken?«

»Ich muss leider arbeiten«, antwortete Anke mit dunkler Stimme.

»Hinterher?«

Unwillkürlich musste Anke an seinen Hintern denken, dessen bloßer Anblick ihr gestern zuteilgeworden war. Sie räusperte sich. »… jetzt, liebe Anke, musst du dich entscheiden, willst du lieber den heißen Hannoveraner oder den schüchternen …« Die Tür zum Standesamt öffnete sich und heraus trat: »Sven!« Ihr ehemaliger Schulkamerad schien genauso erstaunt wie sie. Seine

Augen wanderten von ihr zu Olli, dessen Hand sich eben wieder in Richtung ihres Gesichts erhoben hatte und auf halbem Weg verharrte.

Ankes Blick erfasste derweil die Bäckertüte in Svens Hand, und ihr Magen knurrte unpassenderweise laut.

Keiner nahm Notiz davon. Die beiden Männer fixierten sich, und es war ganz offensichtlich keine Wiedersehensfreude in ihrer beiden Blicke. Die Tür zum Verwaltungsgebäude fiel ins Schloss. Der Luftzug wirbelte ein paar Herzchen aus Stanniolpapier hoch, die eine der morgendlichen Hochzeitsgesellschaften hinterlassen hatte. Der Anblick brachte Anke in die Realität zurück. Die nächste Trauung würde in einer Viertelstunde beginnen, wie ihr die nahe Bahnhofsuhr zeigte.

»Äh, ich muss leider …« Mit diesen Worten überließ sie die zwei offensichtlichen Rivalen ihrem Schicksal.

Als sie drinnen an Moritz' geöffneter Bürotür vorbeiging, rief ihr der hinterher: »Anke! Du hattest Besuch.«

»Ich weiß«, murmelte sie mehr zu sich selbst und versuchte sich auf die gleich stattfindende Eheschließung zu konzentrieren, leider mit mäßigem Erfolg: »… jetzt, liebe Anke, musst du dich entscheiden, wer soll dein Herzblatt sein?«

*

Schokolade macht glücklich, dachte Kerstin Franke und leckte sich genüsslich den Rest der letzten Tauberkugel mit Zartbitter von den Fingern. »Wo, sagst du, gibt es diese Köstlichkeit?«, wandte sie sich an Hans-Werner Schmiedinger, der gerade mit einem Blatt Papier und geschäftiger Miene ihr Büro betrat.

»Die hier kommen von der Bäckerei Friedel aus Rothenburg. Du weißt schon, Rothenburg ob der Tauber. Meine Tante hat gestern mit den Senioren einen Ausflug dorthin gemacht.«

»Rothenburg kenne ich, klar. Gibt es da nicht dieses Weihnachtsdorf?«

Hans-Werner nickte. »Unter anderem ja. Da ist das ganze Jahr Weihnachten, nicht unbedingt meins, aber die Touristen mögen es, auch meiner Tante und den anderen alten Leutchen hat es gefallen.«

»Genau das schreckt mich ab, diese vielen Touristen. Ich habe mal gelesen, dass auf jeden Einwohner drei Besucher pro Tag kommen.« Kerstin runzelte die Stirn.

»Ja, es ist schon ziemlich viel los da«, gab der Polizeihauptmeister ihr recht, »es wird aber auch einiges geboten. Mir hat ja das mittelalterliche Kriminalmuseum besonders gefallen. Das ist interessant und schaurig schön«, er grinste, »es gibt ein Gewölbe mit Folterinstrumenten.«

»Hm, wer auf so etwas steht …«, stichelte die Hauptkommissarin.

»Es soll die Entwicklung des Rechts seit dem Mittelalter dargestellt werden«, referierte der Kollege, »gruselig ist es natürlich trotzdem, aber nicht gewaltverherrlichend. Und sehr informativ. Wir haben da mal an einer Führung im Rahmen eines Betriebsausflugs teilgenommen.«

»Das passt ja irgendwie«, grinste Kerstin und deutete auf den Zettel in Hans-Werners Hand. »Ich hoffe, dafür musstest du keine Foltermethoden anwenden.«

»Nein, da hat ein Cappuccino gereicht«, schmunzelte der. »Eine Kollegin, Alex, also Alexandra Büchner, die ich von einer Fortbildung kenne, macht gerade ein Praktikum bei der KTU. Sie ist da so was wie Mädchen für alles. Sie darf Berichte tippen und Kaffee holen. Dabei hab ich sie begleitet. Also beim Kaffee holen.« Er wedelte mit dem Papier vor Kerstins Nase herum.

»Und?«, wurde Kerstin ungeduldig. Ihr war klar, dass noch keine Analyseergebnisse der Tatortspuren vorliegen konnten, aber erste Erkenntnisse bei der Auswertung der Geschäftsdaten, E-Mails und Computernutzung erhoffte sie sich, nachdem durchgesickert war, dass die Geschäftsfrau ihre Technik offenbar nicht durch eine besondere Sicherheitssoftware geschützt hatte.

»Dass sie laut Browserverlauf mehrmals auf den Seiten illegaler Anbieter von Kugelfischen war, wissen wir ja schon. Und zwar einige Zeit vor dem Mord an Ralph Perlmann. Und übrigens auch vor dem Tod dieser Hamburgerin, die durch die gleiche Substanz zu Tode gekommen ist.«

»Gibt es zu der Frau sonst irgendwelche Berührungspunkte?«, hakte Kerstin ein.

Hans-Werner schüttelte den Kopf. »Nicht, dass ich oder die Kollegen wüssten. Sie haben allerdings bisher nicht gezielt danach gesucht. Offiziell haben die Todesfälle ja nichts miteinander zu tun. Was aber interessant ist«, er machte eine Kunstpause, in der Kerstin nervös mit ihren Fingern auf die Schreibtischplatte trommelte, »die Tote hat kurz vor ihrem Tod eine Fahrkarte bei der Bahn gebucht. Die lag im Ausgabefach ihres Druckers. In dem Zusammenhang haben die Kollegen ihr Kundenkonto dort gecheckt. Sie war nicht viel mit der Deutschen Bahn unterwegs. Aber sie hat tatsächlich ein Ticket für die Strecke Hannover-Hamburg gekauft. Zum Flex-Preis, will heißen, es gibt keine Zugbindung.«

»Hm, wenn man in Hannover wohnt, fährt man vielleicht mal nach Hamburg.«

»Als sie es gekauft hat, wohnte sie schon in Mergentheim. Und eine Fahrkarte von hier nach Hannover wurde keine gekauft. Und wie gesagt: Sie hatte das Kundenkonto in letzter Zeit nicht mehr genutzt, bis auf die Buchung an ihrem Todestag. Die Karte Hannover-Hamburg wurde übrigens vor dem Tod der Hamburgerin ausgestellt und zwar«, er machte es spannend, »für eine dritte Person.«

»Weiß man auch, wer diese dritte Person war?« Kerstin platzte beinahe vor Neugier, sah sie dem Kollegen doch an, dass er eine kleine Sensation auf Lager hatte.

»Ralph Perlmann«, ließ der die Bombe platzen.

Die Hauptkommissarin sog scharf die Luft ein. »Das ist allerdings eine Überraschung! Hast du die Kollegen darauf hingewiesen?«

Der Polizeihauptmeister nickte. »Es ist nur eine Frage der Zeit, bis sie akzeptieren, dass eine Verbindung zwischen den beiden Mordfällen besteht.«

»Hm«, stimmte Kerstin ihm nachdenklich zu. Dann wird vermutlich Peer die Ermittlungen für beide Fälle leiten, dachte sie. Immerhin hatte ihr der Staatsanwalt deutlich gemacht, wie unzufrieden er mit ihrer bisherigen Arbeit an dem Fall war. Die Vorstellung, in Peers Team degradiert zu werden, missfiel ihr, aber noch war es nicht so weit. »Die beiden hatten eine Beziehung«, dachte sie laut über Friederike Wittig-Anders und Ralph Perlmann nach.

»Die aber vorbei war.«

»Das hat sie zumindest behauptet.«

»Du meinst, die zwei waren nach wie vor ein Paar? Warum heiratet er dann diese Ärztin? Und was sollte diese Geschichte mit dem Fugu und dem«, er zögerte, »Mord?«, fuhr er dann unsicher fort, »an der Hamburger Geschäftsfrau?«

»Vielleicht war es ein Unfall? Oder die Tote war ein Versuchskaninchen, und sie wollten ausprobieren, wie das Gift wirkt«, überlegte Kerstin.

»Wie krank ist das denn?«

»Was ist krank?«, wollte Torsten Ebert wissen, der soeben mit Polizeimeister Markus Bayer im Schlepptau das vorübergehende Dienstzimmer der Hauptkommissarin betrat. Die beiden hatten noch einmal das Gespräch mit Perlmanns Witwe gesucht, nachdem die gestern ihre angekündigte Aussage ohne nähere Erklärung zurückgezogen hatte. Die beiden Männer suchten sich jeweils eine Sitzgelegenheit. Torsten schielte dabei enttäuscht auf den leeren Teller vor Kerstin, auf dem sich bei seinem Weggang ein Schneeball und verschiedene sogenannte Tauberkugeln befunden hatten. Jetzt lagen da nur noch ein paar Krümel.

Hans-Werner Schmiedinger berichtete, was er herausgefunden hatte und zu welchen Schlüssen er und Kerstin gerade dabei waren zu kommen.

»Nach allem, was wir über Ralph Perlmann bisher rausgekriegt haben, würde ich ihm so etwas durchaus zutrauen«, kommentierte Torsten seine Ausführungen schließlich.

Markus nickte zustimmend.

»Zunächst müssen wir in Erfahrung bringen, ob Perlmann tatsächlich in der fraglichen Nacht mit dem ICE von Hannover nach Hamburg gefahren ist«, ordnete Kerstin an.

»Also auf der Liste, die uns die Kollegen aus Hamburg geschickt haben, war zumindest kein Ralph Perlmann«, wusste Torsten, »die hatten uns selbstverständlich eine Aufstellung aller in der Nacht kontrollierten, personalisierten Fahrkarten zur Verfügung gestellt, und ein bekannter Name wäre uns aufgefallen.«

»Vielleicht hat er sich im Klo eingesperrt, um nicht überprüft zu werden«, versuchte Markus sich an einer Erklärung.

Torsten runzelte die Stirn. »Das würde bedeuten, dass er etwas Illegales im Schilde geführt hat.«

»Oder er musste mal und ist zufällig der Kontrolle entgangen. Falls er überhaupt im Zug war«, hielt Kerstin dagegen. »Wäre ja sonst ziemlich blöd, ein Ticket auf den eigenen Namen zu kaufen und es zu nutzen. Irgendwie passt das nicht zusammen. Schick den Kollegen ein Foto von ihm, vielleicht erinnert sich jemand vom Personal oder von den Zeugen an ihn«, wandte sie sich an Torsten. »Und dann müssen wir die Kollegen dazu bringen, die Fahrkarte zu überprüfen. Nachdem wir die jetzt haben, muss sich doch feststellen lassen, ob und wann sie genutzt wurde.«

Hans-Werner sprang auf. »Das kann ich machen. Ich rede mit meiner Bekannten.«

»Und wenn sich herausstellt, dass wir recht haben und Perlmann tatsächlich in der Nacht nach Hamburg unterwegs war«, meldete Markus sich zu Wort, »was ich, nebenbei bemerkt, glaube. Wer hat dann ihn umgebracht? Meint ihr, diese Cateringfrau steckt dahinter?«

»Oder er hat das Gift aus Versehen zu sich genommen«, lieferte Hans-Werner eine weitere mögliche Erklärung.

»So oder so bleibt die Frage, wer wiederum die Cateringfrau auf dem Gewissen hat«, überlegte Markus weiter. »*Das* war definitiv kein Unfall.«

*

Er war wütend. Gestern noch hatte er sich so stark wie nie gefühlt. Mächtig. Der Herr über Leben und Tod. Er konnte alles haben.

Und er wollte Anke! Zunächst war er selbst überrascht über seine Gefühle ihr gegenüber. Sie war nicht perfekt, aber perfekt für ihn. Noch gestern war er sich sicher gewesen, dass es nur eine Frage der Zeit sei, bis sie das verstehen würde und sie beide ein Paar werden würden. Ihr Zögern reizte ihn nur noch mehr. Er sah es als Herausforderung und hatte sie deshalb spontan auf dem Standesamt besuchen wollen. Und dann war da dieser andere Kerl gewesen. Er hätte es sich denken können, dass der etwas von Anke wollte. Nein, er hatte es gewusst. Das war nicht das Problem. Das Problem war, dass er Anke ganz offensichtlich ebenfalls nicht gleichgültig war, so wie sie ihn angesehen hatte. Wie ein hypnotisiertes Kaninchen. Und dann war sie regelrecht geflüchtet vor ihnen. Vor der Entscheidung. Und sie beide waren allein zurückgeblieben. Er hatte schließlich vorgeschlagen, noch etwas gemeinsam zu trinken.

»Nee, lass man«, hatte sein Gegner geantwortet und sich zum Gehen gewandt.

»Du magst sie?«, hatte er ihm hinterhergerufen.

Der andere hatte sich umgedreht. »Du auch?«, war seine Gegenfrage gewesen.

Was hätte er darauf antworten sollen? Er hatte nur mit den Schultern gezuckt, und sein Rivale hatte ihn mit einem, wie ihm schien, mitleidigen Blick bedacht und das Feld geräumt. Er hatte ihm nachgesehen, war einen Moment versucht gewesen, ihm zu folgen und ihm zu raten, sich nicht mit ihm anzulegen. Ihm zu sagen, mit *wem* er es zu tun hatte. Er hatte es gelassen. Mit geballten Fäusten stand er da und folgte dem anderen mit den Augen, wie der die Härterichstraße in Richtung Innenstadt schlenderte. Um ihn herum strebten Menschen dem Standesamt zu. Wahrscheinlich eine Hochzeitsgesellschaft. Die mit dem hellblauen Kleid, dem auffälligen Hut und dem Blumenstrauß war wohl die Braut. Sie war unübersehbar aufgeregt und redete unaufhörlich auf eine ältere Frau ein, die ebenso geschmacklos gekleidet war. Er stellte sich Anke bei ihrer Trauung vor. Sie würde ein schlichtes Designerkleid tragen und er einen Maßanzug. Außer ihnen wäre niemand zugegen. Er wusste, dass Trauzeugen für die standesamtliche Eheschließung nicht mehr notwendig waren, und er wollte auch keine. Kannte niemanden, den er sich in dieser Rolle vorstellen konnte. Jemand rempelte ihn an. »Hey! Pass doch auf!«, drohte er.

»Selwer schuld. Wemmer a sou blöd im Weech rumschdät«, keifte der Mann zurück. Er trug einen großen Karton mit sich und strebte an ihm vorbei zur Eingangstür des Amtsgebäudes.

Wahrscheinlich irgendeine peinliche Überraschung für das Brautpaar, dachte er.

Nein, so etwas würde *er* sich sicher nicht antun und

Anke ebenso wenig. Dessen war er sich sicher. Bei ihrer beider Trauung würde alles anders sein. Dafür würde er sorgen.

Inzwischen war sein Rivale aus seinem Blickfeld verschwunden.

Ja, und er würde außerdem dafür sorgen, dass niemand diese Verbindung verhindern konnte. Der andere würde Anke nicht bekommen, dafür würde er ebenfalls sorgen!

*

»Du glaubst aber jetzt nicht wirklich, einer der beiden hat Ralph und diese Frau auf dem Gewissen?« Ungläubig starrte Anke ihre Freundin Katja an.

Die hatte sie gerade von der Arbeit abgeholt. Nun schlenderten die beiden die Poststraße entlang. Ihr Ziel war der Kurpark, wo sie ein paar Schritte gehen wollten. »Ein bisschen Bewegung tut dir gut«, hatte Katja Anke erklärt. »Außerdem ist es zu früh zum Abendessen, und ein Eisbecher im Venezia ist deiner Bikinifigur nicht gerade zuträglich.«

»Musst du immer den Finger in die Wunde legen«, hatte Anke geantwortet, sich aber zu einem kleinen Spaziergang überreden lassen. Der Park war wirklich schön und sie schon lange nicht mehr dagewesen. Kaum waren sie in Richtung der Anlagen unterwegs und Anke hatte von der mittäglichen Begegnung mit Sven und Olli berichtet, konfrontierte Katja sie mit den Verdächtigungen gegen ihre zwei Verehrer.

»Ich habe nur gesagt, es *könnte* sein. Hans-Werner hat mir erzählt, dass Olli und seine Schwester immer noch nichts zu dem Datenstick gesagt haben.«

»Hast *du* ihm denn etwas dazu gesagt?«, wollte Anke wissen.

»Nicht direkt«, wand sich die Freundin, »wenn das rauskommt, dass wir uns die Daten angesehen haben, gibt das Ärger.«

»Du hast also …«

»Ich bin bei unserer ursprünglichen Behauptung geblieben, dass wir den Stick aus Versehen vertauscht und die Daten darauf nicht angesehen haben.«

»Und das hat er dir geglaubt?«

»Klar, warum sollte er mir misstrauen? Und ich konnte doch jetzt nicht mehr zurück. Interessanter ist doch, dass Janette erst den Stick der Polizei übergibt und ihn am Tag darauf zurückfordert. Da könnte ihr Bruder die Finger im Spiel haben. Die Daten wären ein Motiv für den Mord an Ralph. Du hast gesagt, er konnte ihn nicht leiden, und wenn er dann noch rausgefunden hat, dass er ein Betrüger und Erpresser war …«

»Und die Wittig-Anders hat er gleich mit umgebracht?«, fiel Anke ihr mit erhobener Stimme ins Wort. Ein älterer Herr, der ihnen entgegenkam, sah sie erschrocken an. »Ich meine«, fuhr sie leiser fort, »wie passt die in deine Theorie?«

»Vielleicht hat sie etwas beobachtet und ihn erpresst. Sie hat gerade erst ihr Cateringunternehmen eröffnet, und es lief noch nicht wirklich gut. Sie konnte eine Finanzspritze gebrauchen.«

Die beiden Frauen überquerten die Bahngleise und bogen in den Badweg ein. »Wenn das so war, dann müsste die Polizei das wissen. Ich meine, die checken doch die Mails und Telefonanrufe der Opfer. Hat dein Hans-Werner *dazu* etwas gesagt?«

»*Mein* Hans-Werner hat sich dazu nicht geäußert.« Katja klang ein klein wenig eingeschnappt. »Das darf er auch gar nicht.«

»Na, dann …« Anke war ebenfalls etwas verschnupft. »Du meinst also, er möchte mich nur aushorchen, um zu wissen, wie viel ich weiß?«, kam sie auf Olli zurück.

Katja legte der Freundin den Arm um die Schultern und sah sie von der Seite an. »Ich meine nur, du solltest vorsichtig sein. Der Stick lag auf dem Tisch, als wir ihn zu Hause aufgesucht haben, und wahrscheinlich hat er auch gesehen, wie du ihn angeschaut hast. Den Stick, meine ich.«

»Ach, wie habe ich ihn denn angeschaut?« Anke blieb abrupt stehen und funkelte die Freundin wütend an.

»Neugierig halt. Ich will damit nur sagen: Es *könnte* sein, dass er *möglicherweise* einen Zusammenhang hergestellt hat. Immerhin bist du Ralphs Exfrau. Dann tauchst du auch noch auf der Trauung auf«, versuchte Katja zu erklären. »Und du hast ihn bei eurem ersten Date über Ralph und diese angebliche Fitnesstorte ausgefragt. Das hast du mir selbst erzählt. Na ja, und um das Gutachten geht es ja wohl auf dem Stick.«

Anke senkte den Blick. »Hm.« Ihr Handy machte sich mit einem Signalton bemerkbar. Sie kramte es hervor und rief die WhatsApp-Nachricht auf. »Wenn man vom Teufel spricht«, murmelte sie.

»Er will dich treffen.« Das war keine Frage, sondern eine Feststellung.

»Ja.«

»Wann?«

Anke tippte und wischte übers Display. »Sobald wie möglich«, antwortete sie dann.

»Lass ihn zappeln. Schlag morgen Abend vor«, forderte Katja. »Wenn er dich ausfragen will, ist ihm das zu spät.«

»Wenn er mich mag, auch!«, war die trotzige Erwiderung, dennoch schlug sie ein Date für den kommenden Abend vor. Ein paar Sekunden später zeigte sie ihrer Freundin die Antwort, die aus einem knappen »Freue mich!«, einem erhobenen Daumen und mehreren Herzchen bestand. »Und was sagt die Beziehungsexpertin jetzt?« Anke blickte vom Display ihres Handys hoch.

»Dass das mit der Liebe ganz schön kompliziert ist«, antwortete Katja mit einem schiefen Grinsen.

*

»Wollen wir ein paar Schritte gehen? Da können wir uns in Ruhe unterhalten.« Der Oberstaatsanwalt deutete auf das Fenster in Richtung des Schlosshofs und lächelte Kerstin Franke fragend an.

»Warum nicht?« Die Hauptkommissarin erhob sich und trat auf ihren überraschenden Gast zu. Ihr Herz klopfte wild. Nach dem Desaster ihres frühmorgendlichen Zusammentreffens und dem demütigenden Erlebnis des Meetings, in dem sie lediglich eine mickrige Statistenrolle innegehabt hatte, erwartete sie das Schlimmste. Ein Besuch des »Herrn des Verfahrens« bedeutete so oder so nie Gutes.

Obwohl Vinzenz Fürst freundlich wirkte und beim Eintreten die Zufälligkeit seines Hierseins betonte: »Ich dachte, ich schau mir mal an, wie Sie untergebracht sind«, hatte er gemeint, als ihn Markus Bayer hereingebracht hatte. Er trug eine ausgewaschene Jeans und ein dezent gemustertes Hemd ohne Krawatte. Ganz offensichtlich befand er sich im Freizeitmodus. Jetzt fuhr er sich lässig durch die leicht feuchten, dunkelbraunen Haare, womit er diesen Umstand offenbar betonen wollte. Mit höflicher Geste wies er ihr die Tür und folgte ihr durch den kleinen Vorraum hinaus auf den Bad Mergentheimer Schlosshof.

Das Wetter war nach wie vor herrlich. Die Sonne schien, es herrschten angenehme 25 Grad. »Schön ist es hier«, befand er.

»Hm«, brummte Kerstin und betrachtete ihn lauernd von der Seite, während sie den Ausgang aus dem Hof in Richtung des Parks ansteuerten.

Eine Weile gingen sie schweigend nebeneinander her. Am Kassenhäuschen zückte der Staatsanwalt wie selbstverständlich sein Portemonnaie und löste zwei Eintrittskarten, ohne sich eine Quittung geben zu lassen.

»Wie war es im Solymar?«, versuchte Kerstin sich an einem unverfänglichen Thema.

»Sehr angenehm. Vormittags ist es nicht so voll da.« Offenbar kannte Vinzenz Fürst die Therme. »Ich kann es nur empfehlen, wenn man den Kopf freibekommen möchte. Eine kleine, aber sehr effektive Auszeit.« Er wandte sich ihr zu und lächelte. Um seine braunen Augen erschienen unzählige Fältchen. »Vielleicht sollten Sie sich auch mal eine Pause gönnen.«

»Wollen Sie mir den Fall ganz wegnehmen?«, platzte Kerstin heraus.

Abrupt blieb der Oberstaatsanwalt stehen und blickte sie aufmerksam an. »Wie kommen Sie darauf?«

Kerstin wurde rot. »Ich … ich dachte. Nach dem Meeting heute Morgen. Und …und jetzt legen Sie mir eine

Auszeit nahe …« Und sind so nett, ergänzte sie in Gedanken verwirrt.

»Ich habe Ihnen keine Auszeit *nahegelegt.*« Sein Gesicht war nur noch wenige Zentimeter von ihrem entfernt. Sie konnte sein Aftershave riechen. Ihr Puls beschleunigte sich auf gefühlte 120 Schläge die Minute.

»Dann habe ich Sie missverstanden.« Warum starrte der Kerl sie bloß so ungeniert an? Hatte sie einen Pickel auf der Nase oder …?

»Sie haben da einen Schokoladenfleck am Kinn.«

Kerstin räusperte sich. Sie kam sich vor wie ein Kaninchen vor einer Schlange. Sie spürte, wie ihr der Schweiß den Rücken hinunterrann. Wahrscheinlich glich ihre Gesichtsfarbe inzwischen einer überreifen Tomate. Hektisch begann sie sich das Kinn zu reiben.

»Das erinnert mich daran, dass ich Hunger habe.« Vinzenz Fürst lächelte. »Darf ich Sie zu einem Stück Kuchen einladen? Man hat mir gesagt, im Kurpark gibt es ein reizendes kleines Café unweit des Musikpavillons.« Er reichte ihr ein Taschentuch und wandte sich zum Gehen. So zielstrebig wie er voranging, kannte er den Weg zu besagter Location.

Kerstin blieb nichts anderes übrig, als ihm zu folgen. Was war nur los mit ihm? Gestern noch hatte er ihre fehlenden Ermittlungsergebnisse bemängelt und ihr unkooperatives Verhalten kritisiert. Bei ihrem Zusammenstoß am Morgen hatte sein Blick ihr Ungeschicklichkeit vorgeworfen. Beim Meeting hatte er sie kaum beachtet. Und jetzt lud er sie plötzlich zum Kaffeeklatsch ein. Das alles, nachdem er den gesamten Vormittag mit ihrem Erzfeind Peer Sauerwein verbracht hatte. Hatte die äußerliche Reinigung im Solymar gleichzeitig eine Gehirnwäsche bei ihm bewirkt? Vielleicht war er ja durch das Zusammensein mit Peer dahintergekommen, was für ein Aufschneider der war?

»Hier sind also die Fotos von dem Brautpaar entstanden«, stellte er fest, als sie die kleine Brücke unweit des Kneippbeckens überquerten. »Sehr idyllisch.«

Offensichtlich hatte Vinzenz Fürst beim morgendlichen Meeting doch genauer hingesehen, als es den Anschein gehabt hatte, sonst hätte er das nicht gewusst. Zielstrebig ging er voran an der Wandelhalle vorbei. Sein Blick streifte wohlgefällig die gepflegte Rasenfläche und den darauf befindlichen Brunnentempel. »Wunderschöne Anlage«, schwärmte er wieder.

»Hier könnte das Opfer das Gift zu sich genommen haben«, zerstörte die Hauptkommissarin seine beinahe romantisch zu nennende Stimmung.

»Gut, dass Sie mich daran erinnern.« Wieder erschienen unzählige Lachfältchen um seine dunklen Augen.

»Die Obduktion hat gezeigt, dass es sich in einer alkoholhaltigen Flüssigkeit befunden hat. Wir haben den ganzen Park durchkämmt, aber kein entsprechendes Gefäß gefunden.«

»Ich weiß. Ich lese Ihre Berichte«, nickte der Fürst und ergänzte wie zur Bestätigung dieses Satzes: »Nicht mal im Bach oder dem kleinen Teich gab es eine Spur. Meinen Sie, Perlmann ist hier auf seinen Mörder getroffen, und der war bei der anschließenden Trauung gar nicht dabei?«

Kerstin Franke seufzte. »Laut seiner Braut und deren Bruder sind sie niemandem begegnet.«

»Hm. Schon klar«, auch um diese Tatsache schien der Oberstaatsanwalt zu wissen. »Und die Fotos bestätigen das. Die beiden könnten allerdings lügen.«

»Warum?«

Er zuckte die Achseln. Einen Moment hingen beide ihren Gedanken nach.

»Es war also vermutlich jemand, den wir kennen«, brachte es Fürst auf den Punkt. Sie hatten den Musikpavillon erreicht, er suchte mit den Augen den Außenbereich des angrenzenden Cafés nach einem freien Platz ab.

»Wieso meinen Sie eigentlich, die beiden Morde haben nichts miteinander zu tun?«, fragte Kerstin unvermittelt.

»Meine ich das?«, sein Ton war erstaunt. »Nur, weil ich Sie gebeten habe, sich mehr auf den Perlmann-Fall zu konzentrieren und Ihnen Peer als Partner zur Seite gestellt habe?«

»Partner?«, schnaubte Kerstin.

»Übrigens: Von *zwei* Morden ist nicht die Rede«, ging er nicht auf ihren Einwurf ein, »Sie wissen doch sicher: Offiziell kann ein Tötungsdelikt nur vom Gericht als Mord gewürdigt werden, was im Fall der zweiten Toten noch nicht gegeben ist.«

»Da ist was frei«, fiel sie ihm ins Wort. Wie hatte sie diesen eingebildeten Klugscheißer auch nur einen Moment sympathisch finden können?

*

Peer Sauerwein betrat einen der Veranstaltungsräume, den die Leitung des Central Hotels der Kriminalpolizei zur Verfügung gestellt hatte. Hans-Werner Schmiedinger und *seine* Praktikantin, Alexandra Büchner, saßen über einen der zahlreichen Laptops gebeugt und studierten eifrig die Telefondaten der Toten.

»Was machst *du* denn da?«, blaffte Peer den Polizeihauptmeister an.

»Guten Tag«, grüßte der Angesprochene betont freundlich.

»Amtshilfe!«, informierte ihn Alexandra knapp.

»Verarsch mich nicht!«, maulte Peer sie an. »Vor einer halben Stunde habe ich noch mit Vinzenz gesprochen, und der hat mir nichts von Amtshilfe gesagt.« Er spuckte das Wort aus, als sei es etwas besonders Widerliches. »Das hier sind *meine* Ermittlungen, und da brauche ich keine Spione!«

Die junge Frau erhob sich und baute sich vor ihm auf. »Sag mal, hörst du dir eigentlich selbst zu? Willst du einen möglichen Mord lösen oder führst du einen Privatkrieg gegen Kerstin?«

»Wie redest du denn mit mir? Ich bin immerhin für die Dauer der Ermittlungen dein Chef! Wenn du nicht sofort …«

»Äh, hallo, entschuldigen Sie bitte, ich hatte geklopft, aber …« Ein etwa 40-jähriger, blasser Mann stand im Türrahmen und sah sich unschlüssig um.

»Herr Zehnder, ich grüße Sie.« Alexandra trat auf den Besucher zu, wobei sie einen warnenden Seitenblick auf Peer warf.

»Einen Moment bitte«, vertröstete der mühsam beherrscht den sichtlich Verunsicherten und wandte sich an seine Praktikantin, »kommst du kurz mit!«, das war ein Befehl und keine Frage. Er zog sie am Arm vor die Tür.

Hans-Werner begrüßte seinerseits den vormaligen Mitarbeiter von Friederike Wittig-Anders und bat ihn, Platz zu nehmen. »Schön, dass Sie so kurzfristig vorbeikommen konnten. Mich kennen Sie ja schon.«

Vor der Tür hörte man Alexandra und Peer aufgeregt tuscheln. Endlich betrat die junge Frau erneut den Raum, während sich der Hauptkommissar grußlos entfernte. Alex grinste Hans-Werner zu und stellte sich ihrem Gast vor. Nachdem die Formalitäten geklärt waren, Frank Zehnder einer Tonaufnahme zugestimmt und einen Kaffee abgelehnt hatte, begannen sie mit der Befragung.

»Herr Zehnder, wir sind dabei, die letzten Stunden vor dem Tod ihrer Chefin zu rekonstruieren und dabei auf ein Telefonat mit Ihnen gestoßen.« Alex sah Zehnder auffordernd an, der daraufhin nickte.

»Worum ging es dabei?«, hakte deshalb Hans-Werner nach. Bei seiner Vernehmung gestern am Tatort hatte der Mitarbeiter der Toten nichts von einem Gespräch mit ihr erwähnt, allerdings hatte er da auch unter Schock gestanden und es möglicherweise schlichtweg vergessen. Wobei selbiges Telefonat immerhin eine Viertelstunde gedauert hatte, es musste also mehr als eine kurze Verabredung für den Abend gewesen sein.

Die beiden Ermittler hatten anhand von Anrufliste und Browserverlauf ihres Rechners den folgenden Ablauf von Wittig-Anders rekonstruiert: Erst hatte sie auf den Seiten von verschiedenen potenziellen Geschäftspartnern gesurft. Dabei waren Weingüter und Winzergenossenschaften, aber auch Biobauern aus der Region in der Liste aufgetaucht. Das Ganze schien zufällig und eher ziellos gewesen.

Bis zu dem Anruf von Frank Zehnder. Danach hatte sie ohne Umschweife eine Fahrkarte nach Würzburg gebucht, anschließend zwei kurze Telefonate geführt. Eins mit dem Festnetzanschluss von Ralph Perlmann und eines mit dem von Sven Gabriel. Sowohl mit Perlmanns Witwe, als auch mit Sven Gabriel beabsichtigten sie im Anschluss zu sprechen.

Nach diesen ausgehenden Anrufen waren zwei weitere von Kunden eingegangen, die aber lediglich auf der Mailbox gelandet waren.

Frank Zehnder räusperte sich. »Es ging um diese blöde Fitnesstorte. Sie haben bestimmt davon gehört oder vielleicht schon probiert?« Alex schüttelte den Kopf, doch Hans-Werner wusste Bescheid und klärte sie kurz auf.

»Also, Friederike wollte etwas Ähnliches anbieten. Immerhin haben wir mit gesundem Catering geworben.« Er massierte sich mit zwei Fingern die Nasenwurzel. »Sie war regelrecht besessen von dieser Torte. Behauptete, Ralph habe das ursprüngliche Rezept von ihr. Aber sie ist einfach nicht dahintergekommen, was er daran verändert hatte, um sie kalorienarm und was weiß ich nicht alles zu machen.« Er seufzte tief. »Angeblich hatte er ein Gutachten, laut dem die Torte ein wahres Wunderwerk an Gesundmachern war. Cholesterinsenkend, weil nur aus mehrfach ungesättigten Fettsäuren und praktisch kalorienfrei.« Er lachte unfroh. »Perlmann hat sie beinahe überall angeboten. Nur mit Friederike konnte oder wollte er nicht handelseinig werden.«

Hans-Werner versuchte, sich seine Ungeduld nicht anmerken zu lassen, denn bisher war das nichts Neues für ihn. Unauffällig checkte er die Nachrichten auf seinem Handy.

Auch Alexandra war bisher mäßig beeindruckt. Sie schenkte sich Kaffee nach und hob fragend die Kanne in Zehnders Richtung.

Der schüttelte dankend den Kopf und fuhr fort: »Na ja, um es abzukürzen: Ich habe ein Stück von der Torte bei einer Bekannten in einem Labor in Würzburg analysieren lassen.«

Nun hatte er die ungeteilte Aufmerksamkeit beider Ermittler.

»Die Wundertorte ist ein Fake!«, ließ er die Bombe platzen.

»Wie?«, fragte Hans-Werner entgeistert. »Sie meinen, das Gutachten ist …«

»Gefälscht!«, vervollständigte Zehnder, die blassen Wangen hatten inzwischen eine rosige Farbe angenommen. »Und genau das hat mir meine Bekannte berichtet, und ich habe es Friederike erzählt. Die Details habe ich nicht verstanden, deshalb hat meine Bekannte angeboten, Friederike alles persönlich zu erklären. Deswegen nehme ich an, hat sie die Fahrkarte nach Würzburg gekauft. Warum sie nicht mit dem Wagen fahren wollte, weiß ich nicht. Eigentlich hatten wir ausgemacht, bei unserer Verabredung abends noch einmal in Ruhe darüber zu reden.« Er vergrub sein Gesicht in den Händen. »Meinen Sie, sie hat etwas Unbedachtes getan? Irgendjemanden mit dem Ergebnis konfrontiert, der sie umgebracht hat?«

*

»Also mir gefällt Olli besser als Sven«, urteilte Katja. »Auch wenn Sven sich echt gemacht hat, er neigt zum Klammern.«

Die beiden Freundinnen hatten ihren Rundgang beendet und waren auf dem Weg zum Bahnhof, wo Katjas Fahrrad stand.

»Ich dachte, du verdächtigst Olli der krummen

Geschäfte? Oder womöglich sogar des Mords«, wandte Anke ein.

»Hm, ehrlich gesagt, traue ich keinem der beiden einen Mord zu«, relativierte Katja.

»Auf einmal?«

Katja baute sich vor der Freundin auf und lächelte schief. »Ach Anke, da ist es vielleicht doch etwas mit mir durchgegangen. Ich meine, das ist alles so aufregend. Ein, ach nein sogar zwei Morde in unserem beschaulichen Kurstädtchen.« Sie machte eine ausholende Bewegung. »Und wir beide mittendrin. Weißt du noch, wie wir als Kinder Detektiv gespielt haben?«

Natürlich erinnerte Anke sich. »Klar. Unser größter Fall war das verschwundene Tagebuch von Kiki Weber. Wir haben Olaf aus der Parallelklasse beschattet.« Sie kicherte. »Dabei hat die blöde Kuh ihr Buch bloß im Bus liegen lassen.«

»Und Olaf hat es gefunden. Das war ein gnadenloses Verhör, das ich mit ihm geführt habe.«

»Ja! Und du hast die ganze Wahrheit ans Licht gebracht«, lobte Anke.

»Während ihr die Kumpels von Olaf in Schach gehalten habt. Habt ihr denen nicht die Luft aus den Fahrradreifen gelassen?«

»Klar! Ich erinnere mich daran. Die haben uns ganz schön verprügelt. Und die doofe Kiki hat sich nicht einmal bedankt.«

Katja seufzte. »Trotzdem hatten wir unseren Spaß.« Spontan nahm sie Anke in den Arm. »Aber das hier ist kein Spiel. Und ich kann mir einen Bekannten wie beispielsweise Sven nicht als Mörder vorstellen. Du etwa?«

Anke ging es ähnlich. Sven kannte sie seit ihrer Schulzeit. Er war zwar schon immer etwas komisch gewesen, aber stets hilfsbereit. Um dazuzugehören, hatte er sich einiges gefallen lassen. Vor allem von Ralph. Auf der anderen Seite war er durch seine Beziehung zu Ralph kein Außenseiter mehr gewesen. Eine sogenannte Win-win-Situation, mit der beide ganz gut gelebt hatten. Und nicht nur einmal hatte der gutmütige Sven von Ralph abgelegte oder abgewiesene Verehrerinnen getröstet, und auch sie hatte sich bei ihm ausgeheult, wenn sie mit Ralph gestritten hatte. Allerdings konnte sie sich nicht daran erinnern, dass Sven in Schultagen je eine Freundin gehabt hatte. Als sie ihn gestern Abend darauf angesprochen hatte, hatte er nur gelächelt. »Es war halt damals nie die Richtige dabei«, hatte er gemeint und dann von einer Frau erzählt, mit der er verlobt gewesen war. Was mit dieser Liebe passiert war, hatte Anke nicht genau herausgefunden, nur dass seine damalige Verlobte gestorben sei. Anke hatte sich nicht getraut nachzubohren, ob sie durch Unfall oder Krankheit zu Tode gekommen war. Wenn er das wollte, würde er es ihr sicher anvertrauen.

»Nein, Sven kann keiner Fliege etwas zuleide tun«, teilte sie ihrer Freundin das Ergebnis ihrer Überlegungen mit. »Und Olli …« Bei dessen Erwähnung schob sich sofort das Bild seines knackigen Hinterns vor ihr inneres Auge und bewirkte, dass ihr ein wohliger Schauer über den Rücken lief. »Na ja«, antwortete sie mit belegter Stimme. »Als Mörder kann ich ihn mir auch nicht vorstellen.«

Katja grinste frech. »Wohl eher als Lover! So wie du schaust.« Dann wurde sie ernst und umarmte die Freundin zum Abschied. »Süße, geh nach Hause, mach dir erst einmal was Leckeres zu essen und zieh am besten den Stecker aus dem Telefon. Dann kannst du in Ruhe überlegen, welcher der beiden dir besser gefällt. Und ich versuche inzwischen rauszufinden, ob einer der zwei ein böser Bube ist.« Sie lächelte verträumt vor sich hin.

»Und dazu triffst du dich ganz uneigennützig mit Polizeihauptmeister Schmiedinger aus Neunkirchen«, lachte Anke.

»Was macht man nicht alles für seine beste Freundin.«

Anke boxte Katja in die Seite. »Du hast recht. Ich brauche dringend eine Mütze Schlaf. Und außerdem bin ich am Verhungern, ich kann ja schon gar nicht mehr klar denken.« Damit verabschiedeten sich die zwei Frauen. Katja schwang sich aufs Fahrrad. Anke machte einen kleinen Umweg in die Gasse Ledermarkt, wo sich das Stadtlädle befand. Dort kaufte sie kurz vor Ladenschluss schnell ein paar Tomaten und ein Bund Basilikum. Nudeln und Pesto hatte sie zu Hause, und mit den frischen Zutaten würde sie zur Pasta einen leckeren und gesunden Salat und damit ein köstliches Abendessen zaubern. »Nudeln machen glücklich!«, sagte sie laut vor sich hin, als sie in die Nonnengasse einbog. Ihr Magen knurrte heftiger. Immerhin hatte sie seit beinahe 24 Stunden nichts Ordentliches mehr gegessen. Der mittägliche Zahnarztbesuch hatte die Schmerzen zum Glück nachhaltig vertrieben. Jetzt hatte sie sich ein bisschen glücklich machende Kohlehydrate verdient. Über eine Diät würde sie nachdenken, wenn sie satt wäre.

Als sie die Außentüre aufschloss, vibrierte ihr Handy. Sie hatte sich vorgenommen, keine Gespräche anzunehmen, konnte sich aber dennoch einen Blick auf dessen Display nicht verkneifen: Sven. Sie zwängte sich durch die Tür, den Blick aufs Handy gesenkt.

Jetzt, liebe Anke, musst du dich entscheiden …

Inzwischen war die Mailbox drangegangen. Sie steckte das Mobiltelefon in die Tasche ihres Leinenblazers und stiefelte die Treppe zu ihrer Wohnung hoch. Im dämmrigen Licht des Treppenhauses sah sie etwas Rotes auf dem Absatz vor ihrer Wohnung glitzern. Ein Herz aus Stanniolpapier. War das ein Zeichen? Anke steckte den Schlüssel ins Schloss. Hatte sie vergessen abzuschließen? Sie spürte erneut ihr Handy vibrieren. Hatte sie sich eben noch geschmeichelt von der Aufmerksamkeit gefühlt, machte sich nun leichter Unmut in ihr breit. Erst der mittägliche Besuch im Standesamt, und jetzt bombardierte Sven sie mit Anrufen. Das grenzte ja an Stalking. Während sie das Telefon aus der Tasche zerrte, schob sie mit der Ferse die Tür hinter sich zu. Im fensterlosen Flur herrschte Halbdunkel.

»Olli«, leuchtete ihr vom Display entgegen. Warum rief er an? Sie waren doch bereits für morgen verabredet, und da hatte er per WhatsApp Kontakt aufgenommen. Wenn ihm etwas dazwischengekommen war, konnte er ihr das darüber mitteilen. Heute Abend wollte sie ihre Ruhe. Sie drückte das Gespräch weg. Die plötzliche Stille und Dunkelheit jagte ihr eine Gänsehaut über den Rücken. War da ein Geräusch im Treppenhaus? Oder kam das aus ihrem Wohnzimmer?

Sie lauschte. Im absoluten Dunkel konnte sie sich vollkommen auf sämtliche Umgebungsgeräusche konzentrieren. Außer dem Geschrei der Kinder, die im Innenhof Fußball spielten, war nichts zu hören.

Meine Fantasie geht mit mir durch, dachte sie, als sie die Tür zum Wohnbereich öffnete. Hatte sie die am Morgen geschlossen? Das machte sie normalerweise nie. Ihr

Puls beschleunigte sich, während sie ihren Blick über die Einrichtung schweifen ließ. Harmlos lag alles da. Der Anrufbeantworter blinkte hektisch, und ihren Laptop hatte sie vergessen auszuschalten, doch das kam beides häufiger vor und war nun wirklich kein Grund zur Beunruhigung. Wenn ihre Mutter gewusst hätte, wie nervös sie gerade reagiert hatte, hätte sie direkt Sven benachrichtigt, damit er bei ihr Wache halten und sie vor Mördern beschützen könne, ging es ihr durch den Kopf. Der Gedanke wiederum ließ Anke schmunzeln. Und sie selbst? Wen würde sie anrufen? Den zuverlässigen Sven oder doch den verführerischen Olli?

Der Anrufbeantworter blinkte auffordernd weiter.

Jetzt, liebe Anke, musst du dich entscheiden …

*

»Ich weiß, dass Sie gleich Feierabend haben, dann machen Sie halt Überstunden«, blaffte Vinzenz Fürst ins Telefon. Der Oberstaatsanwalt sprach mit den Kollegen von der Polizeidirektion Hannover, dem Wohnort von Dr. Lutger Thalmeier, dem Ersteller des Gutachtens, dabei ging er unentwegt im Konferenzraum auf und ab, gleich einem Tiger im Käfig. »Er ist der Urkundenfälschung angeklagt.« Er lauschte kurz. »Ja, ein Haftbefehl ist unterwegs.«

Am einen Ende des Besprechungstischs saß Peer Sauerwein, die Arme vor der Brust verschränkt, und folgte jeder seiner Bewegungen mit finsterer Miene.

»Nein! Das hat nicht Zeit bis morgen. Was?«

Auf der anderen Seite des Raums hatte Kerstin Franke zwischen Alexandra Büchner und Hans-Werner Schmiedinger Platz genommen und ließ den Staatsanwalt ebenfalls nicht aus den Augen.

»Es geht um seine Aussage zu mehreren Tötungsdelikten. Es besteht der Verdacht, dass er damit die genannte Straftat vertuschen wollte.« Einen Moment hörte man nur das leise Quäken am anderen Ende der Leitung, dann bellte der Fürst wieder in den Hörer. »Es sind schon Menschen für weniger umgebracht worden.« Damit hatte er zweifellos recht und seinen Gesprächspartner offenbar überzeugt, denn er senkte die Stimme und begann die Zusammenhänge zu erklären.

Kerstin entspannte sich. Leider hatte Vinzenz Fürst keinen Bissen seiner im Café Amadeus bestellten Schwarzwälder Kirschtorte genießen können. Daran hatte ihn Polizeihauptmeister Schmiedinger gehindert, der Kerstin angerufen hatte. Im Laufschritt waren sie daraufhin durch den Kurpark und die Bad Mergentheimer Fußgängerzone zum Hans-Heinrich-Erler Platz gelangt. Dabei hatte Vinzenz Fürst fortwährend telefoniert. Kerstin konnte nicht umhin, ihn für seine schnelle Auffassungsgabe und sein entschlossenes Handeln zu bewundern. Und für seine Kondition. Sie selbst hatte Mühe, mit ihm Schritt zu halten, und schnaufte wie ein Walross.

Inzwischen hatte sich allerdings ihre Atmung wieder beruhigt. »Erzähl weiter«, verlangte sie im Flüsterton von Hans-Werner Schmiedinger, der soeben begonnen hatte, ihr von den Gesprächen mit Janette Perlmann und Sven Gabriel zu berichten. »Perlmanns Witwe hat behauptet, es sei um eine Bahnfahrkarte gegangen«, erklärte der Polizeihauptmeister leise, »von einem gefälschten Gutachten will sie nichts gewusst haben.«

»Allerdings haben wir herausbekommen, dass sie in dem Institut, in dem dieser Dr. Thalmeier tätig ist, ein Praktikum gemacht hat«, ergänzte Alexandra Büchner.

Anerkennend hob Kerstin die Augenbrauen.

»Das war nicht schwer zu ermitteln. Steht in ihren Referenzen in den sozialen Netzwerken«, gab sich die Praktikantin bescheiden. »Aber angeblich wollte die Wittig-Anders an ihrem Todestag von Janette Perlmann wissen, ob die eine Fahrkarte von Hannover nach Hamburg bei den Sachen ihres verstorbenen Mannes gefunden hat.«

Kerstin nickte. Vermutlich war die Chefin der Cateringfirma bei der Buchung ihrer Fahrt nach Würzburg auf die von ihrem Benutzerkonto auf den Namen »Ralph Perlmann« ausgestellte Karte gestoßen. Vielleicht hatte sie sogar einen Zusammenhang mit dem Tod der Geschäftsfrau auf der besagten Strecke erkannt. »Und hat sie eine gefunden?«

Alexandra und Hans-Werner verneinten. »Was nichts bedeutet«, fügte Alex hinzu.

»Warten wir mal ab, ob die Kollegen aus Hamburg jemanden finden, der ihn im Zug gesehen hat«, ergänzte Hans-Werner.

»Und was wollte sie dann von Sven Gabriel?«, interessierte sich Kerstin für den zweiten Anruf.

»Sich mit ihm verabreden, sagt er. Sie hat ihm gegenüber erwähnt, sie sei auf eine Riesensauerei gestoßen, wollte ihm aber am Telefon nichts Näheres dazu sagen.« Alex hob bedauernd die Hände.

»Sie müsse am nächsten Tag nach Würzburg, um ganz sicherzugehen, und wollte sich nach ihrer Rückkehr gleich mit ihm treffen«, fuhr der Polizeihauptmeister fort. »Aber dazu ist es ja dann leider nicht mehr gekommen.«

*

Es hatte zwar eine Weile gedauert, aber dann war es ein Kinderspiel gewesen, in ihre Wohnung zu kommen. Quasi im Windschatten eines älteren Herrn war er unbemerkt ins Treppenhaus gelangt. Zu seinem Glück hatte sie die Haustüre nur zugezogen, sodass er sie tatsächlich mithilfe einer Scheckkarte öffnen konnte. Ansonsten wäre es schwieriger geworden, denn das nötige Werkzeug, um das Schloss zu knacken, hatte er nicht dabei gehabt. Die Aktion war spontan gewesen. Aber nach dem Zusammentreffen vor dem Standesamt brauchte er sofort Gewissheit.

Hatte er die Signale missdeutet? Ihr Verhalten ihm gegenüber in den letzten Tagen? Nach allem, was vorgefallen war, was er getan hatte, hatte er sich allmächtig gefühlt. Er war Herr über Leben und Tod geworden. Er konnte alles schaffen. Alles haben. Jede. Natürlich wusste er, dass er einen Nebenbuhler hatte, das hatte er gleich gemerkt. Vermutlich, noch bevor Anke es erfahren hatte und bevor er selbst seine Gefühle ihr gegenüber zugelassen hatte. Aber jetzt war ihm dieser andere möglicherweise zuvorgekommen. Hatte sich genommen, was *ihm* zustand?

Er war in ihr Wohnzimmer eingedrungen. Auf dem Couchtisch stand Ankes Laptop, den er hochfuhr. Natürlich hatte sie keinen Passwortschutz. Er checkte ihre Mails und den Browserverlauf. Bei den Nachrichten fand er nichts Nennenswertes, der Browserverlauf war da schon aufschlussreicher: Sie hatte seinen Widersacher gegoogelt, war auf der Seite von dessen Arbeitgeber gewesen und hatte sich sein XING-Profil angesehen. Mehr war über ihn im Netz nicht zu finden, das wusste er bereits.

Mich hat sie nicht gegoogelt, dachte er eingeschnappt. Stattdessen hatte sie eine weitere Person abgefragt, die er kannte: Dr. Lutger Thalmeier, der Verfasser des Gutachtens der Fitnesstorte. Woher kannte Anke seinen Namen? Was wusste sie über das Gutachten? Und von wem wusste sie darüber? Von Ralph oder von seinem Konkurrenten? Der Gedanke an den anderen machte ihn unruhig. Er schloss das Browserfenster, sah sich im Wohnzimmer um. Nichts Außergewöhnliches. Genauso wie in der anliegenden Küche. Er warf sogar einen Blick in die Spülmaschine. Nur ein paar Tassen und Frühstücksteller, keine Sektgläser oder etwas, das auf ein Schäferstündchen hinwies, wobei er sich nicht ganz sicher war, was das hätte sein sollen. Im Badezimmer wurde er fündig. Neben der elektrischen Zahnbürste stand eine einfache und kaum benutzte Handzahnbürste in einem schlichten Glas auf der Ablage über dem Waschbecken. Das Blut begann in seinen Ohren zu rauschen, sein Gesicht im Spiegel war verzerrt. Er öffnete mit zitternder Hand das Badezimmerschränkchen, fand aber keine Hinweise für einen regelmäßigen männlichen Gast wie beispielsweise einen Rasierapparat. Nein, der Besuch musste überraschend gewesen sein. Wütend starrte er das Beweisstück an, als könne es ihm mehr über seinen Benutzer sagen. Schließlich riss er sich von dem Anblick los und setzte seine Durchsuchungsaktion fort. Der Korb mit der Dreckwäsche ergab keine neuen Erkenntnisse. Der Mülleimer war leer.

Er ging weiter ins Schlafzimmer. Die Schachtel mit den Kondomen auf dem Nachttisch stach ihm sofort ins Auge. Kurz darauf wusste er, dass eines fehlte und dass er sich in Anke offenbar getäuscht hatte. Unbändige Wut stieg in ihm auf. Seine Gefühle ihr gegenüber verwandelten sich in Hass! Sie hatte mit ihm gespielt, ihn belogen, dabei war sie mit dem anderen ins Bett gehüpft. So wie es aussah, war das geplant, denn sie hatte ihn vorher im Internet überprüft, und Kondome waren auch verfügbar gewesen.

Ihn hatte sie hingegen nicht ernst genommen, nur mit ihm gespielt. Aber das würde sie ihm büßen.

KAPITEL 7 – FREITAG

»Katja?«

»Am Apparat.« Katja Fuchs gähnte herzhaft und blickte auf die Uhr: 6.43 Uhr. »Frau Wardlinger, was gibt's?«, erkundigte sie sich bei Ankes Mutter. Wenn die um diese Uhrzeit anrief, hatte sie ihre Tochter wohl nicht erreicht. Wahrscheinlich hatte Anke ihren Rat beherzigt und tatsächlich den Stecker des Telefons gezogen.

»Ich kann Anke nicht erreichen«, bestätigte sie Katjas Vermutung. »Und ihr Handy ist abgeschaltet.«

Konsequent, dachte Katja.

»Ist sie bei dir? Oder weißt du, wo sie ist?«

»Nein. Vielleicht wollte sie einfach ihre Ruhe haben.« Eine bessere Erklärung fiel Katja zu so früher Stunde nicht ein. »Sie hat gestern Nachmittag etwas in der Art erwähnt.«

»Ich mache mir Sorgen! Ich überlege, ob ich bei ihr vorbeifahren soll, um nach dem Rechten zu sehen«, ging Frau Wardlinger nicht auf ihren Einwand ein. »Ich müsste ja eigentlich gleich den Kiosk aufmachen, die Leute wollen ihre Zeitung kaufen, aber …«

»Das können Sie auch«, fiel Katja ihr ins Wort. »Ich sage gleich meinem Freund Bescheid, dem Hans-Werner Schmiedinger, den kennen Sie doch auch, der soll mal nachsehen.«

»Der Hans-Werner?«, kam es verblüfft zurück, »ist der nicht schw… äh … also, ich dachte, der ist mit Ankes Kollegen … na, du weißt schon«, wand sich die Ältere.

»Nein«, stellte Katja sich dumm.

»Hat mir nicht gestern seine Tante erzählt, dass die beiden Männer, na ja, dass sie ein Liebesverhältnis haben«, krächzte Frau Wardlinger. »Ist ja auch nichts dabei«, beeilte sie sich hinzuzufügen.

»Eben. Aber da haben Sie etwas missverstanden.« Katja hatte inzwischen einen Blick auf ihr iPhone geworfen. Anke hatte heute Nacht eine WhatsApp-Nachricht geschrieben: »Brauche eine AUSzeit«, lautete die. Das hatte sie ihr eigentlich schon mündlich mitgeteilt. Aber um diese Uhrzeit hatte sie wohl ihr Handy ganz ausgeschaltet, vielleicht, um ihre Ruhe vor den eintrudelnden Nachrichten oder Anrufen ihrer beider Verehrer zu haben. Katja lächelte und teilte Ankes Mutter sinngemäß genau das mit.

»Zwei Männer?«, freute sich die. »Ich dachte, sie wäre unglücklich in ihren Kollegen verliebt«, wunderte sie sich, um gleich darauf besorgt hinzuzufügen: »Hoffentlich vergrault sie die beiden nicht, wenn sie nicht erreichbar ist.«

»Bestimmt nicht. Im Gegenteil, Sie wissen doch, man muss sich rarmachen.«

»Vielleicht hast du recht. Ihr jungen Leute kennt euch in Beziehungsdingen ja viel besser aus als wir Alten.«

Hört, hört, dachte Katja und beendete das Telefonat.

*

Sofia Sommerstedt. Was für ein wundervoller Name!, dachte sie. Und in, sie sah auf die Uhr, gut zwei Stunden würde sie das erste Mal offiziell mit diesem Namen unterschreiben. Dann nämlich, wenn die Standesbeamtin sie dazu auffordern würde.

»Sofia Sommerstedt«, formten ihre Lippen lautlos, als gälte es einen imaginären Anruf anzunehmen.

»Alles in Ordnung, Frau Häberle?«, fragte Sandra von Heerstyle, die gerade dabei war, Sofias naturblonde Haare zu einem kunstvollen Gebilde hochzustecken.

»Danke«, presste sie hervor. Häberle – bald würde der ungeliebte Name der Vergangenheit angehören.

»Möchten Sie etwas trinken?«, erkundigte sich Sandra. »Vielleicht ein Glas Sekt?«

Warum nicht? Sofia nickte vorsichtig, um die entstehende Brautfrisur nicht zu zerstören. Einen Grund zu feiern gab es auf jeden Fall. Endlich würde sie ihrem Traummann das Ja-Wort geben. Lange genug hatte es gedauert. Er hatte es nicht eilig gehabt. Sie und Dirk kannten sich schon seit ihrer Schulzeit. Doch Dirk hatte sich mehr für Fußball als für Mädchen interessiert und schon gar nicht für die kleine Schwester seines Vereinskameraden im SV Edelfingen. Sie allerdings hatte schon damals für den sportlichen Kumpel ihres Bruders geschwärmt und half deshalb regelmäßig auf den Vereinsfeiern mit. Und bei einer dieser Feiern war es dann passiert. Dirk hatte sich betrunken, weil der Trainer ihn nach der Hälfte des Spiels ausgewechselt hatte, und Sofia hatte ihn getröstet. Ab diesem Zeitpunkt gingen sie miteinander, wie es so schön hieß. Dirk verteilte seine Gunst zu gleichen Teilen an sie und an den Fußball. Es dauerte ewig, bis Sofia ihn so weit hatte, mit ihr zusammenzuziehen. Zu Hause bei

Mama war es schließlich so bequem. Und noch länger hatte es gebraucht, bis er endlich einer Heirat zustimmte.

Und heute war es nun soweit! Sofia war am Ziel ihrer Wünsche. Dirk war nach wie vor ihr Traummann. Einer mit einem kleinen Bierbauch zwar und beginnender Glatze, aber ein anständiger Kerl und eine treue Seele. Nicht so ein Hallodri wie der Exmann von Anke Wardlinger aus der Parallelklasse. Dabei hatte die sich damals ganz schön was auf ihren tollen Freund eingebildet.

Und jetzt? War sie geschieden, und manch einer munkelte, sie habe etwas mit dem Tod ihres Exmanns zu tun. Sofia grinste schadenfroh und trank einen Schluck von dem Sekt, den einer der netten Salon-Mitarbeiter vor sie hingestellt hatte. Dass ausgerechnet Anke heute ihre Trauung vollziehen würde, erfüllte sie mit einer besonderen Genugtuung.

»Prost!« Sie trank ihr Glas in einem Zug leer.

»Prost, Frau Häberle.« Noch 90 Minuten …

*

»Also vom Zugpersonal hat ihn keiner gesehen.« Torsten Ebert schüttelte bedauernd den Kopf. Gerade hatte er mit den Hamburger Kollegen telefoniert. Die hatten auf Druck des Oberstaatsanwalts gestern Abend sämtliche Zeugen im Fall des ICE-Mords erneut befragt. Seit gestern zeigte sich Vinzenz Fürst nicht nur erstaunlich kooperativ, sondern auch sehr engagiert. Nachdem er die Kriminalpolizei in Hannover in der Betrugssache Dr. Thalmeiers mobilisiert hatte, hatte er sich noch mal sämtliche Zusammenhänge aufzeigen lassen, beide Fälle zur Chefsache erklärt und umgehend seinen Hamburger

Kollegen kontaktiert. Von der Bahn war inzwischen die Information gekommen, dass das auf Ralph Perlmann ausgestellte Ticket in der fraglichen Nacht nur auf der Rückfahrt entwertet worden war, die direkt im Anschluss an die Todesfahrt angetreten worden war.

»Es ist also denkbar«, hatte Kerstin Franke gemutmaßt, »dass Perlmann oder eine andere Person sich der Kontrolle auf der Hinfahrt bewusst entzogen und gleich danach die Rückreise angetreten hat.«

»Was dann bedeuten würde, dass es sich um eine geplante Tat handelte«, hatte Torsten ergänzt.

Vinzenz Fürst hatte daraufhin sofort erneut zum Hörer gegriffen.

»Auf der Rückfahrt hat ihn aber auch keiner erkannt. Der Schaffner, der die Fahrkarte entwertet hat, ist sich im Gegenteil dazu ziemlich sicher, dass es nicht Perlmann war, der damit gereist ist«, fügte Torsten bedauernd hinzu.

»Aber es war ein Mann?«, wollte Hans-Werner Schmiedinger wissen, »sonst wäre ihm das ja wohl aufgefallen. Vielleicht kann er ihn beschreiben?«

»Die Kollegen sind dran.«

»Können wir ihnen nicht Fotos von unseren männlichen Verdächtigen schicken?«, schlug Hans-Werner vor.

»Schon geschehen. Du hast es hier nicht mit einem Anfänger zu tun.« Torsten bedachte den Polizeihauptmeister mit einem wütenden Blick.

Bevor der allerdings etwas erwidern konnte, betrat Markus Bayer den Raum und meldete: »Janette Perlmann ist da.«

Kerstin Franke sah auf ihr Handy. »Vinzenz, äh Herr Fürst müsste gleich hier sein«, meinte sie errötend, der Oberstaatsanwalt hatte ihr bei einem Absacker in der

Hotelbar heute Nacht tatsächlich das Du angeboten. »Na, ich bin gespannt, was die uns zu erzählen haben. Bitte gib uns gleich Bescheid, wenn du etwas von den Hamburgern hörst«, wandte sie sich an Torsten.

Janette Perlmann hatte ihren Anwalt mitgebracht. Ihr Bruder, um dessen Erscheinen Kerstin ebenfalls gebeten hatte, glänzte durch Abwesenheit. »Wir haben uns gestritten, seither ist er verschwunden«, erklärte die Witwe leise.

»Ist er zurück nach Hannover gefahren?«, wollte die Hauptkommissarin wissen. Für die Ermittlungen wäre das ungünstig gewesen, aber es war sein gutes Recht.

»Ich … ich hoffe nicht!«, schluchzte Janette Perlmann auf. »Er war so sauer, weil ich …« Ihr Blick wanderte zu ihrem Rechtsbeistand.

Der nickte ergeben.

»Ich muss Ihnen etwas sagen«, wandte sie sich an Kerstin. »Es wäre schön, wenn Olli … wenn er jetzt da wäre. Ich habe doch sonst niemanden. Und *er* wollte, dass ich reinen Tisch mache.« Sie vergrub ihr Gesicht in den Händen.

Der Anwalt legte ihr die Hand auf die Schulter.

Janette Perlmann hob den Kopf. »Er geht nicht an sein Handy. Ich habe ihm schon mehrere Nachrichten geschickt«, informierte sie die Kommissarin.

Die sah ein weiteres Mal auf die Uhr. »Wir warten auch noch auf den Staatsanwalt.«

Auf ihr Stichwort öffnete sich die Tür und Vinzenz Fürst betrat den Raum. »Entschuldigen Sie die Verspätung, ich äh mir ist etwas, ein Telefonat dazwischengekommen.«

Kerstin konnte sich ein Grinsen nicht verkneifen. Vinzenz Fürsts Haar war feucht, als käme er direkt aus der Dusche. Der Oberstaatsanwalt hatte schlicht und einfach verschlafen. Erst jetzt bemerkte sie seinen Blick und das schiefe Lächeln und räusperte sich. »Tja, also, dann fangen wir endlich an.«

*

Ankes Kopf schmerzte, ihr war schwindelig, weshalb sie die Augen lieber geschlossen hielt. So wie es sich anfühlte, hatte sie schon wieder einen Kater. Dabei hatte sie doch eigentlich gestern vorgehabt, keinen Alkohol zu trinken.

Gestern Abend. Die Erinnerung daran war verschwommen. Sie war nach einem Spaziergang mit ihrer Freundin Katja nach Hause gegangen, um sich mal wieder gründlich auszuschlafen. Und, um etwas Leckeres zu essen. Ihr Magen knurrte, offenbar war ihr da etwas dazwischengekommen. Sie öffnete vorsichtig die Augen, was einen erneuten Schwindelanfall hervorrief. Hinter ihren Schläfen pochte es schmerzhaft. Sie stöhnte laut auf. Eine Gestalt am Fußende ihres Bettes drehte sich zu ihr um.

»Na, ausgeschlafen?«

»Was machst *du* denn hier?«, rief sie aus. »In … in meinem Schlafzimmer.«

»Ich warte, bis du ausgeschlafen hast.«

»Warum?« Anke schüttelte den Kopf, was eine weitere Schmerzwelle auslöste. »Haben wir …?«

»Getrunken? Oder miteinander geschlafen?«, er spuckte den Satz aus. »Nein, weder noch. *Wir* nicht.«

»Was … was ist los. Bist du sauer?« Anke schloss wieder die Augen und sank zurück ins Kissen. Wenn *er* da war, konnte es nichts Schlimmes sein. Vielleicht sollte sie einfach noch ein bisschen … »Schlafen«, hauchte sie und döste weg.

Was hatte er nur an ihr gefunden? Ohne Gefühlsregung blickte er auf die Schlafende. Ihre Haare lagen wirr um ihren Kopf verteilt auf dem Kissen. Ihre um die Augen verschmierte Wimperntusche bildete einen unangenehmen Kontrast zur blassen Gesichtshaut. Ein dünner Sabberfaden zog sich von ihrem Mundwinkel zum Kinn. Nun begann sie leise zu schnarchen. Er wandte sich angewidert ab. Sie war nicht die Frau seiner Träume. Sie hatte ihn betrogen, und dafür würde sie sterben müssen. Der todbringende Mix aus Alkohol und Tetrodoxin stand im Kühlschrank bereit. Er würde es ihr bald einflößen. Sobald die Wirkung des Gamma-Butyrolactons nachgelassen hatte und damit die Nachweisbarkeit im Körper nicht mehr gegeben war. Eigentlich hatte er vorgehabt, mit ihr zu schlafen, nachdem sie nichtsahnend das von ihm mit den K.o.-Tropfen versetzte Wasser in ihrem Kühlschrank zu sich genommen hatte. Er wollte das haben, was sie damals Ralph und kürzlich seinem Widersacher freiwillig gegeben hatte. Das war der Grund, weshalb er sie nicht sofort getötet hatte.

Aber als die Wirkung der Droge eingesetzt hatte, war ihm die Lust vergangen. Sie verhielt sich, als sei sie betrunken, lallte und kicherte albern herum. Er wusste natürlich, dass das von den Tropfen kam, trotzdem stieß ihn ihre Freizügigkeit ab. Er sah ohne Gefühlsregung zu, wie sie sich langsam und ungeschickt entkleidete, und der

Ekel in ihm wuchs. Schließlich schlief sie auf dem Sofa ein, und es kostete ihn Mühe, sie so weit wachzubekommen, um sie ins Bett zu komplimentieren. Seither schlief sie unter seinen Augen ihren Rausch aus.

Etwas Geduld musste er noch aufbringen, um ganz sicherzugehen, dass die bewusstseinsverändernde Droge aus ihrem Körper verschwunden war. Dann würde sie ihm, wenn auch unfreiwillig, einen letzten Gefallen tun und für die Morde die Verantwortung übernehmen, indem sie sich das Leben nähme.

*

»Hast du mir überhaupt zugehört?« Sabine Büsing sah ihre Kollegin Katja Fuchs vorwurfsvoll an. »Was schaust du denn die ganze Zeit auf dein Handy?«

Katja atmete tief durch. »Ich mache mir langsam Sorgen um Anke. Ihr Handy ist immer noch ausgeschaltet.«

»Sie wird halt gerade eine Trauung haben. Da wollte ich auch nicht gestört werden«, lachte Sabine.

»Hm.« Katja war nicht ganz überzeugt. Was trieb Anke um, dass sie ihr Handy seit gestern Nacht nicht mehr in Betrieb genommen hatte? Hatte sie sich gestern Abend doch noch spontan mit einem ihrer Verehrer verabredet? Ihr Favorit war zu dem Zeitpunkt der Typ aus Hannover gewesen, so hatte sich die Freundin zumindest geäußert. Vielleicht hatte sie die Verabredung mit ihm vorverlegt. Leider kannte Katja seine Handynummer nicht. Bei Sven wiederum war nur die Mailbox drangegangen. Inzwischen war es nach zehn. Unter ihrer Dienstnummer meldete sich ebenfalls nur ein Band, aber das war öfter der Fall, wenn sie nicht gestört werden wollte, zum Beispiel, weil sie gerade eine Trauung hatte.

»Soll ich dir einen Tee oder Kaffee machen?«, holte ihre Kollegin sie in die Wirklichkeit zurück.

»Ein Tee wäre nicht schlecht«, antwortete sie gedankenabwesend und suchte die Handynummer von Moritz in ihrem Adressspeicher.

»Anke?«, meldete sich der beinahe sofort.

»Nein, Katja, das siehst du doch.« Ein ungutes Gefühl beschlich sie ob dieser Begrüßung.

»Ist Anke bei dir?«, bestätigte die aufgeregte Stimme des Standesbeamten ihre Befürchtung. »Sie hat die Frühbesprechung verpasst und ihr Handy ist aus. Außerdem hat sie gleich eine Trauung.«

»Wann?«, fragte Katja, um irgendetwas zu fragen.

»Wann was?«

»Wann ist die Trauung?«

»Um elf, aber ein bisschen früher sollte sie schon da sein.«

»Kannst du nicht einspringen?«

»Ich muss selbst ran«, jammerte Moritz. »Was ist denn mit Anke, ist sie krank?«

»Ich weiß es nicht. Ich kann sie nicht erreichen«, gestand Katja. Ihre Kollegin kam zurück und stellte einen dampfenden Becher vor ihr ab. Katja nickte ihr dankend zu, am anderen Ende lamentierte Moritz, dass die Polizei wohl den Falschen erwischt und der Mörder es möglicherweise doch auf Standesbeamte abgesehen habe. »Am besten, ich fahre nach Hause und verbarrikadiere mich, bis sie den wahren Mörder gefunden haben«, steigerte er sich in seine Theorie hinein. Katja verdrehte die Augen. Das hatte ihr gerade noch gefehlt.

Mit ein Grund, warum sie gezögert hatte, Moritz anzurufen, war dessen Hang zum Drama. Sie versuchte ihn zu unterbrechen. Ohne Erfolg!

Schließlich kappte sie einfach die Verbindung. »Frag nicht«, kam sie Sabine zuvor und erhob sich. »Ich muss mal ganz kurz weg«, erklärte sie, während sie bereits ihren Laborkittel auszog.

Ihr Handy klingelte. Sven. Vielleicht konnte der ihr ja helfen? Zumindest würde er hoffentlich nicht so hysterisch reagieren wie Ankes Kollege.

*

»Die Kollegen vom ›Betrug‹ wissen Bescheid«, informierte der Oberstaatsanwalt das Team im Bad Mergentheimer Schlosskommissariat, das sich wieder im dortigen Büroraum versammelt hatte. »Gibt es etwas Neues aus Hamburg oder Hannover?«

Torsten Ebert schüttelte den Kopf. »Der Schaffner, der die Fahrkarte für die Rückfahrt in der Nacht entwertet hat, konnte niemanden auf den Bildern identifizieren. Das Einzige, was er sicher wusste, ist, dass es sich um einen Mann handelte.« Er zuckte bedauernd mit den Schultern. »Und er meinte, sich zu erinnern, dass er so zwischen 25 und 40 Jahre alt war, was den Vater des Opfers und diesen Dr. Thalmeier ausschließen würde.«

»Der hat eh ein Alibi«, warf Markus Bayer ein und wurde prompt rot, als sich alle Aufmerksamkeit ihm zuwandte. »An dem Abend war Sommerfest seiner Firma, der Ana-Lab, da existieren jede Menge Fotos, auf denen Dr. Thalmeier zu sehen ist. Außerdem hat er uns bereitwillig mehrere Zeugen genannt, die seine Anwesenheit bestätigen können.«

»Der Thalmeier wird sich freuen, wenn die Polizei bald wieder vor seiner Tür steht«, murmelte Hans-Werner. Nach der Aussage von Janette Perlmann ging es nun nicht mehr nur um ein aus Gefälligkeit geschöntes Gutachten. Ein Grund mehr, den Wissenschaftler zu verdächtigen. »Wie sieht es mit dem Mord an Perlmann aus? Hat er da auch ein Alibi?«, wollte er von seinem Kollegen wissen.

»Ja. Er war das ganze Wochenende bei Freunden in der Toskana. Das habe ich zwar noch nicht überprüft, aber sie waren angeblich am Samstag auf einem Weinfest, und er hat den Kollegen mindestens zehn Zeugen dafür genannt.«

Der Fürst nickte nachdenklich.

»Schade«, bedauerte Hans-Werner, »er hat bis jetzt das stärkste Motiv.«

»Was ist mit Oliver Kubelka, dem Schwager des ersten Opfers? Er mochte Perlmann nicht gerade, immerhin hat der seine Schwester zu einer Straftat verleitet. Habt ihr ihn inzwischen gefunden?«, wollte Kerstin wissen.

»Im Hotel Central, wo er vorher gewohnt hat, ist er jedenfalls nicht«, wusste Markus Bayer.

»Die sind ja auch ausgebucht«, kam es ungeduldig von Fürst, was dem Polizeimeister erneut eine leichte Röte ins Gesicht trieb. »Allerdings«, gab der Oberstaatsanwalt zu bedenken, »warum sollte er seine Schwester zu einer Aussage und Selbstanzeige überreden? Damit liefert er uns sein Motiv ja quasi frei Haus.«

»Stimmt«, gab Kerstin ihm recht. »Aber zum einen ist das kein Grund, ihn außen vor zu lassen. Dann könnte man uns zu Recht schlampige Ermittlungen vorwerfen.« Sie sah den Oberstaatsanwalt herausfordernd an, denn genau das hatte er ihr neulich nachts unterstellt. Der erwiderte ihren Blick und schob das Kinn vor. Die beiden fixierten sich, bis schließlich die Hauptkommissarin den Kopf senkte. »Außerdem«, fuhr sie fort, »agieren Mörder nicht immer logisch, das«, sie nahm den Blickkontakt zu Fürst wieder auf, »das müsste der Staatsanwaltschaft ebenfalls bekannt sein.« Sie vermied die direkte Anrede und verdrängte den missglückten, nächtlichen Brüderschaftskuss. Sie hatte sich bei seiner Annäherung im letzten Moment weggedreht, was ihm offenbar weniger peinlich war als ihr. »Ich würde deshalb eine Handyortung beantragen«, kam sie auf Oliver Kubelkas Verschwinden zurück.

Fürst hob die linke Augenbraue. »Genehmigt«, antwortete er knapp und ohne sich abzuwenden.

*

Endlich regte sich die Schlafende. Ein Gefühl der Erleichterung durchfuhr ihn.

Eigentlich blöd, dachte er, da sitze ich und warte, bis ich sie töten kann, und dann mache ich mir Sorgen, sie könnte tot sein. Er lachte vor sich hin.

»Was gibt es zu lachen?« Anke war nicht nur ganz wach, sondern aufnahmefähig.

»Ich freue mich, dass es dir wieder besser geht.« Ist ja nicht einmal ganz gelogen, dachte er.

Anke hatte sich halb aufgerichtet. »Was ist passiert? Und wie kommst du in mein Schlafzimmer?«

»Du hast mich gestern Abend angerufen und hierhergebeten, und kaum dass ich da war, hattest du einen Zusammenbruch. Erinnerst du dich wirklich überhaupt nicht mehr?« Selbstverständlich tat sie das nicht, denn es war gelogen, aber dank der K.o.-Tropfen würde sie sich ebenso wenig an das Gegenteil erinnern.

Anke schüttelte den Kopf. »Ups! Mir ist schwindelig.«

»Das ist normal. Der Kreislauf, der Notarzt hat dir eine Beruhigungsspritze gegeben«, log er weiter.

»Beruhigungsspritze? Notarzt?« Sie rappelte sich weiter hoch. »Ich muss unbedingt meine Mutter anrufen, wenn hier ein Noteinsatz war, hat sie das bestimmt schon gehört.« Sie machte Anstalten, aus dem Bett zu klettern. Er drückte sie sanft zurück ins Kissen.

»Ich habe deiner Mutter Bescheid gegeben.«

»Du?«

Ihr erstaunter Ton beleidigte ihn. »Warum nicht ich?« Warum nicht ich?, diese Frage hatte er sich schon Tausend Mal gestellt. Damals, nach ihrem ersten Streit mit Ralph, als sie sich mit Carsten aus der B-Klasse getröstet hatte. Oder später im Studium, als Ralph sich gar nicht mehr gemeldet hatte und sie einige Zeit mit so einem Typen aus dem Amt ausgegangen war. Nach der Scheidung hatte sie die Schnauze ganz voll von Männern gehabt. Bei ihm hatte sie sich höchstens ausgeheult. Das erste Mal, dass sie ihn als männliches Wesen wahrgenommen hatte, war am vergangenen Montagabend gewesen, als er sie mit diesem Oliver und ihrem Arbeitskollegen in Webers Paneria getroffen hatte. Und dann am Mittwoch, er war vollgepumpt mit Adrenalin nach dem Mord an Friederike gewesen, und das schien ihr zu gefallen, zumindest hatte er das gedacht. Nun, er hatte sich offenbar getäuscht.

»Sven, warum schaust du so komisch? Ist noch etwas?« Ankes Stimme klang besorgt.

»Nein, alles in Ordnung«, beeilte er sich zu versichern, »ich mache mir nur Gedanken um dich. Der Arzt hat dir strikte Bettruhe verordnet.«

»Ich muss …«, wieder versuchte sie aufzustehen.

»Du musst gar nichts, ich habe alles erledigt. Du musst dich nur ausruhen. Weißt du was? Ich mache dir eine schöne Tasse Tee. Was meinst du dazu?« Ein Tee mit Schuss, dachte er. Denn der letzte Rest seines Giftextrakts, den er aus dem Fugu gewonnen hatte, befand sich in seinem Flachmann. Aufgelöst in Schnaps, den er Ralph zur Beruhigung angeboten hatte. Er kannte seinen Kumpel und hatte gewusst, dass er da nicht Nein sagen würde. Das kleine Fläschchen hatte er zur Hälfte geleert, während seine Zukünftige und deren Bruder voraus in Richtung Standesamt gegangen waren. Den Rest der tödlichen Mischung hatte Sven den ganzen Tag bei sich getragen. Jetzt würde er es aufbrauchen und hoffte, Anke würde das im wahrsten Sinne des Wortes schlucken.

»Och, ich weiß nicht. Ich würde erst gerne duschen, außerdem muss ich mal.«

Damit hatte er gerechnet. »Duschen ist zu anstrengend.«

Nach einigem Hin und Her einigten sie sich auf eine Katzenwäsche und den Toilettengang. Er achtete darauf, dass sie direkt ins Bad ging, und hielt vor der Tür Wache. Jetzt würde es nicht mehr lange dauern. Ihren Abschiedsbrief hatte er bereits auf ihrem PC geschrieben, schließlich hatte er ja die ganze Nacht Zeit gehabt. Ein Teil der Utensilien, die er zur Extraktion des Giftkonzentrats benötigt hatte, befand sich in seiner Sporttasche im Flur. Ihre Fingerabdrücke konnte er nach ihrem Tod darauf verbringen und sie dann für die Kripo leicht auffindbar im Müll deponieren. Jetzt wurde es Zeit für den letzten Schritt. Er hatte zwar Telefon und Klingel abgestellt, aber ewig würden vor allem Ankes Freunde nicht mehr stillhalten.

*

»Ich mache mir Sorgen um Anke«, erklärte Katja atemlos, nachdem sie ins Polizeirevier im Schloss gestürmt war. »Sie ist nicht zur Arbeit erschienen. Ihr Handy ist ausgestellt, ans Festnetztelefon geht sie nicht, und auf mein Klingeln bei ihr zu Hause hat sie auch nicht reagiert.«

Hans-Werner, der gerade in seine Uniformjacke hatte schlüpfen wollen, um sich persönlich am Tatort im Kurviertel nach Neuigkeiten zu erkundigen, hielt inne. »Ganz ruhig, was ist passiert?« Er legte beschützend den Arm um Katjas Schultern.

»Ich erreiche sie einfach nicht. Zuerst habe ich mir nichts dabei gedacht. Sie wollte gestern Abend in Ruhe nachdenken und hatte vor, das Telefon abzustellen. Das hatte ich ihr sogar geraten.« Sie biss sich auf die Unterlippe und sah den Polizeihauptmeister mit großen, glitzernden Augen an. »Ihre Mutter hat sie am Morgen nicht ans Telefon bekommen, aber ich habe sie zunächst beruhigt und mir nichts dabei gedacht. Auch nicht, als ich festgestellt habe, dass ihr Handy ausgestellt war.«

Hans-Werner schob sie ins Büro. Dort war Markus Bayer gerade dabei, einen Bericht zu tippen, und schien über die Störung nicht besonders verärgert.

»Anke ist verschwunden«, erklärte Hans-Werner knapp und schob Katja auf den Platz hinter Kerstins Schreibtisch.

»Was ist passiert?«, wollte Markus wissen.

»Keine Ahnung«, fuhr Katja fort, »ich habe versucht, Sven anzurufen. Das ist einer der beiden Typen, mit denen Anke … na, ihr wisst schon. Von dem anderen hab ich keine Telefonnummer. Auf jeden Fall habe ich Sven auf seine Mailbox gesprochen, und er hat sich zurückgemeldet. Fand es ebenfalls komisch, dass sie nicht erreichbar ist. Er meinte, ich solle bei ihr auf der Arbeit nachfragen. Aber da war sie nicht. Und wie gesagt, als ich bei ihr zu Hause geklingelt habe, hat keiner aufgemacht.«

»Hast du einen Schlüssel zu ihrer Wohnung?«

»Das hat mich Sven auch gefragt, aber ich habe keinen. Nur ihre Mutter, doch Sven meinte, die solle ich auf keinen Fall beunruhigen. Vielleicht ist es ja wirklich nicht so schlimm.« Sie schluchzte.

Hans-Werner strich ihr sanft über den Kopf.

»Soll ich uns einen Kaffee holen?«, bot Markus an.

Der Polizeihauptmeister nickte.

Als Markus den Raum verlassen hatte, fragte Hans-Werner leise: »Ihr beide habt ein bisschen Detektiv gespielt. Und den Stick habt ihr euch auch angeschaut?«

»Hm-m. Aber meinst du, *das* wäre ein Motiv für einen Mord?«

»Die Daten sind vernichtet, von uns hat sie keiner gesehen. Wir haben nur die Aussage von Janette Perlmann. Neben Ralph, der den ganzen Betrug angezettelt hat, hätte demnach sie das stärkste Motiv. Und dieser falsche Doktor von Ana-Lab bei Hannover, aber der hat ein Alibi.«

»Und Janettes Bruder, dieser Olli, einer von Ankes Verehrern!« Katja sprang auf.

Hans-Werner schob sie zurück auf den Schreibtischstuhl. »Beruhige dich. Auf den sind wir natürlich genauso gekommen, und«, er senkte die Stimme, »da wir ihn nicht erreichen konnten, haben wir sein Handy geortet. Er hat einen Ausflug aufs Wertheimer Schloss gemacht, wenn er Anke dabei hat, dann finden wir sie. Die Chefin und Torsten Ebert sind bereits auf dem Weg dorthin.«

»Und wir? Wir können doch nicht einfach hier rumsitzen und warten.« Katja machte erneut Anstalten aufzustehen.

Markus Bayer trat ein. In der rechten Hand balancierte er ein Tablett mit drei randvollen Bechern Kaffee, in der linken trug er eine Tüte Milch. »Ich wusste nicht, wie du deinen Kaffee magst«, wandte er sich an Katja. »Zucker ist in der obersten Schublade.«

»Wir trinken jetzt einen Kaffee und überlegen, was wir tun können.« Hans-Werner war klar, dass Katja nicht dazu zu bewegen war, wieder an ihre Arbeit zu gehen.

Die junge Frau öffnete die besagte Schublade, während Markus versuchte, seine Last auf dem Schreibtisch abzustellen. Die Kaffeetassen gerieten in eine gefährliche Schieflage. Hans-Werner wollte ihm helfen und brachte dadurch leider einen der Becher zum Kippen.

»Mist!«, fluchte er, während sich die dampfende Flüssigkeit über den Schreibtisch ergoss und in die geöffnete Lade tropfte.

»Mist!«, stimmten sein Kollege und Katja zweistimmig zu. Markus brachte schleunigst den restlichen Kaffee in Sicherheit, Hans-Werner bemühte sich mit einem Tempotaschentuch, den Schaden auf dem Schreibtisch zu begrenzen. Katja schnappte sich schnell die Papiere aus der Schublade, die bereits ein paar Tropfen abbekommen hatten.

»Was für eine Sauerei!«, machte Hans-Werner seinem Unmut Luft.

»Was ist denn das?« Katjas Blick war auf die Liste geheftet, die sie vor der Zerstörung durch die braune Brühe gerettet hatte.

Der Polizeihauptmeister hielt inne. »Was meinst du?«

»Diese Liste! Ist das die Aufstellung von Moritz Mertens, Ankes Kollegen? Die Eheschließungen vom Standesamt?« Katjas Blick flog über die Blätter.

»Ach ja. Leg es bitte weg. Das verstößt eigentlich gegen den Datenschutz, wir haben keine Genehmigung dafür.« Hans-Werner wollte ihr die Papiere wegnehmen, doch sie entzog sie seinem Griff.

»Hast du dir das mal angesehen?«, fragte sie.

Der Angesprochene schüttelte den Kopf. Er und Markus Bayer starrten die junge Frau neugierig an.

Die schüttelte ungläubig den Kopf, ihre Lippen bewegten sich lautlos. »Könntet ihr bitte noch eine Handyortung durchführen?«, fand sie endlich ihre Sprache wieder. »Ich glaube, ich weiß jetzt, wer es war.«

*

»Was heißt das: Die Kollegin ist verhindert?« Sofia, immer noch, Häberles Stimme klang unnatürlich schrill.

»Ja, also, sie ist halt erkrankt.« Moritz Mertens trat etwas zurück und ließ die Frau nicht aus den Augen.

Im Gegensatz zu der blonden Braut wirkte deren künftiger Ehemann ruhig, geradezu apathisch. Ganz offensichtlich steckte ihm ein ausgiebiger Junggesellenabschied in den Knochen, und seinem Atem nach zu urteilen, hatte er sich heute ebenfalls schon etwas Mut angetrunken.

»Und Sie?« Sofia Häberle machte einen Schritt auf ihn zu und stemmte die Hände in die Hüften.

»Was ist mit mir?«

»Na, *Sie* können uns doch trauen. Sie sind doch Standesbeamter!«, kreischte sie. Ihr Zukünftiger hob reflexartig seine Hände an die Ohren, ließ sie jedoch schnell wieder sinken, als sein Trauzeuge ihn mit dem Ellbogen in die Seite stieß.

»Hm, ja, schon. Aber ich muss erst eine andere Ehe schließen, danach könnte ich …«

»Danach?« Diesmal hinderte niemand den Bräutigam daran, sich die Ohren zuzuhalten.

»Es geht auch ganz schnell.« Moritz schluckte. Das war natürlich gelogen, das Paar, das darauf wartete, von ihm getraut zu werden, wünschte sich die feierliche Variante der Zeremonie, und die dauerte ihre Zeit. »Äh, trinken Sie doch einfach solange ein Glas Sekt«, schlug er vor und deutete auf eine Kühlbox, die einer der Gäste dabei hatte. »Das ist mal was anderes.«

Bei dem Vorschlag, den Umtrunk vorzuziehen, strafften sich die Schultern des angehenden Bräutigams. Seine Zukünftige holte schon wieder tief Luft.

»Ich beeile mich!« Hastig wandte Moritz sich ab und eilte zum anderen Ende des Flurs, wo sich das zweite Trauzimmer befand.

»Diese blöde Kuh!«, hörte er Sofia Häberle in seinem Rücken schimpfen, und es war klar, wen sie damit meinte. »Wahrscheinlich hat sie ihren Ex um die Ecke gebracht und ist jetzt abgetaucht! Das wird sie mir büßen!« Nicht ganz klar war allerdings, was Anke Wardlinger büßen sollte …

*

»Das riecht so komisch. Hast du da Alkohol reingetan?« Anke sah Sven über den dampfenden Teebecher hinweg an. Der ehemalige Klassenkamerad hatte sie, kaum, dass sie das Badezimmer verlassen hatte, ins Schlafzimmer begleitet und ihr einen Tee zubereitet.

»Das sind die Beruhigungstropfen. Der Notarzt hat sie hiergelassen.« Svens Blick irrte unstet im Raum umher. »Ich glaube, da ist Alkohol drin.«

Er lügt, dachte Anke. Sie war ihm hinterhergeschlichen, als er vorher in die Küche gegangen war, und hatte beobachtet, dass er den Inhalt eines Flachmanns in den Tee gekippt hatte. Seinen Bericht über die Ereignisse der vergangenen Nacht hatte sie ihm nämlich nicht ganz abgenommen. Dass ein Zusammenbruch, wie er es geschildert hatte, mit einem kompletten Filmriss einherging, hatte sie noch nie gehört. Auch den nächtlichen Notarzteinsatz zweifelte sie an, hatte sie doch eben im Badezimmer keinerlei Einstichstelle in ihrer Armbeuge von der angeblich verabreichten Beruhigungsspritze gefunden. Und jetzt dieser Flachmann, den hatte sie schon einmal bei Sven gesehen. Die Erkenntnis trieb ihr die Hitze ins Gesicht, obwohl der Teebecher in ihren Händen inzwischen gar nicht mehr so heiß war.

»Trink!«, forderte Sven. »Es wird dir guttun.«

Ihre Gedanken rasten. Sven war ein Mörder! Ihr ehemaliger Schulkamerad, der liebe und duldsame Freund, hatte einen oder wahrscheinlich sogar zwei Menschen umgebracht. Plötzlich fiel ihr das unnatürliche Glitzern in seinen Augen auf. Der Mann war nicht mehr bei Sinnen. Wann war es passiert, dass aus dem netten Kumpel der irre Mörder geworden war? Und warum? Der ätherische Geruch des Tees stieg ihr in die Nase und ließ ihren Puls rasen. Sie musste Zeit gewinnen, Hilfe holen. Wo war eigentlich ihr Handy? Sie stellte den Becher auf dem Nachttisch ab.

Sven runzelte unwillig die Stirn. »Ich habe dem Arzt versprochen, dass du deine Medizin nimmst. Es ist sowieso schon spät.«

»Wie spät?«

»Gleich elf, du hast lange geschlafen, nun trink bitte!« Sein Ton war lange nicht mehr so verbindlich wie vorher.

»Oh, so spät?«, plapperte sie weiter, »ich habe um elf eine Trauung. Sofia Häberle, kannst du dich an die noch erinnern? Ich muss unbedingt im Amt anrufen …« Wie viele Krimis hatte sie schon gelesen, in denen der Held in genau dieser Situation war? Was taten die nur immer? Sie schwitzte.

»Trink!« Das war ein Befehl.

Verdammt! Zwei Möglichkeiten fielen ihr ein: Konfrontation oder Verzögerungstaktik. Eine Konfrontation liefe vermutlich auf einen Kampf hinaus, und dabei würde sie sicher den Kürzeren ziehen. Es war jetzt nicht der richtige Zeitpunkt, sich über verpasste Fitnessstudiobesuche zu ärgern. Fakt war, sie war ihm körperlich nicht gewachsen. Also würde sie ihn hinhalten. Doch wie lange würde ihr das gelingen? Wie lange würde es dauern, bis jemand sie vermissen würde? Und dann? Wenn sie nur an ein Telefon käme.

»Oh, Mensch, du das ist mir jetzt peinlich. Ich muss schon wieder aufs Klo«, versuchte sie es mit betonter Munterkeit.

»Trink aus, dann kannst du gehen.«

»Ich muss aber ganz nötig.« Schnell stand sie auf und flüchtete ins Badezimmer, ehe er sie daran hindern konnte. »Dauert auch nicht lange«, rief sie ihm von drinnen aus zu, nachdem sie die Tür verriegelt hatte. Dann setzte sie sich auf den Toilettendeckel, verschränkte die Arme und wartete …

*

»Die Gegend ist wirklich traumhaft«, schwärmte Torsten Ebert. »Also ich könnte mir vorstellen, hier mal Urlaub zu machen.« Er und die Hauptkommissarin befanden sich auf dem Weg zum mutmaßlichen Aufenthaltsort von Oliver Kubelkas Handy.

»Hm.« Kerstin Franke starrte konzentriert in den Laptop auf ihren Knien und hatte keinen Sinn für die schöne Landschaft. Gerade passierten sie das Ortsschild von Wertheim, der Stadt, in der die Tauber in den Main fließt.

»Wohin jetzt?«, wollte Torsten wissen, während sein Blick bewundernd über die reich verzierten Fachwerkhäuser streifte.

»So, wie es aussieht, ist er auf der Burg. Hier lang«, dirigierte die Hauptkommissarin ihren Kollegen. »Da kannst du dich freuen, von dort aus hat man eine einzigartige Aussicht auf die Wertheimer Altstadt.«

»Warst du schon mal hier?«

»Nein, leider nicht, aber Google hat mir das eben mitgeteilt. Und frag mal den Kollegen Schmiedinger, der ist aus dem Schwärmen gar nicht mehr rausgekommen. Er war auf einem der Konzerte, die dort im Burggraben regelmäßig stattfinden.«

Torsten steuerte inzwischen auf das imposante Wahrzeichen der Stadt zu. »Wow. Das kann ich mir vorstellen, dass ihn das beeindruckt hat.«

Kerstin genoss ebenfalls einen kleinen Moment die historische Kulisse.

»Was, wenn er einfach nur einen Ausflug hierher gemacht hat?«, fragte Torsten, während er eine Abstellmöglichkeit für ihren Wagen suchte.

Die Hauptkommissarin seufzte. Auch ihr kamen ob der vielen Touristen Zweifel, dass der Verdächtige ausgerechnet hier untergetaucht sein sollte. »Und warum geht er dann nicht ans Telefon, wenn man ihn anruft?«, redete sie sich selbst Mut zu.

»Vielleicht will er ja einfach mal seine Ruhe haben und sich an der herrlichen Gegend erfreuen.«

»Ok.« Kerstin hatte sich wieder ihrem Laptop zugewandt, »Burgführungen gibt es erst ab 14.30 Uhr. Man kann sich aber auf eigene Faust hier tummeln. Wenn er aber tatsächlich als normaler Tourist hier ist, sollten wir als Erstes im Restaurant nach ihm suchen.« Sie deutete in die entsprechende Richtung. »Die Sonnenterrasse ist angeblich besonders schön.«

Sie hatten gerade den Außenbereich der ansässigen Gastronomie erreicht, als ihr Handy sich bemerkbar machte. »Hans-Werner, was gibt's?«, nahm sie das Gespräch an. Dann lauschte sie kurz, bevor sie beruhigend auf den Polizeihauptmeister einsprach. »Ganz langsam. Wer ist verschwunden? Und wieso ist Gefahr in Verzug?« Die Aufregung war Hans-Werner anzuhören, als er ihr seine Theorie erklärte.

»Hast du versucht, den Staatsanwalt zu erreichen wegen der Genehmigung? Auf eine Handyortung mehr kommt es jetzt nicht mehr an.« Sie folgte einen Moment den Ausführungen ihres Gesprächspartners, dann endete sie: »Ja, wir beeilen uns und sind so schnell wie möglich zurück.« Damit unterbrach sie die Verbindung. »Wir haben einen weiteren dringend Tatverdächtigen«, wandte sie sich an Torsten.

Der deutete nach links. »Schau mal da.« An einem der Tische mit Ausblick auf die Wertheimer Altstadt saß Oliver Kubelka, das Gesicht der Sonne zugewandt, die Augen geschlossen, vor ihm auf dem Tisch standen eine Tasse und ein Teller mit den Überresten eines Frühstücks.

*

Sofia Häberles schicke Haarpracht aus dem Salon Heerstyle begann langsam, sich in Wohlgefallen aufzulösen, und das lag nicht an der mangelnden Qualität. Ganz im Gegenteil, von jeder anderen Hochsteckfrisur wäre längst nichts mehr übrig gewesen, nachdem sich deren Trägerin so ausgiebig die Haare gerauft hatte. Zu allem Übel hatte der Bräutigam nach dem Genuss von mehreren Gläsern Sekt ihr begütigend über den Kopf gestrichen und so der Arbeit der preisgekrönten Friseure den Rest gegeben.

»Anke Wardlinger, wenn ich dich erwische, drehe ich dir den Hals um«, murmelte Sofia und kippte den Inhalt ihres Glases in einem Zug hinunter.

Der Rest der Traugesellschaft inklusive ihres Zukünftigen sah die Situation zwar entspannter, doch das Fernbleiben der Standesbeamtin führte auch hier zu allerlei Vermutungen. Die reichten von »wahrscheinlich hat sie verschlafen, nach allem, was man über ihre nächtlichen Ausschweifungen so hört« über »die hat sich aus dem Staub gemacht, weil sie ihren Ex vergiftet hat« bis hin zu »der Mergentheim-Mörder hat wieder zugeschlagen«.

Ersteres war die am häufigsten geäußerte Theorie. Die dritte Möglichkeit war vor allem bei der jüngeren Generation beliebt, verfügte sie doch über einen gewissen Gruselfaktor.

Zum Glück hatten die Kickerkumpel des Bräutigams vom SV Edelfingen, die eigentlich das frisch getraute Paar mit einem Spalier vor dem Standesamt hatten empfangen wollen, für genügend alkoholische Getränke gesorgt, und so war die Stimmung den Umständen entsprechend recht gut. Vor allem aber begannen die virtuellen Drähte des Nachrichtennetzes zu glühen. Die Mutter der Cousine der Braut war in zweiter Ehe mit einem Kfz-Schlosser aus Neunkirchen verheiratet, dessen Kollege wiederum Ankes Vater Anton kannte.

Und so blieb heute im Hause Wardlinger die Küche kalt, für die der Rentner seit einiger Zeit verantwortlich war. Stattdessen eilte er erst zum Kiosk seiner Frau, versuchte dann, wie diese bereits am frühen Morgen, vergeblich seine Tochter zu erreichen und machte sich anschließend umgehend auf den Weg zu deren Wohnung, ausgestattet mit ihrem Haustürschlüssel und mit den schlimmsten Befürchtungen. Da Frau Wardlinger ihren Mann selbstverständlich begleiten wollte, traf die Großtante von Hans-Werner Schmiedinger sie gerade noch dabei an, wie sie das »Komme gleich wieder«-Schild am Fenster ihres Kiosks aufhängte.

»Was ist denn los? Heute kommt doch die neue Ausgabe von ›Royal und Reich‹«, entrüstete sich die alte Dame.

»Wir müssen in die Stadt. Anke ist wahrscheinlich entführt worden!«, schluchzte Rosemarie Wardlinger.

»Ach du liebes bisschen.« Das Regenbogenblatt war vergessen. »Warum hat mir denn mein Hans-Werner davon nichts erzählt?«

»Womöglich weiß er es noch gar nicht«, schaltete sich Anton Wardlinger ein. »Ich habe es vom Krawatzki Horst.«

»Ruf ihn an, den Hans-Werner! Wer weiß, was der Mörder Anke antut«, forderte seine Frau von der Großtante des Polizeihauptmeisters.

Die bekam große Augen. »Mörder?« Dann drehte sie sich um und raste, so schnell es ihr Rollator zuließ, nach Hause, um ihren Großneffen zu benachrichtigen.

*

»Ich bin gleich fertig, nur noch eine Minute«, rief Anke verzweifelt gegen Svens Klopfen an.

»Was dauert denn bei dir so lange?«, schrie der ungeduldig zurück. »Du bist jetzt beinahe eine halbe Stunde da drin.«

»Äh, das Klopapier ist alle.« Eine blödere Ausrede war ihr auf die Schnelle nicht eingefallen. Anke schnaubte verzagt. Lange würde Sven das nicht mehr mitmachen, bevor er die Türe aufbrechen oder das Schloss knacken würde. Dass er dazu in der Lage war, daran hatte sie keinen Zweifel. Schließlich war es ihm auch gelungen, gestern Abend in ihre Wohnung zu kommen. An seine Variante, sie habe ihm persönlich die Tür geöffnet, glaubte sie nicht mehr.

»Dann nimm einen Waschlappen. Oder ein Handtuch«, hörte sie Svens Stimme durch die verschlossene Tür.

»Ja. Ja, gute Idee. Gleich. Erst muss ich noch mal … ich glaube, ich habe mir die Blase verkühlt.«

»Mir reicht es jetzt! Ich breche die Tür auf.«

»Nein, warte! Fünf Minuten. Bitte.«

»Also gut, Zeit läuft.« Sven hatte kein Interesse daran, die Tür gewaltsam zu öffnen, denn dann könnte er ihren vorgetäuschten Selbstmord vergessen. Auf der anderen Seite hatte er nicht mehr ewig Zeit, bis Ankes Kollegen oder Freunde auf der Matte stünden. »Vier Minuten und 30 Sekunden«, rief er.

Auf der anderen Seite der Tür blieb es still.

Es war ganz offensichtlich, dass Anke versuchte, Zeit zu gewinnen.

»Vier Minuten.«

Stille.

Das wiederum bedeutete, dass sie Verdacht geschöpft hatte.

»Drei Minuten.«

Kein Geräusch drang aus dem Badezimmer.

Folglich konnte er seinen ursprünglichen Plan vergessen.

»Zwei Minuten, 30.«

Wasserrauschen. War das die Klospülung?

In Gedanken ging er weitere Methoden eines möglichen Suizids durch.

»Zwei Minuten.«

Das Rauschen wurde leiser und hörte schließlich ganz auf.

Sie könnte sich die Pulsadern durchschneiden.

»Noch 90 Sekunden.«

Totenstille.

Dann allerdings musste er vorsichtig sein und durfte möglichst wenige Spuren von Gewalteinwirkung an ihrem Körper hinterlassen.

»Eine Minute.«

Kein Geräusch.

In Vorbereitung seines ersten Mordes hatte er davon gelesen, jemanden durch gezieltes Abdrücken der Halsschlagader in Ohnmacht zu versetzen, ohne dass Spuren gefunden worden waren. Außer natürlich seiner DNA. Aber schließlich würde er nicht leugnen, in der Wohnung gewesen und Körperkontakt mit Anke gehabt zu haben. Ursprünglich hatte er ja sogar noch mit ihr schlafen wollen. Und jeder in Bad Mergentheim wusste, dass sie vorgestern zusammen essen gewesen waren.

Er sah auf die Uhr. »Noch zehn Sekunden … neun … acht … sieben … sechs …«

*

»Sven Gabriel und Friederike Wittig-Anders. Ich kann es immer noch nicht glauben.« Torsten Ebert schüttelte ungläubig den Kopf. Er und seine Chefin waren im Eiltempo aus Wertheim zurückgekehrt, Oliver Kubelka im Schlepptau, der sich das ohne Widerworte hatte gefallen lassen. Der Bruder der Witwe saß nun mit Markus Bayer im Nebenzimmer und wartete darauf, seine Aussage zu machen, während der Rest ihres Teams im gemeinsamen Büro die Lage diskutierte.

»Sein Handy befindet sich in der Nonnengasse drei, im selben Gebäude wie Ankes Wohnung.« Katjas Gesicht war aschfahl. Die Ermittler hatten ihr erlaubt, vorerst anwesend zu bleiben.

»Solange der Staatsanwalt nicht da ist«, hatte Kerstin Franke gemeint. Selbiger befand sich bei den Leuten der KTU, die immer noch Spuren am zweiten Tatort sicherten, und hatte sich nicht gemeldet. Kerstin hatte um eine Genehmigung gebeten, Ankes Wohnung zu öffnen.

»Er hat Anke von einer Frau erzählt, die er heiraten wollte«, führte Katja weiter aus, »und, dass die gestorben sei.«

»Was ja auch stimmt«, warf Hans-Werner ein.

»Ja, schon. Wir dachten allerdings, sie wäre damals gestorben, bevor er sie heiraten konnte«, ergänzte Katja. »In Wirklichkeit hatte sie aber ein Verhältnis mit Ralph Perlmann und hat Sven vermutlich wegen ihm sitzen lassen.«

»Und gestorben ist sie erst vorgestern«, führte der Polizeihauptmeister weiter aus. »Wahrscheinlich durch die Hand ihres vormaligen Verlobten, oder wie man das nennt.« Er deutete auf die Liste der Paare, die im letzten Halbjahr das Aufgebot bestellt und damit eine Eheschließung angemeldet hatten.

»Und wie kommt Anke da ins Spiel? Hatten die beiden was miteinander?«, wollte Torsten wissen.

»Noch nicht«, wusste Katja. »Aber es hat schon geknistert.«

»Und jetzt will er ihr an den Kragen? Statt an die

Wäsche?«, kalauerte Torsten, was ihm einen warnenden Blick der Hauptkommissarin einbrachte.

Katja war offenbar zu nervös, um sich an seinem flapsigen Ausspruch zu stören. »So genau weiß ich das nicht«, gab sie zu. »Wir wissen nur, dass er sich in ihrer Wohnung befindet.« Sie sah Hans-Werner an.

»Zumindest sein Handy«, präzisierte der.

»Und dass es gestern zu einer Art Konfrontation zwischen ihm und Olli, dem Bruder der Witwe, gekommen ist. Der war auch an Anke interessiert und …« Sie zuckte hilflos die Achseln. »Vielleicht ist die Stimmung gekippt.«

»Vielleicht haben sie auch nur die Nacht miteinander verbracht und wollen nicht gestört werden«, war Torsten noch nicht ganz überzeugt.

»Ohne irgendjemandem Bescheid zu geben?«, fuhr Katja auf. »Anke hätte um elf Uhr eine Trauung.«

Kerstin atmete tief durch. »Ja, aber selbst wenn Frau Wardlinger freiwillig mit Sven Gabriel zusammen ist. Er ist tatverdächtig, und wir müssen dringend mit ihm sprechen.« Sie schaute auf das Display ihres Handys, als könne sie den Rückruf des Oberstaatsanwalts heraufbeschwören.

Stattdessen machte sich Hans-Werners Mobiltelefon bemerkbar. »Tantchen. Es passt gerade nicht so gut«, meldete er sich. Das aufgeregte Quäken der Anruferin aus dem Handylautsprecher war im ganzen Raum zu hören und hinderte ihn daran, das Gespräch direkt zu beenden. Er lauschte. »Was?«, rief er dann aus. Gefolgt von: »Danke, Tantchen. Du hast uns sehr geholfen.« Und bevor er auf den Aus-Knopf drücken konnte. »Ja! Ich gebe dir sofort Bescheid.«

Alle Augen waren auf ihn gerichtet.

»Ich glaube, wir sollten besser in die Nonnengasse fahren. Irgendjemand macht da gerade eine Riesenwelle um Ankes Verschwinden«, er warf einen Seitenblick auf Katja. »Die ist bis nach Neunkirchen geschwappt. Ankes Eltern sind schon unterwegs und haben einen Hausschlüssel dabei.«

Torsten hatte sich bereits erhoben. »Da wollen wir nicht fehlen.«

*

Der kleine Radiowecker auf der Ablagefläche neben dem Spiegelschrank zeigte 11.45 Uhr. Anke betätigte ein weiteres Mal die Toilettenspülung.

»Fünf«, hörte sie Svens Stimme durch das Rauschen. »Vier.«

»Sven. Ich komme sofort raus«, versuchte sie noch ein winziges bisschen Zeit zu gewinnen. »Warum hast du es eigentlich so eilig?«

»Weil du deine Medizin nehmen sollst«, war die fadenscheinige Erwiderung.

»Mir geht es aber gut. Ich bin total fit. Ich könnte gleich zur Arbeit gehen. Du, ich glaube, das mach ich auch. Muss mich nur noch ein bisschen zurechtmachen.«

»Du kommst jetzt sofort da raus. Ich hab genug von deinen Spielchen.« Offenbar machte er sich am Türschloss zu schaffen.

»Also gut.« Ihr Herz klopfte bis zum Hals. »Hör auf.« Sie bewegte den Türgriff ein paar Mal auf und ab, ohne den Schlüssel umzudrehen. »Geh bitte zur Seite.« In Gedanken durchmaß sie ein letztes Mal den Weg von der

Badezimmertür durch den Flur zur Haustür. Sie schickte ein Stoßgebet zum Himmel, dass er die nicht abgeschlossen hatte oder dass, wenn er es doch getan hatte, wenigstens der Schlüssel steckte. Dann hätte sie eine winzige Chance, ihn umzudrehen, die Tür ins Treppenhaus zu öffnen und zu entkommen.

Sie straffte sämtliche Muskeln, eine Hand legte sie auf den Griff, mit der anderen fasste sie nach dem Badezimmerschlüssel. Wie alle Türen im Haus ging die nach innen auf. Ein weiterer Nachteil für sie. Ihr wurde übel. Sie holte tief Luft und drehte den Schlüssel um. Gleichzeitig riss sie die Türe auf und stieß heftig mit der Schulter gegen Svens Brust.

»Umpf!« Der ehemalige Schulfreund taumelte. Sie wand sich an ihm vorbei in den fensterlosen Flur. Er grapschte nach ihr und erwischte sie an ihrer Sweatshirtjacke.

»Lass mich los! Hilfe!«, rief sie und zerrte.

Nur drei Meter bis zur Wohnungstür. Mit den Fingerspitzen bekam sie bereits den Griff zu fassen. Ein Schlüssel steckte nicht. Hoffentlich hatte er nicht abgeschlossen. Sie drückte den Knauf nach unten und zog. Inzwischen war Sven direkt hinter ihr und legte den Arm um ihren Hals. Die Tür bewegte sich nicht.

Sie schrie um ihr Leben »Hilfe! Hilfe!« Bis er ihr die Luft abdrückte. Er riss sie zurück. Vage vernahm sie Geräusche im Treppenhaus und versuchte erneut, um Hilfe zu rufen, brachte aber nur ein Gurgeln heraus.

»Das hättest du auch anders haben können«, zischte er ihr ins Ohr, während er sie rückwärts ins Wohnzimmer schleifte.

Anke schlug wild um sich, ohne ihn wirklich zu treffen. Dann wurde ihr schwarz vor Augen. Das Letzte, was sie noch wahrnahm, bevor sie das Bewusstsein endgültig verlor, war die auffliegende Wohnungstür.

*

»Sie wacht auf«, hörte Anke die Stimme ihrer Mutter.

»Endlich!« War das ihr Vater?

Sie blinzelte und sah in die Gesichter ihrer Eltern. »Wo bin ich?«, stellte sie die Frage, die sie schon des Öfteren in sogenannten Liebesfilmen gehört hatte. Dann allerdings war es der jugendliche Liebhaber, der über die junge Frau gebeugt war, die er gerade aus einer brenzligen Situation befreit hatte.

»Im Caritas-Krankenhaus«, meldete sich im Hintergrund ihre Freundin Katja zu Wort.

»Was ist passiert?«, wollte Anke wissen.

»Du warst in der Gewalt von diesem Mörder. Sven Gabriel!«, ihre Mutter strich ihr sanft über die Wange. »Stell dir vor, er hat Ralph umgebracht. Und diese andere Frau.«

»Friederike Wittig-Anders«, erinnerte sich Anke.

»Und du solltest die Nächste sein. Wir sind in allerletzter Minute gekommen. Dabei dachte ich noch, ihr beide könntet ein Paar werden.« Tränen glitzerten in ihren Augen.

»Rosi«, Anton Wardlinger legte die Hand auf den Arm seiner Frau. »Lass das Kind doch erst einmal richtig zu sich kommen.«

»Ich hab Hunger«, erklärte Anke unvermittelt.

Frau Wardlinger schniefte. »Sollen wir dir etwas zu essen besorgen?«

»Das ist eine gute Idee«, schaltete Katja sich ein.

»Gehen Sie in die Cafeteria und holen was für sie. Dann kann ich ihr so lange Blut abnehmen.« Sie schob die beiden in den Flur und drückte Anton Wardlinger ihre Chipkarte für die Krankenhauskantine in die Hand.

»Sven hat die Morde gestanden?«, wollte Anke wissen, als sie außer Hörweite waren.

»Ja. Nachdem er quasi beim Mordversuch an dir auf frischer Tat ertappt wurde. Gib mir mal deinen Arm.« Sie schob den Ärmel des Krankenhausnachthemds hoch und brachte die Staumanschette an.

»Jetzt fällt es mir wieder ein. Er ist in meiner Wohnung aufgetaucht, hat behauptet, ich hätte ihn selbst gerufen und dann einen Zusammenbruch gehabt.«

»Die Polizei hat K.o.-Tropfen bei ihm gefunden. Eine Faust machen.« Katja desinfizierte die Armbeuge der Freundin und packte die Spritze aus.

»Dachte ich es mir doch.«

»Achtung, piekt ein bisschen.« Die Freundinnen betrachteten die dunkelrote Flüssigkeit, die langsam die Kanüle füllte. Schließlich zog Katja die Nadel aus Ankes Arm und presste einen Tupfer auf die Einstichstelle.

»Zum Glück hat er die Situation nicht ausgenutzt«, sagte Anke mit belegter Stimme.

»Wenn ich bloß daran denke, wird mir übel«, stimmte Katja zu. »Bitte kurz drücken«, forderte sie dann.

»Dabei fand ich ihn wirklich einen Moment ganz nett. Als Mann, meine ich. Er oder Olli, ich hab tatsächlich geschwankt. Apropos?« Ihr Blick folgte dem der Freundin auf einen prächtigen Strauß roter Rosen auf dem fahrbaren Nachttisch.

»Von Olli«, erklärte Katja. »Eine Karte war auch dabei.«

Anke öffnete den Umschlag, den sie ihr reichte, und zog eine Ansichtskarte der Burg Wertheim heraus. »Liebe Anke«, las sie, »leider muss ich zurück nach Hannover. Aber ich komme wieder, versprochen. Schließlich gibt es im lieblichen Taubertal noch so viel Schönes zu erleben und zu entdecken. Dein Olli.«

ENDE

DANKSAGUNG

An dieser Stelle bedankt sich die Autorin bei ihren Freunden, Familie, Beratern und Lesern.

Das möchte ich selbstverständlich ebenfalls und von ganzem Herzen tun.

Wobei, die Grenzen sind inzwischen fließend. Leser sind zu Freunden geworden, manche Freunde gehören eigentlich schon zur Familie, und im vorliegenden Fall sind Freundinnen zu Beratern geworden: liebe Karin Stephan, liebe Martina Ernst, unsere Krimi-WhatsApp-Gruppe war für mich Stadtplan, Restaurantführer, Dialekt-Übersetzungs-App und vieles mehr. Außerdem hast Du, liebe Karin, mir hilfreiche medizinische Einblicke in die Arbeitsweise des Caritas-Krankenhauses gegeben. Übertreibungen, Schummeleien oder gar grobe Fehler gehen dabei ausschließlich auf mein Konto. Das gilt auch für alle anderen Experten, die ich zurate gezogen habe und denen ich natürlich ebenfalls ganz herzlich danke!

Weitere Experten fand ich, wie schon bei meinen anderen Büchern, im Gmeiner Verlag. Herzlichen Dank allen Mitarbeitern! Es war wie stets eine große Freude, mit euch zusammenzuarbeiten. Ganz besonders danke ich dir, liebe Claudia Senghaas, dass du mich ermutigt hast, diesen Taubertalkrimi zu schreiben. Auf dass er viele Leser finde ;-). Die ersten haben sich ja bereits gefunden: allen voran meine beste Freundin Anke Meyer, der ich dieses Buch gewidmet habe, mein Mann Peter (der eigentlich gar nicht liest), meine Eltern (die wiederum alles von mir lesen) und meine Schwester Silke (die trotz vielfältiger Aufgaben immer die Zeit findet, meine Manuskripte zu lesen).

Ganz viele Namen könnte ich noch nennen, doch dann würde das Buch zu dick werden, viele Namen wiederum kenne ich noch gar nicht. Deshalb schreiben Sie mir oder besuchen Sie mich auf einer meiner Lesungen. Ich freue mich jetzt schon auf Sie und sage für heute ein allerletztes Mal: DANKE!

Kater Socke ermittelt:

1. Fall: Schönheitsfehler
ISBN 978-3-8392-1693-4

2. Fall: Schlüsselreiz
ISBN 978-3-8392-1954-6

3. Fall: Katertrunk
ISBN 978-3-8392-2225-6

4. Fall: Katergericht
ISBN 978-3-8392-2539-4

5. Fall: Katzenrausch und Katertausch
ISBN 978-3-8392-0487-0

Weitere Bücher von Heike Wolpert:

Taubertaltod
ISBN 978-3-8392-2760-2

Mörderisches Taubertal
ISBN 978-3-8392-0058-2